小山田浩子
新潮社

最近

小山田浩子

新潮社

最近
小山田浩子

目次

最近

おおばあちゃん

遭遇

ミッキーダンス

え　ら　び　て

赤い猫

森の家

カレーの日

おおばあちゃん

遭遇

夫婦とも一日働いて帰宅し冷凍しておいた餃子を焼くつもりだったが面倒になったので茹でて夕食に食べ風呂にも入り眠くなるまでと思って私がパソコンを叩いているところで夫が心臓がなんかおかしいと言った。「心臓っ？」私は仰天したが夫は痛がっている感じでもなく目を伏せ自分の胸と手首を押さえ不思議そうに首を傾げている。「大丈夫っ？」「多分。すごく苦しいわけでもないし、なんか自分で自分の心臓が変なだけ」夫はもともと持病があり、その関係で結婚前に心臓を手術したことがあるとは聞いていた。「手術の影響があるのかもしれないし、大丈夫だと思うけど、術後何年か経って変になるケースがあるかもしれないって聞いたことはある。前の定期検査からも結構あいてるし」夫は体調不良時に救急車を呼ぶべきか夜間救急に自力で行くべきか翌朝まで放っておいてもいいか医療スタッフが判断してくれるという二十四時間対応ダイヤルに冷静な声で電話し（そんなサービスがあるなんて私は知らなかった）、そういう手術歴があるならすぐ呼ぶべきだと助言されたから呼ぶねと言って一一九にも自分でかけた。意識はあり顔色も呂律もなに一つ普通、通話を終えると夫は体をウエットシートで拭いて寝巻きから普段着に着替え歯を磨いた。「口、ニンニクくさくない？　餃子」「えっ、うちの餃子はニンニク入れてないよ」「えーっ、餃子なのに？」「うちの作り方は前からそうだよ、一度も入れたことない」「なら安心、なら安心」夫はメガネも洗って拭いて鼻毛を確認しマスクをつけ靴を履いた。私の方がよほど動転しながら化粧すべきか悩んで眉毛だけ描いたり印鑑を探したりカロリーメイトとあるだけの現金をカバンに入れたりした。二人でアパートの部屋を出て戸締りをして一階まで降りる。降りながらかすかに聞こえたサイレンが徐々に大きくなり、一度遠ざかるように弱まりうちではなかったかと思っていたら急に大きくなって道路一杯赤い光が差しこんだ。道路に数日前から落ちてへばりついている黒い靴下が照らされて引き伸ばされたように見えた。どこかの犬がボンボン吠えた。猫らしき黒い小さい影が停車した救急車の向こうを通り過ぎかけて途中で止まってこちらを見た。目が光っていた。夫は救急車から降りてきた救急隊員に自ら名乗り状況を説明し救急車に乗り靴を脱いで車内の寝台に横たわった。取り残された私はご家族ですかと救急隊員に聞かれ妻ですと答えたら訂正するかのような口調で奥様ですねと言われた。「奥様から見て、ご主人の様子になにか変わったところはありましたか？」「いえ。なにも」「付き添われますか？」当然付き添うものだと思っていたので少し動揺した。だって、もし、万一……「え、はい、いいですか？」「いいですよもちろん。コロナのワクチン打ちました？　何回？」「ええと、二回です」「まだ二回、もう二回、「お子さんとか、おうちの中におられないです？」「おりません、いません」付き添いの座席は寝台と正対する位置に固定されていた。進行方向に対して直角になる向きだ。救急車内の壁に機械や道具がたくさん格納してあって、それぞれベルトや紐で落ちないように固定してあった。それらの用途はほとんどわからなかったが尿瓶とＡＥＤはわかった。あと多分酸素マスク、飛行機に乗ったときに機内映像で見るのと似ている。夫は寝台の上で白い布団にくるまれ色褪せたオレンジ色のベルトでぐるっと固定されていた。いままでどんな人がこのベルトで固定されたのだろう。血まみれの人、錯乱している人、昏倒している人、こと切れそうな人、車内で亡くなった人もいたかもしれない。そういう乗り物に私はいま乗っている。窓がなく外の様子はわからない。走り出すときに救急隊員から心臓の専門の先生がいるどこそこのなんとか病院が受け入れてくれましたので行きますと説明されたが聞き慣れない病院でぜんぜん頭に入らなかった。夫は横たわったままハイと答えた。知ってる病院？　小声で聞いたが聞こえなかったのか返事も反応もなかった。車内でもピーポーピーポーというサイレンはかなり大きく響いた。救急車が通りますというアナウンスは録音ではなく救急隊員が逐一マイクで話した。青いキャップをかぶり薄青い不織布の上っ張りを着た救急隊員は一人が運転し、もう一人が助手席に座りもう一人が運転席の斜め後ろにある座席に座った。夫は救急車の中では真上を向いて目を閉じ必要最低限の受け答えしかしなかった。夫にはいくつか管がつながれていて、その先の黒い液晶のモニターがピコンピコン動いて赤や緑の文字や折れ線グラフが夫のおそらく脈とか血圧とかを表示し記録していた。救急隊員はそのモニターをバイタルと呼んだ。そうではないかもしれないが私はそう思った。バイタルどう？　バイタル見ます……バイタルが動かなくなってピコンピコンがピー……になると人は死んだことになるのだろう。折れ線グラフが直線になり数値が消える、父方の祖父母と母方の祖父は病院で亡くなっているが、亡くなる瞬間に居合わせたことがないのでその印象はテレビなどで見たものだ。夫のバイタルはちゃんと動き続けている。だから夫は生きているのだが私は心配になって仰向けに黙って横たわる夫の顔に手を伸ばしてメガネを外そうとした。邪魔そうだったし、マスクのせいで曇ったり戻ったりしているのがいかにも不快そうだった。

私は中腰になって夫のメガネのブリッジに手をかけ上に引っ張るように外すと夫が目を開けびくりと動いた。ピ！　といままでにない音がバイタルから聞こえた。救急隊員がバイタル！　と言い、夫に覆いかぶさるようにして布団に隠れている左腕か左肩あたりを確認した。そして、問題なし、と言い、夫の名前を呼んでどこか痛いですかと言った。夫は大丈夫です、すいませんと言い横目で私を見てから目を閉じた。私は夫の体温と皮脂で内側がぬるついているメガネを膝に載せ、少し迷ってからカバンの中のハンカチで包みメガネのつるを畳んで押さえて解けないようにしてカバンに入れた。運転している人か助手席の人が無線でなにか言った。ハンドルが切られ、減速し、私たちは緊急搬送を受け入れてくれた病院に到着した。

夫は今度は歩かず担架に乗ったまま運ばれた。寝ていた寝台を救急隊員が車外に引っ張り出すと畳まれていたアルミ色の脚がガシャンと伸びてキャスターつき担架に変化し転がせるようになった。テレビで手術室に向かうときのあの音で運び去られる夫になにか言う間もなく救急隊員にご主人の靴を持って行ってくださいと言われ渡され病院から走り出てきた若い白衣姿の女性スタッフに熱や咳や喉の痛みはないかワクチンは打ったか尋ねられ額にかざす体温計で体温を測られた。ピッ、バイタルと同じ音がした。「大丈夫ですね。正面玄関に回って待合室でお待ちください。いま時間外のため自動ドアオフになってますので横の小さい戸を手で押して入ってください」待合室は広くて薄暗かった。ざっと百人二百人くらいは余裕を持って待てそうな、天井に並んだライトは手前側の半分だけが点けてあった。壁際の自動販売機の明るさもあって手元は見えるし部屋のものの形もわかるが、待合室から奥へ伸びるおそらく診察室などへ続く廊下は途中からかなり暗く奥行きがあるのかないのかよくわからなかった。私は長椅子に座り、足元に夫の靴を置いた。履いているとそうでもないのに脱いで置いてあるととても大きく見える黒いスニーカーはまだほの暖かい気がする。夫はどこにいるのだろう。気配がない。私とは違うところから入ったから遠い部屋にいるのか、緊急手術室とかＩＣＵとかそういう場所に運びこまれたりしているのだろうか。ぱっと視界の一部が白く明るくなり、見ると受付と書かれたアクリル板で覆われた長いカウンターの奥にあるドアが開いて中から女性が出てきた。事務員制服を着ている。救急搬送のご家族ですかと聞かれたので妻ですと答える。女性は頷いて私にバインダーを差し出し記入するよう言ってドアの中に戻った。普通の病院で書く問診票のような感じだった。今日の日付、名前欄に自分の名前を書きかけたがすぐ夫のを書くべきだと気づき線で消して書き直した。生年月日、月日はわかるが生年がいつもわからなくなる。私との年齢差を私の生年から引き算した数字は西暦でも元号でもどちらも見慣れない。服用している薬などは私にはわからないので「？」と書く。身内の既往歴なども「？」にする。本日お越しになった症状について　心臓が変。アレルギーの有無、出産経験の有無（女性の方のみ）、記入し終わったバインダーを受付カウンターに持っていこうかどうしようかと思っていると女性が出てきたので立ち上がった。「ご記入終わりました？」「あの、これ、すいません、わからないところもあって」「そうですよね。ご本人様ではないと、ご家族でもね」受け取る女性の左手薬指に変わった形の指輪がはまっていた。銀色と金色の筋が絡んだような隙間のあるデザインだ。餃子やハンバーグのタネが詰まりそうだと思った。「ではお待ちください」「あの、それで今日ってどれくらいかかりますかね」女性は目を上げたが私とは目が合わなかった。私の後ろのなにかを見ている風だった。私が小さく振り返ってそちらを見ると壁に健診や新薬のらしいポスターがたくさん貼ってあった。「申し訳ありません、わかりかねます」「そうですよね、いきなり手術とか入院とか、あるものでしょうか」「ご家族様がこうしてご同行してくださっているので、そういう場合はまずはご同意書をお願いすることになると思います」「あー、はい」つまりなにかあったら私が同意のために呼ばれる、呼ばれない限りそこまで大変なことではない、はず、「それ以上はこちらからはなんとも……」「そうですよね、すいません」「ではお椅子におかけになってお待ちください」「はい、すいません。よろしくお願いします」女性は受付の奥の部屋に戻り内側からドアを閉めたが、閉め方が甘かったのか彼女が中に入っても細い筋状に光が漏れていた。緑色の合皮で覆われた待合室の長椅子には、並んで座らないよう一つおきの座面と背面にビニールテープでバッテンがつけてある。さっき自分が座っていたところに戻って座ると体温が残って座面が少し凹んで湿っているような嫌な感じがしたので隣の隣に移動した。カバンを探った。とっさにいつも通勤に使うカバンを持ってきた。通勤時や昼休みなどに読んでいる文庫本が入っているはずだがなかった。読み終えて取り出した？覚えがない。職場に忘れてきただろうか、最後に読んだのはいつだったか、落としたか、動転しながら支度したときどうかしたか、内ポケットなども改めたが指先がザラザラするばかりで本はない。なにか、自分としては非日常のこの状況についてメモかなにか書こうかとも思ったが手帳もペンもない。どうして、どこに。解けないようにしたはずの夫のメガネのハンカチがまくれてレンズが露出していたのにまともに触れてしまった。指紋がついて汚れた、取り出してハンカチで拭ったが汚れが広がって曇って余計汚くなっただけだったのであとで謝ろうと包み直してまたカバンに入れた。スマホを点けると十二時過ぎ、充電は半分弱で、もしものことを考えたらあまり消費したくなかった。これからもしかして夫の両親や職場に連絡するとかいう事態になるかもしれない。そんなの公衆電話使えばいいじゃない、病院だから多分ある、いやでも、かける相手の連絡先はスマホの中にしか入っていないのだから。自分の実家の番号はさすがに覚えているが夫関係はなに一つわからない。そうか、こういうときには充電器とかモバイルバッテリー的なものを持ってこないと……しかしこれからそういう緊急事態が起こる気はしなかった。現実感がなかった。夫が悶え苦しむとか出血しているとかそういうビビッドなことがないまま一人薄暗い来たことのない病院の待合室に座っているせいだろう。でも安心なわけでもない。全部がうそのようなわけがわからないような、いつ帰宅できるのかそもそも夫婦で今日中に帰宅できるのか見当もつかない。今日中というかもう明日だ。そういえばさっきの書類の日付はだから一日ずれて記入してしまっていたことにならないか。一日がいつ始まるか、独身のころ勤めていた職場では平気でこれ先方に二十五時までにとか二十七時にはとか言っていた。一日は伸びたり縮んだりする。長椅子の正面にはテレビがある。その上にはお呼び出し番号と書かれた細い液晶画面がある。どちらもいまは暗い。テレビの隣には空のマガジンラックがある。図書館などにあるような上にアルミ色の新聞ホルダーを差し渡した新聞入れもあって、それもホルダーだけあって新聞はない。なんの音も聞こえない。女性が入った受付奥の扉の部屋には彼女だけがいるのだろうか。もう真夜中だ。一日がどこで切り替わろうと、帰るべき人は帰るべき時間だ。こういう緊急搬送を受け入れる病院の勤務体系はどうなっているのだろう。医師や看護師さんは当直や夜勤で順繰りに待機しているのだろうがあいう事務スタッフもそうなのか。だとしたらどれだけの人がこの病院でいつ来るか来ないかわからない患者のために準備しているのか。本来もっと早く帰れるはずだった彼女が私の夫のせいでこの時間になったのなら申し訳ない、でも誰かがその役目をしてくれないと生きていられない人もいる……いたずらに救急車を呼ぶようなことは断じてしてはならない。そういえば子供のころ、幼稚園のとき、近所に救急車が来たのを見に行ったことがあった。一人で歩いているとピーポーというサイレンが聞こえ、好奇心で近づくと人だかりがあって救急車が停まっていてそこにいままさに担架で誰かが運ばれてくるところだった。その担架は前と後ろ一人ずつの男性が持ち上げて運んでいて夫のようなキャスター式ではなかった。でも、上に乗った誰かを固定するオレンジ色のベルトは多分同じだった。患者は毛布に包まれていた。その毛布も褪せたオレンジ色をしていた。毛布のはじっこから灰色の毛が少し飛び出ていてそちらが頭だとわかったが、それ以外の部分は覆われて全く見えなかった。担架は後ろを開けた救急車内に運びこまれ見えなくなった。見物人は一様に心配そうな様子をしていた。顔を知っている人もいた。近所の人、おばあさん、おじさん、おばさん、女性はみな手を顎に当てたり口を覆ったりして首を少し傾けていた。男性は体の前で腕組みしていた。「トンちゃん!」声がした。担架の後を追うように、一人の子供が泣きながら歩いてきた。男の子、見物していたおばさんの一人が甲高いよく通る声で「トンちゃん、しっかりー!」男の子はうぐうぐ泣いて鼻を啜りながら頷いた。いま運ばれてきた人の孫とかなのだろう。救急隊員はその子になにか言い、男の子は鼻を啜りながら今度は首を横に振り、隊員がさらになにか言うとワーッと大声で泣き出した。「トンちゃん、トンちゃん!」おばさんが男の子に駆け寄って抱き寄せるような仕草をした。男の子は手を振り回しておばさんを拒否し、仁王立ちになって私を睨みつけた。私? そうだ、少し離れたところに立っていた、ぜんぜん知り合いじゃない私のことを、どういうわけか彼は鼻から鼻水をぶるんと垂らしながらまっすぐ睨みつけた。そしていまにもなにか私に言いかけた。腕をまっすぐ伸ばしてこちらを指差して、彼の背後にべろべろしたオレンジ色の花がたくさん垂れ下がって咲いていた。私は急いで走って家に帰った。なんなの、なんなの、知り合いじゃない、誰だかも知らない薄汚れたような鼻垂らしの、なぜ私をあんなふうに睨むのか、私は動転して走って少し迷ってでもちゃんと道を見つけてどうにか帰宅した。安心しながらビスコを食べているとき救急車のサイレンがうちの多分すぐ前を通り、私に梅ジュースを注いでくれながら祖母が「近所ね、心配ね」と低い声で言ったのも覚えている。さっきの女性が入って行った受付奥ドアの隙間から漏れていた光の筋が消えた。電気を消して帰ったのか。内側からドアを閉め直したのか。夫は無事だろうか、心臓、同意書を持ってこられていないのなら緊急手術などにはなっていない、だから大丈夫、私は立ち上がって自動販売機で水を買った。薄い柔らかい素材のボトルで、蓋を開けるとぎゅっと水が飛び出て手が濡れ床にも垂れた。足で水を踏んで広げながらマスクをずらして一口二口飲み、蓋を閉めてマスクを戻した。マスクは家を出るとき出した新しいものなのにしんなり蒸れてくさかった。そういえば、あのとき記憶の中で私は間違いなく一人で救急車を見て一人で走って帰ってきた。でも小学校に上がる前の私が一人で近所をうろつくようなことができただろうか。私の家はわりにみんな心配性で、特に祖母がそうで、外出時などは常に手を繋がれていた。私が忘れているだけでそばに祖母がいたのだろうか。祖母の指は母のより細いのに節のところがゴツゴツ固くときどき手が痛かった。痛いというとごめんごめんと緩めてくれるのだがまたすぐに元の通りぎゅっと指に力が入る。「だって、なにかあったら怖いでしょう。子供はピューーッと走って行っちゃうことがあるからね。あなたのお父さんも二歳くらいのとき急に公園の入り口から道路に走って飛び出して、たまたま、たまたまそのとき歩道にいた知らない人が襟首摑んで止めてくれなかったら轢かれて死んじゃってもしかしたらあなたたちこの世にいなかったかもしれないの。そんなのおばあちゃん、いや、いや」

あるとき祖母はアッと叫んで「指輪がない！」結婚して以来ずっとつけていた指輪がいつの間にか外れていたらしかった。私も手伝って家の中や庭を探したが見つからない。買い物をしたスーパーかもしれないと祖母は探しに出かけたが見つからなかった、落とし物があったら知らせてくれるよう頼んだけどどうだろう、細いけどプラチナだもの、ネコババされたってわかんないわと肩を落として帰ってきた。「プラチナ？」「結婚指輪はプラチナで作るの。白っぽい銀色で、ことによったら金より高いのよ」「銀より？」「銀なんて目じゃない……ああでも、銀だって十分きれいだし、あなたにはよく似合うよ」私はゆり組の夏の終わりにおばさんからお土産だと銀のペンダントをもらっていた。先端に歪んだ丸型の飾りがついていて925と刻印してあって、これが銀の証拠なのだと説明された。どうもすいませんと恐縮する母におばさんはいいえこれね、空港でなんだかキャンペーンだかで、くじ引きしたら当たったの。一等はこーんなおっきなブラックオパールでね、これは何等だか、ただでもらったもんだから気にしないで。私にはもうシルバーは、なんていうの若いし。おばからもらったペンダントはうれしがって一、二度つけてそれからしばらく放っておいただけで薄黒く汚れ、ペンダントと一緒に入っていた小さいクロスで磨くとクロス側にその汚れは移るのだが刻印の925のところや鎖が重なった部分は溝に入りこんだように黒くなって磨いても届かない。石鹼で洗ってもみたがだめ、それ以来つけていない。「プラチナは銀と違って変色しないのよ。いつまでもきれいにきらきらしてるの。そりゃ、長年はめてたら表面に細かく傷が入って、ぴかぴかってわけにはいかなかったけれど、でも毎日水仕事したってどこの温泉入ったって、やっぱり銀色だったでしょう。それなのになくしちゃうなんて。ああでも、スーパーのどこだろう、落としたの」スーパーでは落としっこない、あんなに私ときつく手を繋いでいたのにと思った。トイレに落として流しちゃったんじゃないか。下水を通って川とか海に流されちゃったんじゃないか、それはちょっともったいない。「指が瘦せてゆるくなっているのはわかっていたけれど、指の節のところには引っかかると思っていたのよ。まさか節のところまで細くなっていたなんて」祖母は握っている私の指にその関節をぐりぐり押しつけるようにしながら年取るって怖い、怖いわねえ。「若いころからこの節の太いのがイヤで、ちょっと試しに遊びではめてみたって抜けなくなるんだもの、お父さんにもらった結婚指輪しか、どの指にだってはめてこなかったのに」

小学校に入学すると同じクラスにあの、鼻を垂らして救急車に泣いていた男の子がいた。男の子は既に知り合いがたくさんいるらしくあれこれ立ち歩いて喋って笑っていた。クラスのほとんどが同じ保育所出身らしかった。私は少し離れたところの幼稚園に園バスで通っていたので、このクラスどころか同じ学年に同窓卒園生は一人もいなかった。あのときあんなに泣いていたくせにと思いながら私は唾を飛ばしながら騒いでいるその男の子を眺めた。男の子は私に覚えがないようだった。人違いではなかった。男の子はみなからスエーと呼ばれていた。先生が出席を取るため呼ぶ名前はスエイトオルくんだった。結局、彼があんなに泣いて見送っていた人はどうなったのだろう。そのときは気づかなかったがスエーは左の眉毛が半分なかった。スエーは同じ保育所出身の女子たちにはうるさがられていた。「青組で一番うるさかったよね」「一番怒られてた」「もも組のとき園長先生に怒られて閉じこめられてたよね」「青組でもあったよ」「もも組ならまだわかるけど、青組でも閉じこめられたのスエーくらいだよね」「ねー」「ねー」彼女らの、本当に嫌いで疎んじているというよりは親しみとそれなりの好意が感じられる声を聞きながら私は私の幼稚園では組は青やらもも色やらではなくて花の名前だったと考えていた。さくら組、ばら組、ゆり組、ゆり組が一番大きくて、もう本当にすごく大人でゆり組お兄さんお姉さんと言われ、だから小さいさんたちに優しくしてあげましょうねお手本になりましょうねと言い聞かされてきたのに小学一年生になったらなんだかすごく心もとないほど自分は小さくてどうしようもなく右も左も分からない。入りくんだ校舎、無数の引き戸と部屋、渡り廊下、だだっ広いグラウンド、変なにおいがする体育館、校舎裏にある卒業生が残したという石で作られたモニュメントと暗い色の鱗状の苔、血まみれ少女幽霊の噂がある体育倉庫裏、幼稚園には裏というものがなかった。園舎の後ろには明るい花畑があって守衛さんと呼ばれるおじいさんが手入れをしていて小鳥が歌い蝶々が舞い葉っぱにはテントウムシ地面にはダンゴムシ、毒々しい毛虫は一匹も見たことがない。木に咲く花、草に咲く花、蔓で絡まる花、ゆり組になると日直が守衛さんのところにお使いに行ってお教室に飾る花を切ってもらう。花の名前を口伝えに教えてもらって、それをクラスのみんなに伝えるのだ。今日のお花は、ユキヤナギです。オトメツバキです。チューリップとスイートピーです。ササユリです。わあ、それはゆり組のみなさんにぴったりのお花ですね、みなさん守衛さんに会ったらお花のお礼を言いましょうね。休憩時間や放課後に校舎や体育倉庫の裏へ行くことは禁じられていたのに男子はこそこそ遊びに行って、スエーはそこで見つけたと古い緑の錆だらけの十円玉を見せびらかし、もしかしたらものすごく昔、大昔のやつかもしれない、おれらが生まれるよりずっとずっと前の、昔の。だって昔のお金は銭形平次だろー。ジェニガタ、ジェニガタ。えーそれよりはいまだよ。見せろよ何年って書いてあるから。見えないんだよこれこのミドリイロのやつで。俺ギザ十持ってるし。あ、俺も持ってる！　騒いでいると先生に注意され十円玉を没収されスエーは男子に笑われ女子には呆れられた。

私は一人で学校から帰っていた。いつもは祖母が手配した、近所の私と同じ新一年生の女の子と一緒に登下校することになっていたのだがその日その子はいなかった。その子とは全く気が合わなかった。保育所出身で、中学生のお姉ちゃんがいて、入学まで遊んだこともないのに祖母が勝手に相手の家に菓子折りを持ってうちの孫と一緒に登下校してくださいうちのは年の割に幼い子で云々と頼んだらしいのもしゃくだった。その子はまるで年上気取りで私にあれこれ世話を焼き、指示し、持ち物にケチをつけ、私が持っていない特別な文房具やあれこれ付属品がついた学習机や姉が通っていていずれ自分も通うはずの私立女子中高一貫校をしきりに自慢しながら家には決して招いてくれなかった。別に一人でだって行って帰れる。その日は先生の用事で帰りの会が短く済んで、少しくらい寄り道、遠回りしてもばれなさそうだった。私はうきうき歩いた。ぱっと目の前が明るく黄色くなった。菜の花が咲いていた。細い川の、なだらかな土手一面が明るい黄色になっていた。それは息を呑むほど美しく軽快で、私は細い、車は通れない橋を渡って川土手の遊歩道を歩き出した。川は浅くきらきら光り、すらっとした茎の先に固まって咲いた菜の花は柔らかそうに揺れていた。花びらは四枚、茎と葉っぱは白を混ぜたような緑色、茎からは尖った鞘が飛び出すように幾つもついていた。鞘の中には種がつまっているのだろう。台所の油に菜の花のラベルが貼ってある。きっとこの種を集めて搾ったら油がとれる。なら、この川土手いっぱいの菜の花の種を集めたらすごくたくさんの油になるんじゃないだろうか？　そばを歩くと揺れる花や葉や種が私のプリーツスカートやふくらはぎを撫でた。家の、学校のすぐそばにこんなきれいな場所があったなんて知らなかった。川がカーブして視界から消えるところまで、前も後ろもびっしり黄色、ワッと幼い子供の声が聞こえた。保育所はこの近くにあるのだ。青やピンクの帽子をかぶって制服でもスモックでもない私服姿の保育所の子供たちが走ったりこけたり泣いたり揉めたり嚙んだり蹴ったりわめいたりしている様子が目に浮かんだ。一体なにをしたら園長先生にそこまで怒られることになるのだろう。どこに閉じこめられるのだろうか。押入れ？倉庫？　お祈りの部屋？　保育所にもお祈りの部屋はあるだろうか。あの、私は内心恐かった白くて細長いマリア様がこちらを見下ろしている部屋が。むんっと嫌なにおいがした。トイレのような、擦った唾のような体操マットのような。私は足元を見下ろした。黒く乾いた犬か猫のフンが半分粉になって転がっていた。粉になっているところは誰かが踏んで地面になすったのだろう。野良猫、マナーの悪い飼い犬、ここは彼らの散歩コースなのかもしれない。祖母は動物が嫌いで庭に野良猫が入っただけでも必死に追い出すくらいで、そのにおいは私にかぎ慣れないものだった。ものすごく悪臭ではないがなんというかじわじわ滲み入って無視できそうでできない感じ、人間のトイレとは同じようでやっぱり違うにおい、人間だって一人一人微妙に違う。父の後と母の後では違うし、弟のもまた違う。祖母もぜんぜん違う。私は幼稚園児のころお定まりに子猫か子犬を飼いたいとねだったが断られ、じゃあハムスターなら？　文鳥は？　祖母はにべもなくダメだと言った。なんでダメなの、ちゃんと世話するしハムスターや文鳥なら私のお年玉で買えるって聞いたよ。動物は先に死ぬから。そんなの悲しいから。毛が抜けるから。掃除が大変だから。どんな動物でもにおいがするから。ああいうにおいって、掃除したってどうしたって染みついたら最後とれないものよ。このにおいのことを祖母は言っていたのか、家の中や庭でこのにおいがずっとし続けたら大変かもしれない。きっと服や髪にも染みてクラスの人になにか言われたりするだろう。でも、クラスには猫を飼っているらしい人も犬を飼っているらしい人もいる。佐々実さんはウサギを飼っていると言っていた。すごくかわいいの、抱っこしたら暖かくて、ちょっとずっとプルプル、震えているのがわかるのよ。その誰もが別にくさくない、いや、もっとそばで、すぐ近くで息をしたら奥からにおうのかもしれない。手を繋ぐぐらい近くで、秘密を告げるように顔を寄せ合って、「お」声がして顔を上げるとスエーがいた。「あ」「同じクラスの人だー、なんしてんの、いま帰りー？」スエーはランドセルを背負っていなかった。一度家に帰ってから遊びに出たのだろう。やっぱりスエーは左だけ眉毛が半分なかった。自然に短いのではなくて断ち切られたように唐突な感じで、顔を正面から見るとちょっと福笑いのような、漫画の絵のような。「家どこー？」「四丁目……」「チョーメじゃわからん」右隣は渡邉さん、左隣は伊志原さん、道を挟んで正面が角田さん……そういうことを言っても伝わらないのだろう。しばらく歩いて右に行ってそれからポストのところで曲がって……正規通学路を頭で辿ってようやくランドマークになりそうな建物に思い当たり「やすらぎクリーニングの近く……」実際はクリーニングは私の家と学校の中間地点くらいで、あまり近くという感じでもない。「あの、亀のスイソーがあるクリーニング屋？」「そう」スエーの顔がうれしそうになった。うれしそうになると眉毛が下の筋肉ごとくにっと動き、途切れたところがあまり気にならない気がした。「おー！　四チョーメって、あのへんか！　じゃさ、もしかしてさ、チャウチャウ飼ってる家の人？」「チャウチャウ？」「犬、犬、すげーでかい」「飼ってない」「違うかーチャウチャウの家、カザグルマみたいなのいっぱい立ってる家」ブロック塀の上にびっしりプラスチック製の花形の風車を立てている家がある。私の家からは近くはないが、やすらぎクリーニングを中心として考えると遠くもない。からからからから、と軽い音を立てて回る色とりどりの風車は遠目にはきれいなのだが近寄ると色褪せて汚れていたり縁がギザギザに欠けていたり歪な穴や痕がついていたり首の下が折れていたりして不気味で、塀の中をのぞいたことはなかった。「あそこ、犬いるの？」「知らねえの？　すげーでかいんだよ、こんくらいある」スエーは両腕を広げた。スエーは背が低い。男子の前から三番目だ。私は幼稚園ではそうでもなかったのに小学校に入ったら高い方になっていてクラスの女子で後ろから二番目になったのできつねにつままれた気がしていた。保育所出身の子は背が伸びないのかしら？「チャウチャウって食えるんだって！」「クエル？」「犬だけど肉、食えるんだって。ビーフとかポークみたいに」「ドッグ？」「ドッグ肉、ドッグ肉！」「うそだ」「ほんとだって。聞いたもん、どうやって食うのか知らんけどー。肉好きー？」「多分」「知ってる？　おれのかーさん焼き鳥屋で働いてるからまいんちヤキトリ持って帰る。ショーテンガイのマツモトソーザイテン！」商店街の焼き鳥を焼いて売っている惣菜店、オレンジ色のテント屋根で、細長い窓が開けてあってそこからいつもいいにおいの煙が出ている。焼き鳥だけでなくてポテトサラダとか煮物とかそういうものも売っている。食べたいとねだったこともあったが母も祖母もスーパーの惣菜は買うのにその店のは買わなかった。だって、炭火で焼いてますっていうんならアレだけど、普通のガスだもの。置いてあるマヨネーズは偽物だし。偽物。そう、キユーピーのじゃないの、得体の知れない、真っ白いのなの。「レバーちょっと苦いときあるよな」「ある」「知ってる？　おれんち犬飼ってる。ポポロン。ばあちゃんの犬」「ねえ、誰かと遊ぶ約束してるんじゃないの、行かなくていいの」「知らーん、決めてない」「えっ」うちでは放課後遊ぶときはいつどこで誰と何時までと決めて祖母に伝えないといけないと強く言い聞かされていたがいまのところそういう機会は訪れていなかった。スエーは歩き出しながら「コーエンかコーテイかどっか行ったら、誰かいるだろー」「はあ」「四チョーメ行こうぜ！　こっちで合ってるよな、おれチャウチャウ見よーっと」私も歩いた。スエーの膝の裏に赤い筋が走っていた。かきむしった後のように見えた。ふくらはぎにはかさぶたや傷跡がいくつもあった。白く色が抜けたようなあざもあった。スエーは数歩後ろを歩く私を見返るように上半身を捻ったりそのまま下半身までこちらに向けて後ろ歩きになったりまたひらっと前を向いたりしつつ「チャウチャウもう食われてるかな、あの家のオババハンコエーよな。おれどなられたことある」「なんで」「チャウチャウにキューリやろうと思って庭入ったら、いなかったのにいて、ドリャーッって。パーマの」「きゅうり……」「チャウチャウキューリ食うと思う？　うちのポポロンはけっこう食うんだけど、ユーイチのジョナサンは食わないってー」「誰」「タナベユーイチの犬がジョナサン」「知らない」「ジョナサンまあまあでかいのにドッグフードしか食わないんだってー」「ふーん」「ジャーキーも禁止だって！」スエーは立ち止まってニヤリと笑うと自慢そうに「おれねー、ポポロンのドッグフードちょっと食ったことある！」「げ」「まずいからもう食わないけど、ヤキトリと一緒に食ったらちょっとましだった」「げー」スエーはひょいと、そこにはない透明のサッカーボールを蹴る仕草をした。少し溜めて、膝を曲げてくっと蹴り出す。上手に見えた。スエーは私の右側を歩いていたので途切れた眉毛がよく見えた。その眉毛どうしたのと聞きたいようなだめなような、生まれつきだろうか、それとも怪我とかして「ねえねえお二人さん！」声がした。ぎょっとして見ると知らないおじさんがニコニコ笑っていた。土手に三脚を立てている。四角いメガネの奥の目がなんだかとても大きくて盛り上がって黒かった。「黄色いお帽子、一年生かな？」スエーはそのまま速度を変えず進もうとしたが私が立ち止まってしまった。「おじさんさ、いま菜の花の写真撮ってるの。よかったらさ、菜の花の中をさ、ちょっと追いかけっこするみたいに走ってくれない？　お二人さんで」「ハ？」スエーが立ち止まってすごんだ。眉間に皺を寄せると、眉毛が生えているところがモリッと膨らんで目立ってちょっと怖く見えた。「ね、お願い。おじょうちゃんだけでもいいよ。スカートヒラっとしてみて」「ハッ？」スエーにすごまれてもおじさんはへらへらしていた。「ね、写真。立ってるだけでもいいよ。お願い！」おじさんは太っていないのになぜか胸が楕円形に柔らかそうに膨らんでいた。「お礼はするから。お礼をするから」スエーは私をぎろっと睨むと行くぞと言って歩き出した。「お菓子？　おもちゃ？　ゲーム？　ゲームがいい？　ゲームでしょ？」私も慌ててスエーに続いた。スエーは前を向いたまま死ねっと言った。死ねっ。死ね死ねしねっ。「本体だよ！」おじさんは叫ぶように言った。「カセットじゃなくて本体！」死ねっ！　追いかけてはこなかった。さかさか歩いて、「お前さー」とスエーが言いかけたところで私は泣き出してしまった。スエーは黙った。歩きながらぽろぽろ、止めようと思うのに止まらない。顎を伝った涙が首を垂れて襟が湿っていってぬるいのがどんどん冷たくなって塩辛い、鼻水も出てきて私は歩きながらポケットに手を入れてハンカチを出そうとしたが動くプリーツを無駄にかき分けるばかりでポケットが見つからない。立ち止まってスカートのひだを一つずつめくっていく。スエーも止まった。私はズッと鼻を啜りようやく出てきたハンカチで顔を拭いた。教室と給食のにおいがした。顔を上げると土手の菜の花が一箇所激しく不自然にぐらぐらっと揺れた。

黄色い花と緑の茎をかき分けるようにして黒い小さい目のまん丸い生き物が顔を出した。猿に見えた。ニホンザルじゃない、黒い小さいそう、クモザルとかリスザルとかああいう小さい、どうしてこんなところにと思ったらチリチリ鳴ってニャーと鳴いて耳が出て鼻がちょっと尖ってヒゲが生えて黒い鼻面だけ白い猫に変わった。なんだ猫か、ただの飼い猫、首に鈴をつけている。菜の花の中から出てきた猫は足の先と尻尾の先も白かった。小さい鈴は赤い首輪についていた。猫は体全体を斜めにしてスエーの足に体を擦りつけようとしたがスエーは足を乱暴に動かして阻止した。「猫嫌い?」「おれはフッーだけどポポロン嫌がるからな。ポポロンはネコギライなんだよ。あとほかの犬も嫌い。好きなのはばあちゃんとおれたちだけ」一瞬、その、おれたち、の中に私が入っているような気がした。私はポポロンがどんな犬かも知らない。鼻を啜ってもう一度ハンカチで拭いた。今日はちくぜん煮と三色ソテーだった。スエーが足を動かしていると猫は突然素知らぬ様子になり道を渡り土手と反対側の家の庭の生垣に入っていった。「あのさーこのへんチカン出るから気をつけろよ。モモチは知らんおっさんがパンツ下ろしたの見たって言ってた。黒かったたって真っ黒かったたって……あのさ、赤い猫見たら死ぬって知ってる?」「赤い猫?」「ほらさあ、ばあちゃん、草むしりとかするだろ」「うん」うちも草むしりは祖母の仕事だ。ときどき手伝うよう言われるが草むしりは疲れるし根っこや葉っぱがちぎれるし爪の先に土が入りこむからやりたくない。ときどき花が咲いている草もある。きれいだよと言うと種が落ちたらもっと増えるよと言われる。花の次は実、そうしたら種、これは雑草だから。勝手に増えて増えてしょうがないんだから。「庭でしゃがんでてさ、急に立つとクラクラするだろ? ああいうの、猫通ったって言うんだ、ばあちゃん」「猫?」「立ってクラクラするとき、足のところを猫が歩いてくのが見えるって。多分いないんだけど、いない猫見えるんだよ、わかんないんだよクラクラしてるから。で猫、黒とか白とか茶色だったらクラクラするだけなんだけど、赤い猫だったら、見た人もうすぐ死ぬんだって」「えー」スエーはしゅっと眩しそうな目をすると「ばあちゃんさ、赤い猫見たんだって。そんで、そんでキューキューシャで運ばれた」「あっ」ではあのとき見たのはスエーのおばあちゃんだったのか。「ばあちゃん、庭でかきたまみたいなの吐いた。土に。かきたまそっくりだった。黄色い細かいカタマリがいっぱいぞろぞろ、透明の汁の中に。そんで、サカモトのオバーさんがキューキューシャ呼んだ。かーさん仕事でいなかったから。でも、ばあちゃんは赤い猫見たのは覚えてるけどかきたまは覚えてないって」「その前に、かきたま、食べてたの？」「食ってない。多分、だからかきたまじゃないんだよ本当は。なんなんだ、赤い猫なんていないもんな」「赤い猫」「いないよな？」スエーは私をじっと見た。「いないと思う」「かきたま、夜までそのままになってたからおれが足で土かけたの。おれが。くさかったー」「それでおばあさんどうなったの」「なんちかして帰ってきた。なんでもなかったって言って、でもホントはなんでもないことはなかったんだけどなんかだって言って大変なことにはなってない。いまは元気。元気じゃないか、でもまあフツー、生きてる、まだ。ポポロンいるし。ポポロンばあちゃんの犬だから！」スエーはまた見えないボールを蹴った。今度は本当にそこに小石かなにかあってパチっと弾ける音がした。横顔に光が当たって、スエーの途切れた眉毛のところの皮膚に小さい白い段差、筋があるのがわかった。またあの変な嫌なにおいがした。下を見たが糞は見えなかった。おしっこかもしれない。「このへんくさいね」「お？」スエーが眉毛をぽくんと上げた。「くさいと思う？　くさいと思う？　なにがくさいか？」「え、犬とか猫の……」「ちがうんだよー！」スエーは叫んでちょっと跳ねた。「これ、菜の花がくさいんだよーこれ！」スエーは手を伸ばして菜の花を花の塊のすぐ下で引きちぎって私に突き出した。スエーのいろいろ詰まって黒くて赤い爪とささくれた指先に緑の汁がピッと伸びてついたのが見えた。「かごう、かごう！」私はその汁が出ているだろう切り口を触らないように注意して花を受け取って顔を近づけた。においがした。花のにおいというか植物全体からおしっこと汗と唾液と体操マットのような、「ほんとだ」「な？　な？　これさ、ユーイチもモモチもリカもわからんって言うんだよ。くさくないって言うんだよ！　でも、くさいよなー？　風吹いただけで、くさいよなー？」「うんくさい」「ヨッシャー！　証拠、証拠、にーおい仲間！」私は湿ったハンカチで花を包んでポケットに入れた。スエーはまた歩き出しながら土手の下にある川を指差した。「昨日おれさー、川のこのへんでユーイチたちと銀の指輪見つけたー」「え？」「指輪、指輪、銀の。拾おーとしたんだけどモモチがダーってしたから水にごってわかんなくなって消えた、なぞー」「指輪……」私は祖母の指輪のことを思い出した。まだ見つかっていないというか祖母はもう探そうともしていない指輪、指輪、水で流れて下水……「それ、おばあちゃんのかも」「え？」「わかんない。これくらいの、なにも宝石とかついてない白っぽい銀色の指輪？」「そう！　まじか！　まじか！」スエーの目がらんらんと光った。眉毛の毛がない部分に赤みが差した。「このへん！」スエーは地面が見えないくらい菜の花がびっしり生えているが傾斜はそこまではない土手を菜の花をなぎ倒し踏みしだきながら降り出した。私もついて行った。「アキカンとかあるから気をつけろよー女子は」「うん」腕や足に菜の花がぼんぼんぶつかった。ランドセルに菜の花が当たり引っかかり引っ張られるような感触もした。花か種がちぎれるプツッという音、むんむんとにおいがした。立ちこめた。スエーは下まで降りてから私を見上げ、「このへん。見えないけど」と言いながら靴のまま水に入った。「えっ。靴」「浅いよー行ける！　このへんは雨とか降らなきゃ、ずっと浅い！」スエーの裸足に履いたズックの、靴底の白いゴムのところくらいまで水に浸かっていた。確かに浅い。「靴脱いだ方が危ねー。ガラスとか」これなら靴下も濡れないかも。私もそろりと足を水に入れた。川底の石が丸く固くごつごつしているのが靴底越しにわかった。跳ねた水滴が足首に当たって冷たい。スエーはもうちょっとこっちかな、と言いながら上流に向かって数歩歩いた。スエーが足を持ち上げると水が粘ついたように靴にくっついて持ち上がってすぐに落ちて、なんだかそこだけ小さい滝、霧、景色がゆらいで私もそろそろ歩いた。流れは穏やかで、上から見ていたときはわからなかったちゃらちゃらという音がして、ときどき水が跳ねて水のにおいもした。菜の花よりかすかなのにでもここでは強い流れる水のにおい、水の上にだけ吹く風がある。冷たい風、私のふくらはぎをすうすう越していくその風は腕や顔のところにはもう吹いていない。スエーは下を見ながらずんずん進んだ。きっとここでよく遊んでいて慣れているのだろう。子供だけで川遊びなんてすごい、私の祖母は絶対に許してくれない、大丈夫なのに、危なくないのに、ふっと、私の足が動かなくなった。一歩いや半歩踏み出したら途端に足の下の感触が変わって滑って柔らかくなり気づけばそのまま両足が動かなくなっていた。右足が前で左足が後ろの体勢はなんだか辛い、辛いというか違和感、不自然、まるで体がねじれているような、なにかのテレビで見たギリシャ神話的な彫刻、全裸でボールを投げるか転がそうとしているこのポーズは古代オリンピックを象徴する作品です、足はじわじわ沈下していくようで、しかし見下ろすと別に沈んではいなくてただ動かないだけ、スエーに声をかけようとしたがなぜか声が出なくて、どんどん背中が遠ざかって行って、いままで重たいとも思わなかったランドセルが妙に重く、見上げるとさっきより背が高く見える菜の花が重なり合って揺れてその花と種と茎の間からひょいと子供たちの顔がのぞいてスエー！　と叫んだ。知っている顔も知らない顔もいた。青い帽子をかぶっている子もいた。「スエー！」「スエーだ！」「なにやってんの？」「どこ行くの？」「なに探してんの？」「一人で？」「お待たせしました」白い上下を着た若い女性がやってきてにっこり笑った。青マスクの上の両目にまつ毛がカールしている。「牧野聡明様の奥様。ご主人様の処置、検査ですね、全て終わりましたのでこちらへ」私はカバンを摑んだ。さっきまで暗かったはずの廊下には普通に電気がついて、何度か曲がって小さいスロープを降りて「こちらですね」白い引き戸の中はさらにすごく明るく目に染みて涙が出そうだった。椅子には若い医師が座っていた。医師も青いマスクをつけていた。脇にあるベッドというか診察台には白いプリーツマスクをつけた夫が横たわってこちらを見ていた。その顔が見慣れない感じで、でも酸素マスクも点滴もなにもない、ただ普通に横たわっている夫の顔を見ていると夫は静かにメガネと言った。あっ、そうだ、そうそう……私はカバンからメガネを出してハンカチをほどいて渡した。夫はメガネをかけるとそれが合図だったようにくるっと上体を起こし診察台に座った。

医師が言った。「奥様ですね。お待たせいたしました。今回検査いたしまして、大丈夫です」「あっ……大丈夫なんですか」「手術歴がおありとのことで、大事をとって思いつく検査全部いたしましたけれども、大丈夫です」「はあ」夫を見るとメガネを外して天井の電灯に透かすようにしていた。「もう会計が閉まっておりますので明日以降、再来院して会計していただけますか。クレジットカードも使えます」「あ、はい、あの、だから夫の心臓は特になんでもないということだったんですか」医師は頷いた。「気のせいとかだったんですか」「いえね、実は人間の心臓って、ときどき飛んだり跳ねたりしているんです、気づかないだけで。ストレスや飲酒、過激な運動ですとかその他の要因がある場合もありますし、体質的なものがある場合もあります。そのほとんどが一時的で特に対処しなくても自然に収まっていくものなんです。自覚すらしない場合がほとんどなんですが、今回は気づかれたんですね」「そうなんですか、じゃあ、特に、治療もなにも」「ええ、ああ、でも血圧はちょっとお高めですね。血圧は本当に怖いんで、おうちで奥様には減塩だけ気をつけていただいて」「はは！」夫はかすかに笑いながら立ち上がろうとして「あれ、僕の靴は？」「あっ」待合室の椅子の下に置きっぱなしにしてしまった。私が慌てて取りに行こうとすると手で制して若い女性が小走りに部屋を出ていった。「すいません」「あるあるですね」若い医師はそう面白そうにでもなく言った。三人とも黙った。「あのー、本当に、こんな時間にすいませんでした」「いえいえ、心臓は怖いですもんね、特に持病とかおありだとね」「そうなんですよ」「また不安なことがありましたらいつでもね」「こちらで合ってますか、ご主人様のお靴！」女性が夫のスニーカーを持って診察室に入ってきた。この部屋の光の中で見ると黒が褪せて汚れて見すぼらしかった。「そうです。すいません僕の汚い靴なんて持たせちゃって」「ぜーんぜん！」夫は女性がひざまずくようにして床に並べた靴をよっと言いながら履いた。「お、ぴったり！」「ご自分のでしょう！」あはは、ふふふ、「じゃあ、お大事に」「ありがとうございました」「ありがとうございました」「ではこちらに」若い女性がにっこり笑って診察室を出たので医師にお辞儀をしながらついて行った。夫は検査の間に心やすくなったのか女性と朗らかにしゃべっている。「夜勤大変ですねー」「まあ私たち、それが仕事ですんで。タクシーで帰られます？」「ほかにないですよね、でも夜間料金ですよね」「それは仕方ないですよねー」「タクシー代なくて帰れないなんて言う患者さん、いませんか」「あーいますよいます、おられますー。帰りも救急車で送ってくれとか」「うわー」「現金がなくてもカードとかキャッシュレス対応のタクシーがほとんどですけど、年配の方とか、おうちにお電話してご家族に持って出てもらってください、とか」「家族がいたらいいけど」「そうですね、今日は奥様ご一緒に来てくださって心強かったですよね！」「それはまあね、どうもありがとうね」夫が急に体半分くらい振り返って目で微笑みながら私に手を伸ばし肩を叩いた。私はビクッとしていやいやと言った。「守衛さんに言ったらタクシー呼んでもらえますから。すぐですよ、待機場所が近くにあるので。では、こちらですね。どうかお大事になさってくださいね。奥様もお疲れ様でした」「あっ、どうもすいませんでした、いろいろ」「いえいえー」ふふふ、と笑いながら女性は私たちを守衛に引き渡すとすぐに戻って行った。警備員の制服姿の守衛は「タクシー？」「お願いします」「どこ方面ですか」「あのー、西町のほうです」「あああ、ハイハイ」守衛さんががらがらした声で電話をかけている間、夫は私の肩を突いて「寝不足になるね」「いや、まあ、無事でよかったよ」「すぐですんでタクシー、出たすぐの車寄せで待っててください」「そうします」「ありがとうございます」「ありがとうございました」「おやすみなさい」時間外で入口の重たいドアを押して外に出た。「おやすみなさいは変だろ、あの人たちはこれからまだまだ何時までかわからないけど働くんだよ」「ああそうか。悪いこと言ったかな」「そこまでじゃないだろうけど」道路にはぽつぽつ車が通り、トラック、タクシー、乗用車、コンビニやその他の店や自動販売機の明かりもあり思っていたより明るかった。待合室の方が薄暗かったかもしれない。地面が黒く濡れて光って靴の下に湿った感触もしたが空気は乾いていた。空には雲も星も月も多分なかった。「なにして待ってたの？本読んでた？」「本、忘れちゃって。スマホも充電悪くて」「パソコン持って出たらよかったね」「ハ？」「なんか書いて待ってれば……いや、慌てさせたのかな」「そりゃあ」「お腹すいたな、帰ったらなにか食べるものある？」「そりゃ、なにかはあるよ」「なんでもいいよ」「ああ、カロリーメイトなら私いま持ってる」「それは違うな」迎車ランプを灯したタクシーが滑りこんできて、夫が先、私が後に乗りこんで夫が元気に住所を言った。私の方がぐったりして病人みたいだ。「深夜割増料金なりますが大丈夫ですか」「ええ、はい、覚悟の上です」「シートベルトお願いしますね」走り出す。運転手の名前と写真を確認する。たまにタクシーに乗るときはいつもそうする。マスクのない真正面を向いた顔写真は乗るとき見た運転手の顔とは別人に見える。「はー疲れた」「でも、本当、無事でよかった。私まさか自分が救急車乗るなんて思ってなかった」「実は僕ね、乗ったの二回目、救急車」「えっ？」夫はおそらく苦笑いしながら、「高校で自転車通学しているときに自転車で転んでね。人ん家のコンクリ塀に頭からぶつかって頭皮がすりおろされるみたく剝けて血が出たんだよ」痛そう、と私が言うと同意するように運転手がムーと唸った。「いや、痛いは痛いんだけど、歩いてた人とかが心配して集まってきてそっちの方が恥ずかしくて、いいですいいですって自転車乗ろうとしたらフレームが曲がっててだめで、それも恥ずかしくてむりやり押して帰ろうとしてたら誰かが救急車呼んで、ピーポーピーポーピーポー、来ちゃって」夫は楽しそうというか少し興奮しているように見えた。「大丈夫ですって言ったけどいや血まみれだよキミって、見たら夏服の肩にまで散ってすごい、悲惨で……それ見たら急に暗くなって、多分血が目に入って、倒れちゃって」「失神？」「精神的貧血みたいなことかな。制服で学校に連絡が行って、学校から親に、大騒ぎになっちゃって。怪我はほんと大したことなくて、消毒して絆創膏貼ったくらいで。もういま、痕もないでしょ。触ってみる？」夫が顎を引いて上目に私を見て待っているのに気づいて手を出した。「左側の眉毛のこのへんからこう、頭に。僕そのころ坊主だったからこのへんまで」夫が示す場所を指でなぞってみたが別に変色も段差もない。眉毛が太く固く脂が指にぬるついた。「一年くらいは皮膚赤かったけどね……ああ」夫はなにか思い出したらしく笑いを含んだため息をついた。「じいちゃんが、怪我したところの塀や地面に血ついてるだろうってそれをすごく気にして。血は太陽で乾き切ったら取れないから今日のうち洗わないとって」「へえ」夫の祖父母は私と結婚する前に亡くなっているから私は会ったことがない。写真は見たことがあった気がするが覚えていない。窓の向こうの街は糸を引くように光っている。車は少ない、赤信号が点滅している。「怪我の処置してもらって、脳に影響があるかもしれないからって検査も受けたんだけどその間に病院きた親とかと会ったんだよ、そしたら母親とばあちゃんは僕の顔見て安心して泣いてるのにじいちゃんだけ何丁目のどこだったのか正確に場所を教えろって。いますぐ洗ってきてやるって。血は染みこみ切ったら落ちるもんじゃないからって。僕も動転して説明できなくて、そしたらばあちゃんがこんなときにってじいちゃん怒鳴ったの。ばあちゃんがじいちゃん怒鳴るの後にも先にも、そのときしか見たことない……眠いなら寝たら？」ううんぜんぜん、眠いんじゃない、でも目が疲れたと答え目を閉じた。運転手が言った。実際、血って乾いたら落ちないんですよねえ。そうですか、そうですよね。いやね、うちねー、十年前、もっとか、中古の家買ったんですけどねー、ガレージにおっきな茶色いシミがあって、機械の油かなんかかなっつって、取れなくて、なんでだか猫がそこをやたら舐めるもんだからキビ悪いねって水かけて擦っても上から色塗ってもやっぱりどうしても浮き上がるみたいにしてね。業者に頼んでもだめなわけ。怖いですね。それがねー、怖いのはこれからなんですよ。川土手の菜の花はあれから年々量を減らし、自治体などの意図があったのか自然現象なのか私が家を出るころにはちょぼちょぼ数株ずつ生えるにとどまるようになっていて通ってもにおうこともないしいまはもう生えてすらいないかもしれない。指輪は突然庭の土の中から出てきた。祖母は亡くなっていて本当にそれが祖母のものか誰にもわからなかったが磨いたら光って調べたらちゃんとプラチナだったのであんたもらいなさいあたしはいいわと母に言われたがなんとなく気が引けてサイズも私とは違っていておそらく実家の仏壇の引き出しにいまも入っている。

遭遇

ミッキーダンス

え　ら　び　て

赤い猫

森の家

カレーの日

おおばあちゃん

遭遇

ミッキーダンス

三度目の接種会場は郊外にある倉庫か体育館のような白い四角い大きな建物で、入り口脇に小さい桜の木があってぽつぽつ白く花が咲きかけていた。今年は開花が早いと聞いた。スロープを上がると床にブルーシートが敷きこまれ『土足可能』と表示されていた。その赤い大きな文字が一瞬、『土足不可』に感じられ立ち止まるとご予約のお時間お願いします！　と声がした。長めの前髪を顔の中央で二つに分けた若い男性というか男の子だった。おでこに薄赤いにきびがある。くっきりした二重がにこっと笑った形にしてある。顔の他の部分はマスクで見えない。首からstaffという札を下げている。「えーと、十四時十五分……」「はいありがとうございます、アルコール消毒と検温お願いしております、あ、お靴はそのままどうぞ！」マスク越しなのによく届く快活かつ丁寧な声色だった。会場は、壁らしい壁はない空間が大小のついたてというか簡易壁的なもので区切られ通路や個室や待機場所が作られている。見上げると外周の一部に中二階というか競技場の観覧席のような細長い出っ張りがある。「接種券をご用意の上あちらにお進みください！」「どうも」首からstaff札を下げた若者たちがそこここに立ってリレー方式に誘導してくれる。「こちらでーす！」「ではあちらへ！」「そちらの列へ！」訓練を受けているのかみな声や身振りが感じよくてきぱきしていて服装はカジュアルだが清潔感、一人、はっとするほど明るい水色の髪の毛の若者がいた。昔の外国の漫画の絵っぽい猫の顔がついたダボっとした大きな服は性別がわからないが底の厚いスニーカーのサイズ感からして多分女性だろうと思う。ワクチン一度目と二度目は去年の夏に職場近くのショッピングモールに設けられた接種会場で仕事帰りに受けた。今回そこは予約受付をしておらず、車で少しかかるこちらに来た。金曜日で、副反応で体調を崩しても翌日翌々日と家で休める。広い道路沿い、ガソリンスタンドとチェーンのトンカツ屋に石材店の並び、ショッピングモール会場のスタッフたちは白シャツ黒パンツ的なピリッとした服装で概ね若者ではあるがここにいる彼らより若干大人で少し苛立ち疲れて見えた。疲れていたのは仕事帰りの僕の方かもしれない。三度目ワクチンなので午後休をと言うと全日休めと言われた。仕事のタイミングもあって、部署では三度目は僕が最後だった。いや、もう一人いたが彼は国産ワクチンができるまで打たないと宣言しており一度目も未接種だった。だから反ワクチンってことじゃないんですよね。そういうのどうなんですかいろいろ。でもそこ踏みこむといまやっぱり差別になっちゃうからおのおの自衛、してもらって。実際ワクチンが本当に安全かどうかなんて誰もわかんないわけですしねえまだ十年後五十年後。子供にはやっぱりちょっと怖いし。未来がね。未来はね。

「ではこちら列の最後尾の椅子に座ってお待ちくださいね！」「ありがとうございます」前後左右に間隔のあるパイプ椅子に座る。とてもたくさん人がいる。何人の医師というか打ち手が注射を打ってくれるのか列はずんずん進んでいく。医療行為ではなくて大規模な事務手続きのようだ。選挙とか。やったことないけど確定申告とか。順番が来ると一列まるごと起立するよう指示され、若者たちに前方に誘導される。「間隔はそのままでお進みください！」会場には老人はほぼおらず、僕と同年代かプラスマイナス十歳くらいに見える年代の人たちが並んでいる。老人はもう接種を終えているのだろう。実家の両親もとっくに打ったと聞いている。赤ん坊や幼児を連れている女性がちらほらいた。抱っこ紐で抱えていたり手を引いていたりベビーカー、中には一人抱っこした上にもう一人手を引いている人もいて肩には巨大なトートバッグ、それぞれ事情があろうがとても大変そうな、彼女らのもとにぱたぱた女性スタッフが近寄り子供のために余分の椅子を運んできたり個室のように区切られた場所で待つかと配慮する声をかけたりしているようだった。男性はみな一人だった。誰一人子供も大荷物も付帯していない。ボディバッグ、せいぜいリュック、手ぶら、尻ポケットから接種券の封筒が乱暴に折られ突っこまれはみ出したりしている。会場の天井は高く、二メートルくらいの高さの簡易壁を越えてスタッフと誰かの囁き声が変に伸び途切れ響き合い混じり合い時折鮮明に単語が聞こえた。「アレルギーですか」「吐いちゃって」「伝えとく」「両利きす」「ハイ、吐いちゃって」「右でも左でも」順番が来てTシャツの袖をまくり肩の少し下に注射される。青い使い捨て手袋がはめられすぐに外されゴミ箱に落とされる。注射器、消毒綿、大量のプラスチック密閉包装物が剝がされ逐一捨てられていく。結局人類が衛生を手にしたのはこういうプラ製品の恩恵なのだ。脱プラ、SDGs、エッセンシャルなプラ製品使用を守るため、使い捨てカップやストローは紙製にいたしましょう。接種が済み十五分待機する。大きなモニターの前に並べられたパイプ椅子に誘導され、モニターに繰り返し映し出される副反応について、体調不良時、濃厚接触者になった場合の対処法映像を眺める。まずはかかりつけ医にご相談ください。かかりつけ医と聞いて頭に浮かぶのは実家の近くの山本内科小児科で、親元を離れて一人暮らしをしているいま熱が出たとかインフルエンザ予防接種のときに行く職場近くの白っぽい個人病院でも最寄駅前クリニックビルにある水色の内科でもない。住宅街の中の、受付のおばさんがすごく威圧的で中にいる看護婦のおばさんはやたら優しい山本内科小児科になんて高校生以来もう十年以上行っていないのに。僕のカルテがちゃんと保管されているかどうかも怪しいし僕だってもう診察券を持っていない。いや実家にあるか。実家の、母がそういう細かい貴重品を入れている居間の棚の一番上の左側の小さい引き出しの中、モニターの隣に大きなデジタル時計がある。ショッピングモール会場では注射後に十五分にセットされた小さいタイマーを一人一つずつ持たされたがここは各自で時計を見ながら十五分待つ。念の為スマホが震えるようアラームをかけた。一度目も二度目も、十五分経つ前に体調を崩したらしい人は見なかった。右隣のパイプ椅子の、尻をだらりと前面にずらした座り方の男性のスマホ画面が光って見える。なにか色が濃くて速い動画を見ている。目を閉じている人もいる。胸に抱いた赤ん坊をあやすように左右に揺れている女性、ワイヤレスイヤフォン、スワイプする指が色づいて濡れて光って、横顔、後頭部、いろいろな色形素材のマスク、それらが前後左右等間隔に並んでいるはずなのになぜか席が遠ざかるほど密集し重なって見えた。顔を上げると壁の観覧席っぽい出っ張りに複数のスタッフたちが集まって会場を見下ろしながら何事かを相談していた。やはり若い。高校生くらいに見える人もいる。さっきの水色の子もいる。一人と目があったがすぐに誰とかわからなくなった。上から見たらここはどんな風に見えるのだろう。家畜の群れのような、遠目にも彼らが我々を好いていないような気がした。彼らはもうワクチンを打ったのだろうか。当然そうだろう、年齢や既往歴やどういう職業に従事しているかで人間が区分され前倒しされたり後回しにされたりせっつかれたり様子をうかがわれたりすることを自然現象のように受け入れ黙って十五分を座って過ごす大人たち、うつむいた目に細い脚とやや太い脚と赤い杖が目に入った。すごく痩せた女性と少し太ったおばあさんの二人連れが杖をつきつつ僕の左斜め前のパイプ椅子に来た。高齢の母親に娘か嫁がつき添っているのかと思ったらどうも逆らしく、杖をついているのは若い細い方の女性で、足の動きが左右不均一にかくんかくんしていた。座るときもやけに慎重に尻を下げていったのに最後はドスンと落ちるような感じ、どうも脚か腰かどこかに障害があるらしい。母親が手を伸ばし娘から杖を受けとり椅子の下に横たえた。娘の座り姿は首をぐっと右に傾け全身がじぐざぐ曲がって見える。障害がある人はワクチンを優先的に受けられるのではないか。課長は普通に働いていて健康に見える四十代だが高血圧の薬を飲んでいるとかで一ヶ月くらい先立って受けていた。病気と障害は違うのかもしれない。そういう等級において軽いのかも、一時的な怪我なのかも。母親は娘が座ったことを確認すると椅子の傍に立った。水色の髪の若者が走ってきて母親に椅子を勧めた。母親は手振りと目つきでにこやかに断り娘の椅子の背面に手をかけすっと背筋を伸ばした。母親の靴は鈍い銀色をしていた。「ママーッ！　ママーッ！」幼児の声がした。見回したがそれらしい子供はいなかった。「ママーァ！」子供の声はよく通る。僕は大学生のころ保育園の裏にある部屋に住んでいた。園庭から細い道一本挟んだところにある物件で、部屋探しのときに朝から夕方までは子供の声が聞こえますよと言われた。赤ちゃんの泣き声ですか。いやむしろもう少し大きいお子さんの遊ぶ声とかですかね、よく通るのは。覚悟して入居したが、開園時間に窓を開けていてもさほどうるさいとは思わなかった。いやよく聞こえはするのだが、人の声ではなく音っぽく聞こえたせいかもしれない。意味のない、聞いてもわからない、雨の音とか鳥の声とか道路の走行音、オルガンと童謡も言葉としてではなく季節の空気のようにチューリップが並びカエルが輪唱しささのはさらさらどんぐりころころ、こういうのの感じ方ってね、人によって本当に全然違いますからね、うるさくてたまんないって、学期途中で引っ越した方もおられましたよ。保育園は背の高い植えこみで囲まれており声は聞こえても子供らの姿はほとんど見えなかった。木と木の間、葉っぱの隙間から、いろいろな色がちらちら動くその動きだけが見えた。僕の部屋に遊びにきて、私小さい子供たちの声って大好き、と、わざわざそちら側の窓を開けて首を突き出すようにして笑っていた女の子がいた。ねえ、またお部屋に子供たちの声を聞きに行ってもいい？　私小さい子の声って本当に好きで、元気が出るの……それはお前が狙われてるんじゃねーのと友達に言われなるほどと思い、向こうがいずれそういった話題を切り出してきた場合どう答えるべきか逡巡し緊張したがそういうことには結局ならなかった。小柄で垂れ目で前歯が少し大きな子だった。いまどうしているだろう。就職、結婚、出産、スマホが震えた。自分で設定した十五分のアラーム振動だった。待機終了、ということは僕がここに座り始めた時点でこの待機場所にいた人はもう全員待機時間を終えていて、いま座っているのはその後に来て入れ替わった人たちだということになる。そうは思えなかった。一気に変わらないで一人ずつ入れ替わっていったせいか、顔ぶれは誰一人変わっていない同じままのような、だってあの動画を見ていた男性もまだいるし、目を閉じてワイヤレスイヤフォンの彼女だってまだいる。立ち上がり横を通り過ぎながら見ると脚の悪い女性は首を右にぐっと傾け細い太腿の上に載せた手の指先をちらちら動かしていた。その動きと体格だけ見たらちょっと少女のようだが黒い髪にはうねってねじれた白髪が混じっていた。母親の背筋は伸びたままだったがその両目は閉じられていた。入り口周辺にたくさんいた誘導スタッフは帰路には姿が見えず、『出口←』『出口→』という掲示があるだけだった。

会場を出ると外のにおいがした。春のなんとなく粉っぽいようなにおいと排気ガス、空は晴れているが花粉とか黄砂とかが混じったような薄い色をしている。入り口とは違う出口で桜の木は見えなかった。駐車場は広く、何人か制服姿の誘導員が立っている。警備員とか警察官と似た感じの青と紺の制服に帽子白いマスク、体つきからしてどうも僕よりかなり年上のおじさん、むしろおじいさんたちだった。室内の接種誘導スタッフと屋外の駐車誘導スタッフ、どちらかというと屋外の方を若者がやった方がいいんじゃないかという気がしたがそれは的外れな余計なお節介なのだろう。そもそも雇用とか労働の体系が多分全く違うのだ。僕は自分がどこに車を停めたかわからなくなった。入ったのと違う出口から出て景色が違っていたせいかもしれない。似たような色の車ばかり並んでいる。銀色と黒と白が多い、同じ車種同じ色の車を見つけ近づいたがルームミラーに白いクマのような動物マスコットがぶら下がっていて違うとわかる。僕がきょろきょろしていると一人のおじいさん誘導員がかけよってきて「お車こっちじゃないですよ！」と言った。「えっ？」これだけある車と所有者を覚えているのか、赤銅色に日焼けしたおじいさんは両腕を広げて大きく景色を抱えるようにして「こっち側、奥の列はぜーんぶスタッフの車なので」と言い、その両腕をぐいっと体ごと返し「接種者の方のお車はあっち！」「あっ、なるほど。すいません」「みなさん迷うんですよね、建物あっちから入ってこっち出るから。お車の色は？」「や、自分で探します、すいません」立ち去ろうとしたが、おじいさんはでも、あの、と僕を引き留めた。「大丈夫ですか？　顔色がちょっとすごく、悪いような」「えっ？　いや、全然」顔を触った。マスクがごわごわした。おじいさんは本気で心配そうな声音で「もしなにか変だったら、医療スタッフもいますし、中で休んでも。ベッドもありますよ」「いやいや本当に、全然」「そうですか……副反応とか怖いですからね」「あー、ねえ。本当、全然」「私もかなり熱出ちゃって前のとき。腕はパンパン、でも休めないし参ったなと思って……本当に大丈夫ですか。お水とかありますか」「いや、本当に、はい、ありがとうございました」オーラーイ、と声がした。道沿いのガソリンスタンド、オーラーイ、オオオーラーイ！　はぁーいオッケーでーす！　僕はできるだけ元気そうに歩いて自分の車を見つけた。両脇の駐車スペースが空いて、どうしていままで見つけられなかったのかわからないくらい目立っていた。マスコットもお守り札も消臭剤もなにもない自分の車のドアを開け、じっとり湿って暑い車内に乗りこみミラーで顔を見た。普段と別に変わらない。真っ青でも真っ赤でも黄色くもない。少し目は充血しているがその程度、マスクも外してみたが大差ない。エンジンをかけ全ての窓を少しずつ開けた。横を見るとおそらくさっきのおじいさんがこちらを見ていたのでできるだけ快活かつ不自然でない笑顔で会釈しながら車を出した。さっきのおじいさんとは別のおじいさんが誘導棒を回しながら反対の手でまっすぐ指し示す方向へハンドルを切った。

翌日微熱が出たが痛みや倦怠感などはほとんどなく暑くも寒くもなくしかし試しに体温計を脇に挟んでみると数値は微熱から発熱、高熱へとぐんぐん高くなっていった。感覚と現実の乖離、ちょっと子供時代以来見たことがないような数値、僕はポカリスエットを飲んだ。ちゃんと味がする。冷たさも感じる。注射した腕の上のところの周辺が固く張っていたが、そこもいくら触れても押しても痛くはなくただちゃんと動かせなかった。横になり目を閉じ眠った。長く深く眠ったようだったが目を開けると十分くらいしか経っていなかった。母親からワクチンの副反応は大丈夫かとラインがきていた。三度目はまだかまだかと聞かれたので日付を教えていた。億劫で放置していたら電話がかかってきた。「大丈夫？」「熱出てるけど、まあ予想の範囲というか」「前のときは熱出なかったんでしょ」「微熱は出たけど」「そのときよりいま高いでしょ」自信満々に言い切られ「なんで」「声変だもん」「風邪じゃないんだから」「そういう、喉痛いとかの声じゃない。本調子じゃない声。元気がないっていうか、顔色が悪いっていうか」誘導員さんに続いて実母にも顔色を心配される。見えてもいないのに。「いや大丈夫だって」「食べるものとかあるの」「あるある。大丈夫」「飲むものも」「ある」「ちゃんとしたやつよ、ポカリスエットとか」「いままさに飲んでいるからポカリを」三十過ぎて、人に飲みものの心配ばかりされる。実家は他県にあるので仮にここで食べるものも飲みものもない死にそうと言ったって母にはどうすることもできない。「どれくらい、しんどい？」「いや、少し熱出てるだけだって」「何度」数値を正直に言ったらいらない心配をさせるかもしれないと思って「微熱。前よりはそりゃ、ちょい高いけど」「ふーん。もししんどかったらタケちゃんにそっち行くよう言おうか」タケちゃんは母のいとこの子供で僕から見るとだからおそらくはとこ？　多分十歳くらい年上、いま偶然同じ市に住んでいるらしいのだが多分別に近所ではない。会ったこともそんなにない上に物心ついてからはそのどれもが冠婚葬祭関係だったから親しく話したことすらない。母は結婚前にタケちゃんの面倒をよく見ていたということで、だから私からしたらタケちゃんが長男みたいなものだからというようなことを言っていたが僕は彼を兄のようだとは思わない。タケちゃんだってそうだろう。「いい。いい……」「でももしなんかあったらタケちゃんに知らせなさいよ」「連絡先知らんよ」

「そう？　なら、ちょっと読むからメモして。ハイ、ゼロキュウゼロ……」「は？」「いいから。ハチニイ……」電話番号を一応書き留め「なんなんだよ」「タケちゃんの番号。私ね、最近壁にね、親戚とか友達とか、なんかあったとき知らせたいような人の番号を大きい紙に書いて貼ったわけ！　そしたらほら、万が一救急車で運ばれるようなことがあっても、わかるでしょ。お父さん頼りにならないからさ」「はー。え、あのさ、そこに俺の番号もあるの？」「もちろん。えーとね、四番目。お姉ちゃん、聡明さん、村上、その次」お姉ちゃんは母の姉ではなく僕の姉で、聡明さんはその夫だ。としあきと読むのだが自分の子供に「聡明」とつけるセンスが子供がいない僕にはわからない。村上は母の実家にあたる家の姓だ。「あとは善子さんと、ツツミのおじちゃんと」「あのさ、壁にそういうの貼るの、他人に見えない場所にした方がいいよ。お客さんとか。個人情報なんだから」「うち来るの私のお友達とかだけだから大丈夫よ！」「いやいや。それに俺だったからいいけどさ、番号こうやって勝手に教えない方がいいよ。俺の番号だって誰かに教えたりするなよ」「だってタケちゃんとあんたは親戚なのに」親のいとこの子供なんて親戚の中ではかなり他人だ。「いきなり俺からかけたら、相手だってびっくりするだろ、知らない番号なんだから」「わかったわかった。タケちゃんにあんたのも知らせとくいまから」「なんでだよ。それをするなっていま言っただろ。絶対教えるなよ」「だって、タケちゃんよ。あたしがおむつ替えたのよ。ミルクだってやったし一緒にドラえもんだって観た。最初絵がもっと変だったのよドラちゃん。大山のぶ代死んじゃったわねえ」「そうだっけ？　とにかく勝手に教えないでよ。いまの番号も登録とかしないで捨てるから。わかった？」「わかったけど、でも遠慮しないでいいのに」「遠慮じゃない」「しんどくても水分だけは摂るのよ、あ、あんた味やにおいはまだわかる？

わかんなくなったら、それはコロナよ」母親が息子の言うことを聞いたためしがあっただろうか。その夜登録していない番号、しかし昼間聞いたような気がする０９０８２から始まる番号から電話がかかってきて嫌々出ると「あー、すいませんタケフミですけど。登くん？」

熱は翌日には下がって腕の張りもなくなった。月曜日に出勤した。「副反応出ました？」「熱が、ちょっと」「ファイザーさん？」「今回は、じゃない方、ですね」「やっぱりねえ」「いいんだよ、熱出てしんどい方が。免疫が働いてるってことだから、ちゃんと免疫ができたってことだから」「四回目とかもあるんですかねえ」「あるんでしょうねー」「年に何回かワクチンっていう、もうそういうことになるんじゃないですか我々の人生これから」「そのころには国産もできてるでしょうし」「あー」「そうそう」「ね！　そうですよ」みなでちらっと、国産じゃないとワクチンを打たない派の人の席に目をやる。いまその人はリモート勤務をしている。特別なアポなどない限り申請すればリモート勤務が可能になっている。一時期はフロアの正社員のほとんどがリモートになったのだが、いまは大体七割くらいの人が普通に通勤している。やはりその方が楽だ。家だと仕事に集中できないという人もいたし、配偶者も在宅勤務になって一緒に働いていると気ぶっせいだという人もいたしトイレの水道代や電気代や休憩のコーヒーを沸かすガス代なども全て家計に上乗せされるから損だと気づいたという人もいた。「会社のありがたみがわかりました。トイレ流すときとかあっ……てなって。一回何リットルなんですよ、トイレの水洗。なんか、いてもたってもいられなくてあったか便座のスイッチ、オフにしちゃいました……でも座るたびに冷たいからなんか悲しくなってきて」「カバーかけたら？」「そういう話じゃないですよ」「これからあったかくなるから」「そしたら今度はエアコンですよ」どちらもノー残業デーの水曜日の仕事帰りにタケフミさんと会って飲むことになった。僕の副反応を心配しての連絡だったはずなのになにがどうしてこうなったのかわからないのはやはり体調が悪かったのかもしれない。なんで電話してきたんですかと聞いて、母が無理強いしたのだというようなことを言われたらあとで母に文句を言ってやろうと思っていたのだが、タケフミさんは苦笑混じりに俺も誰かと話したくなっちゃったんだよと言った。そうなんですか。そうなんだよ。なにかすごく寂しい境遇にいるのだろうか、男の四十代というのはそういう感じなのか、「いやそれマルチじゃないか？」「まるち」「ネットワークビジネス、鼠講とかああいう……」「私も課長と同じこと思いました、あと宗教、思いました……」「いやそういう人じゃないよ」とっさに言い、言いながら既に知るかよ、とも思った。知るわけがない。「まあそりゃ、ねえ」「でも気をつけた方がいいですよ」「久々の友達、遠い親戚、要注意です。大人の常識ですよ」

最後に会ったのはだから姉の結婚式か。いや、姉の結婚式には呼ばれてなかったか、はとこ、だから葬式、祖母の？　しかし、僕の祖母はだからタケフミさんからするとどういう関係になるのか……『感染症対策優良店・ルールを守って楽しい外食』と書かれ地元自治体のらしいマークがついた紙が貼ってある引き戸を開くと他にお客さんがいない居酒屋のカウンター席で中ジョッキの生ビールを飲んでいた大柄な男性がこちらを向いて「登くん！」と言った。こんな人だったっけ、丸い感じの、でも確かに顔はこんなだったような、エル字型のカウンターには一席ずつ区切るようにアクリル板が置いてあったがタケフミさんの右隣にだけはなく、箸置きと割り箸がセットしてあって僕の席らしかった。小さいテーブル席と座敷もあったがどちらも予約席という札が置いてあった。「ご無沙汰してます」言いながら隣に座る。タケフミさんのビールは一口くらいしか残っていない。「ここお通しないからさ！」タケフミさんは白い角ばった小鉢に粘度のある半透明の液が少しだけ残っているのを割り箸でかき混ぜた。小さい緑の粒が混じっていた。「これね、俺、早め着いたから先タコワサで飲んでた。食っちゃったからタコワサ好きならもう一個頼もう」「あ、いや」「ここのタコワサ甘くなくてうまいんだよーたまに変に甘いのあるでしょ」「あー、なるほど」タコワサは食べたことがない。食べようと思ったことがない。なんとなく得体が知れないし、食べている人の箸からちょっと粘って見える汁が垂れたりするのが嫌だ。「ね！　大将、ここのタコワサ手作りだよね？」カウンターの中にいた軽く色の入ったレンズの眼鏡をかけた黒マスクの男性は目を笑った形にして「漁師さん手作りっていうのを、仕入れてますね」黒いTシャツの胸のところに白抜き筆文字で『大将　since2006』と印刷してある。「ビール好き？」「はい」「じゃ生二杯ね！」タケフミさんは残っていた一口を飲み干し濡れた中ジョッキを大将に渡した。大将は受けとると僕に袋に入ったおしぼりをくれた。僕はおしぼりを袋から出して手を拭いた。とても熱かった。タケフミさんはうれしそうに「あとね、骨付き唐揚げっていうの先頼んどいた！　あれ時間かかるから」「おー、うまそう」「あとなに頼もうか、なんでも！」メニューはラミネートされたものが一枚で、唐揚げとかだし巻きとか枝豆とかフライドポテトとかそういう定番ものが印刷してあり、一番下に本日のおすすめは黒板に！　とある。壁にかけてある黒板には手書きの細長い文字でびっしり、サザエ（サシミ／ツボヤキ／ニンニクバター）、マアジ（タタキ／サシミ／ナメロウ／サンガ）、サワラ（あぶり／サシミ）、まで読んだところで「なんにする？」「えーと、なにがうまいすか」「骨付き唐揚げ！」「おー楽しみ」「あと、らっきょキムチ！」ラミネートメニューのすぐお出しできますの欄にある。らっきょう（甘酢・

キムチ）、たこわさ、すもつ、トマト。「あー、らっきょう僕、あんまり」「へー！　キミコおばちゃんと一緒だね！」タケフミさんは楽しそうに言った。キミコは母の名前だ。「え、そうすか」「知らない？　キミコおばちゃん、俺がらっきょ食うとさ、嫌そうにしててさ。うちの家机の上にいつもらっきょの小さいツボが載っててさ。梅干しと並んで。どっちもばあちゃんが漬けたやつだと思ってたら売ってるやつだったんだって最近知ったの！　はは、桃屋かなんかの普通の甘酢らっきょわざわざツボに入れ替えてたんだよばあちゃん！」「ほう」「風呂とか一緒入るときさ、口にらっきょ入れといてさ、舐めてたら味が出るでしょ、それで、噛まずに舐めながら知らん顔して頭とか洗ってさ、湯船でガリッとやって、ふーって息吐いたらキミコおばちゃんが、そのときはおばちゃんじゃないね、お姉ちゃんだったけど、クサイッて嫌がってさ、はは！」まだ若い、独身時代の母親と子供時代のはとこが風呂に入っている情景は普通にあまり想像したくない。「そうなんですね」黒板に目を移す。アサリ（酒蒸し／ニンニクバター）、イサキ（煮付け／トマト蒸し）……「だし巻き好き？」「ああ、はい」「まだ若いよね、フライドポテトだ！　刺身は？」「はい魚は好きですね」「じゃ大将、刺身盛り合わせとポテトフライとだし巻きお願いします！」「はーい」どうもタケフミさんは黒板を検討しないで注文する人らしい。カウンターから差し出された中ジョッキを受けとり、タケフミさんは乾杯、と言い、ジョッキ同士は合わせず軽く上に掲げただけで飲んだ。僕も飲んだ。店で生ビールを飲むのは久々だった。中ジョッキが重い。「うまい！」「うまいですね」「キミコおばちゃん元気？」「ああはい、多分」「いきなり電話来たからさー、誰か死んだかと思った」「ははは」タケフミさんはタコワサの小鉢に割り箸を入れとても小さい緑の粒、多分ワサビをつまみ上げようとしたがうまくいかずただ箸先についてきた汁を舐めてビールを飲んだ。肘まで捲り上げた腕が白く、青黒い血管が手首から肘の内側まで太くうねって通っているのがよく見えた。「そういや、この前、聡明くん救急車で運ばれたってね！」「えっ？」「なんか命に別状なかったそうだけど、ちょっと前」「へー……」「まあ知らないよね、姉ちゃんの夫がどうこうとかね、離れて暮らしてたらさ。でもさ、だから俺一瞬、おばちゃんから電話もらって聡明くんが死んだのかと思っちゃってさ……若いのになんてことだ！　とか勝手に思ってさ、したら登くんが副反応ひどいって……はは、悪いけど笑っちゃった」「すいませんうちの親が」「いやいやいや、心配なんだよね、親はいつまでもどこまでも子供がさ。すーごい高熱出たんだって？」「いや、そこまででは。勝手になんか、母は」タケフミさんはぐいっと口元を拭いたおしぼりをきつく巻き直し自分に対して直角に置いた。「一人で体調悪いと困るよね、副反応だってわかっててもさ。仕事は？　忙しい？」「まあまあ、でもまあなんとか」「はい刺身どうぞー！」盛り合わせはマグロにサーモンにイカだった。サザエもマアジもサワラもない。大将はなにかを油で揚げる音をさせている。入り口の引き戸が開いて細身の若い男の子が入ってきた。客かと思ったら我々に会釈してカウンターの裏に入って行ったのでバイトらしい。大きくて四角いリュックに白いクマのようなものがぶら下がっているのがチラッと視界に残った。大将が四角いだし巻きと白っぽいポテトフライを差し出した。ポテトフライは上に胡椒らしい粉が振ってあり、盛り上げた皿の隅にマヨネーズとケチャップが並んでたっぷり絞り出してある。「あのー、アサリ酒蒸しも頼んでいいですか」「おーいいよー！　アサリは味噌汁がうまいよね！」「あのね」大将がカウンターから身を乗り出すようにした。黒マスクがきゅっと口に食いこんで見えた。「アサリね、限定なんだけど醬油漬けもありますよ。サッと酒蒸ししたやつをトンガラシとちょっとニンニク効かした醤油ダレに漬けこんだやつ」「うまそう！」「ちょっと台湾風で、あっちで昔シジミそうやったの食ってうまかったんですよ。そいつは生シジミだったんですけど」「へー！」「じゃあ、酒蒸しじゃなくてそっちにしてください」「はーい」「登くんてさー、海外、行ったことある？」タケフミさんはポテトを指でとり、マヨネーズに沈めてから軽く捻るようにして絡ませつつ引き抜いて食べた。「んーと、韓国に一回。大学の卒業旅行で」「俺いっぺんもないの！　いっぺんもない」「そういう人も多いですよね。いまは、特に感染症がアレですし」僕は箸でポテトをとった。なにもつけずに食べてもかなり塩気が効いていた。上に振ってある粉からかすかに甘いような香ばしいような香りがして、ただの胡椒ではなさそうだった。「普通新婚旅行とかで行くでしょ、海外？　俺んとこできちゃった婚だったから」「え？　タケフミさんて結婚しておられるんですか？」「いっぺんね！　もう離婚しちゃったけど」タケフミさんは次はマヨネーズとケチャップの境目をポテトで掬うようにして口に入れた。ケチャップの方がマヨネーズよりゆるく、さっきタケフミさんが作ったマヨネーズの陥没の方にどろっと流れこんだ。「親権アッチだけど養育費は払ってるよー」「あー」「アッチの実家が遠いのさ、九州の端っこ、なんか飛行機乗って電車ないからレンタカー借りてすーごい遠いとこなわけここから。子供連れてそっち帰っちゃったから、もう会ってないんだけど、今年小学校なのその子！　この四月から」「ほほー」おめでとうございますも変だろう。いや変じゃないか、接種会場で見た母子が頭に浮かんだ。「コロナがこんななっちゃったら会いに行くわけにもいかないしさ。子供の顔見て入学祝いとか渡してやりたかったんだけどさ、ランドセル選んだりさ、買い物連れてって好きなもの……女の子なんだけどすーごい渋ーいベージュみたいなやつ選んでんだよねランドセル。

そういうの、俺が知ってるうちの子の趣味じゃないわけ！　更新されてないわけ、ピンクとかきらきらピラピラ好きだったころから俺は。それか、アッチのご両親の趣味じゃねーかなーとか思ってさー、はー、なんだかね！」「うーん」「元嫁がね、入学しました的なハガキ送ってきてさ、多分入学祝いもらったじーちゃんばーちゃんとかに送るやつだよ。それがうちにもきて、その地味なお上品なランドセル背負ってる写真が印刷してあって、下に余白あるわけ。そこに手書きでお祝いありがとうとか書くんだと思うんだよ不自然な余白、いまの子供って小学校入る前からひらがな書けるんだってね？　俺らんときはそんなの全然だったけどさ。小学校入っていちから習ったけどいまそれじゃだめなんだって！　いじめられるんだって！　だから子供がさ、自分でさ、まあ覚えたてのかーわいいヘッタクソな字で、おじいちゃんおばあちゃんありがとうとか、書くわけなんだよ、でも、そこになんも書いてないの俺の分。嫁が一言書いてくれるわけでもない、アッチの実家の住所と名前が下の方にちーさく印刷してあってさ、苗字ももうアッチのやつね。印刷用じゃないハガキに普通のプリンターで出したなんか縦筋いっぱい入ったようなカラー写真と、でかい余白！　夫婦仲がもうちょっとどうにかなってたらズームで会うとかさ、いまどきね。なんだろうね」「仲、悪いんですか」「悪くないと思ってたんだけどね。そういうもんかねー」タケフミさんはポテトを数本一度につまんでケチャップとマヨネーズをぐるぐるかき混ぜた。僕はだし巻きを食べた。やたら角が立って四角いと思ったがちゃんと柔らかく出汁の味がして辛過ぎず甘過ぎずおいしかった。「元嫁はさー、看護師の資格持ってるからさ、どこでも働けるんだよ。エライだろ。実家暮らしで家賃もかかんないしさ、まあいろいろあって地元が嫌でこっち出て就職して結婚もしたのにさ、離婚して子育てってなったらやっぱり実家戻るっていうね。手に職は強いよぉー！　いざってとき、いつでも旦那を捨てられる……登くんはなんか資格とかあるの？」「やー、普通免許とかそのくらいですね」「仕事とかどう、充実、してるの？」ふと、同僚にマルチか宗教じゃないかと言われたことを思い出した。そもそも僕はタケフミさんがどういう仕事をしているのかもよく知らない。元妻が九州の看護師だということはわかったが、本人は水曜がノー残業デーの会社員という以上のことはなにもわからない。「はい、アサリ醬油漬け。これおしぼりと、殻入れにどうぞ」「おーうまそう」八角形の深鉢に入ったアサリは醬油漬けと聞いて思ったよりも薄い色をしていた。上に輪切りの唐辛子がふりかけてあり、鉢の下の方に薄茶色くて少し濁ったタレが溜まっている。タケフミさんは下の方のタレに浸っていたアサリを一つ手で持ち上げちょっと揺らして醬油色のタレを落としてから前屈みになり前歯を殻と殻の間に差しこんで中の身をせせり出した。引っかかった紐部分が貝とタケフミさんの前歯にぶらんと垂れた。「おーうまい」「ビールに合うでしょう」タケフミさんは殻入れに殻を入れると指をちゅうっと舐めてから中ジョッキを持ち上げ一口飲んでんーうまいと叫んだ。「登くんも食べなよ！　うまいよー」「あ、はい」僕は自分の取り皿の上に割り箸でアサリを急いで三つ四つ移動させた。小さい丸い種のようなものが一緒についてきて取り皿に落ちた。割り箸で中身を出そうとしたがうまくいかない。割り箸の先は四角くて殻と身の間に入らない。「手で、手で」タケフミさんが励ますように言った。僕は頷いて左手で殻を押さえながら割り箸で貝の身を外した。アサリはとても冷たかった。貝柱と紐が殻に残ったが身はとれた。口に入れると生姜とニンニクと醬油と酒の味がした。僕は手を拭いた。「うまいすね」「今日試しにちょこっと作ってみただけだったんですけど、うまかったならよかったです」大将はニコッと笑って茶色い塊がいくつも載った皿を差し出した。「お待たせしました骨付鶏！」「おーうまそう」取り皿の上の醬油の染みた小さい種を箸でつまんで口に入れるとびりっとした。そのままビールを飲むとむわんと甘い苦い出汁のような味がした。「ほい、登くんレモン」タケフミさんは自分の取り皿に載せた骨つきの唐揚げに一搾りしたあとのくし切りのレモンを僕に差し出した。指先がレモン汁で濡れて光っていた。レモンを断って唐揚げを齧ると熱くて前歯に染みた。タケフミさんは次からハイボールにした。僕は次もビールにした。予約席札があったテーブルと座敷席にお客さんが次々来てカウンター以外満席になった。さっきの若いアルバイトの男の子は頭に無地のバンダナを巻いて店内を動き料理を運んだり注文をとったりした。ワクチン会場にいた若者らと同年代だろうが、もう少し愛想が悪い黒い無地のTシャツはごくそばに来て空いたジョッキを受けとるため腕を伸ばしたときなどかすかに男性向けの香料と汗のにおいがした。もう僕の汗はこんな風なにおいにはならないだろう。まだ加齢臭まではいかないだろうが、どんなボディソープで洗っても何度拭いても香水をつけても多分もうこんな風な自然に鼻の奥が痺れるようなにおいにはならない。タケフミさんはハイボールを何度もおかわりした。強いのかと思ったが徐々にやはり口調が酔った感じになっていった。僕は久々の店のビールになんとなく気後れしてペースを遅くしていた。タケフミさんがトイレに立ったときにアルバイトの男の子に頼んで水をもらった。彼は氷水のコップと、水が入った保冷ポットを持ってきて僕の前に置いてくれた。お礼を言うとウスというような小さい声で頷いて呼ばれた座敷席に向かった。首筋にサッと浮いた筋に沿って小さいほくろが並んでいた。

トイレから戻ったタケフミさんはそうだここ梅酒も自家製でうまいんだよねえ大将梅酒ロックで！　とろみのある茶色い透明な液体を啜り「これこれ、女子供にだけ梅酒飲ませとくのもったいない！」タケフミさんはあっという間にロックをぺろぺろ飲んでしまって今度はソーダ割りでとおかわりした。「登くんは？」「まだあります、ありがとうございます」「梅酒さー、甘いじゃん？　うちばあちゃんがよく飲んでて、夜寝る前にお湯で割ったりして、一口もらったら甘くてうまいじゃん！　熱湯入れてるからアルコール飛んでるっていう理屈だったんだろうけど、なんか子供のころから一口くらい飲ませてくれてたんだよばあちゃんは。うちのばあちゃんわかる？」「はい」頷いてから、いま脳内に浮かんでいるのはやはり自分の祖母であってタケフミさんのではないなと思った。だから、母方の、祖母の、きょうだい、にあたる……「うめーなーって、で、一回俺勝手に梅酒、なんかそのまま飲んでさ。まだキミコおばちゃんが近所にいたから小学校上がる前だね、そんな大量じゃないけど俺がへらへらしてたらキミコおばちゃんが来て、俺の顔見てあんたどうしたのって、俺は覚えてないけどへらへらしてたのね。別に吐いたりもしないでへらへら、したらいまから出かけようって、手を引かれて外出たのね」「そのころって、母がいくつくらいですかね」「俺とキミコおばちゃんは十八、離れてるから」「えっ、それだけ？」「そうそう、だからキミコおばちゃんが二十二とか三とかそれくらい？　よく袖なしのブラウス着ててさ、スカートはいてさ、お勤めっつって、きれいだったよ。多分俺初恋はキミコおばちゃんだよ」「ほほー」「で、なんか、うちから歩いて行くんだけど、買い物かなーとか思って、ちょっとふわふわしてんだよね、やっぱり記憶が。近所の道なんだけど、途中から全然知らないところみたいになってさ、どこ行くのって聞いたら友達の家とか言われて、手をつないで歩いてさ、そしたら森みたいなとこなんだよ、遠目に緑がぐわっと盛り上がってて、なんだなんだと思って近づいたらそれが家なんだよ。すーごい敷地、もう公園みたい。門あってさ、キミコおばちゃんがピンポン鳴らしたらピンポンじゃない音、聞いたことないなんかティリリラリラーみたいな音が鳴ってさ、はーいっつって、こんにちはキミコですー、とかって、そしたら門自動で開くんだよ。スーッとさ。もうなんか俺ふわふわよ。手をつないで入ったらまたスーッと門が閉まって、中もなんかいろんな木が生えてて、花とか咲いてて、ここどこって聞いてもお友達の家としか言わないし。そしたら、でかい木があってその下に椅子とテーブルがあって、ティーポットが用意してあって、ほんとなんか嘘みたいななんかアニメ、俺あれだよ、不思議の国のアリスを思い出したんだよ。ビデオで観てたやつ。そんで、なんだこれはと思ってたら人が出てきて、女の人、なんかキミコおばちゃんよりだいぶ年上の、おばさんっていうかそういう感じで耳とか首にすーごい飾りつけてるわけ。真珠とかダイヤモンドとかそういう感じのさ、その人があらーキミちゃん！　とか言って、わーその子がタケちゃん？　こんにちはーいらっしゃーいとか言われて、そしたらそのおばさんの後ろから赤い女の子が出てきて、足が悪いんだよその子」「え？」どろんとした目つきでタケフミさんが僕を見て「エッ？」と聞き返した。「なんでもないです、なんでもないです」「で、俺よりだいぶ年上の、多分小学校高学年とかくらいの、片足引きずるみたいにしてて、すーごい丸顔の。でさ、もう少ししたらおやつにするからそれまで二人でお庭で遊んでらっしゃいとか言われてさ、その子喋らないんだよ。ただニコニコニコニコして俺の手を引っ張ってなんか庭をうろうろするわけ。歩き方はあれだけど割と普通に移動するんだけど、女の子、手が湿ってて、それでなんか凝ったセーター着てるんだよ。さくらんぼかなんかそういう赤い丸いのが編んであってそれがセーターからぶらぶら飛び出てるの、わかる？　仕掛けセーターみたいな、歩くとさくらんぼがあちこちについててぶらぶら揺れるんだよ、不自由な歩き方に合わせて。なんか俺、すごいちっちゃいころよ？　小学校上がるか上がらないかそれくらい、それでもなんか大人みたいに参ったなーと思ってさ、遊ぶったってさ、鬼ごっこだなんだできないし、喋ってもくれないし、俺もよく知らないだいぶ年上のそれも女になんか話すったってわかんないし、言っちゃあれだけどそういう歩き方も見たことないし手は湿ってるし、それでなんか庭をぐるぐる、川とかまであって、アメンボとかがいっぱいいて、きれいかどうかもよくわかんない、川っつったらいつもだったら俺見た瞬間もう入って遊ぶじゃん、石ひっくり返したりさ、でもなんか、ぼーっとして、花も庭もキレイなんだけどなーんかみょーな感じで、いま思ったら梅酒のせいかもしれないし、なんかなんで俺ここいるんだろう、その感じをすーごい覚えてるんだよいまでも」「面白いですね」「アリスでさ、花に顔あって歌ったりじろっと見てきたりするとこあるじゃん、あるのよ、あれ俺すーごい怖かったのね当時。そんな感じでなんか、落ち着かねーってなって、そしたら木がさ、一本木があってそれさくらんぼがいっぱいなってるわけ！　女の子のセーターがさくらんぼで、で、本物の木だよ、いやこれいよいよアニメだぞって思ってさ、そしたら女の子が手伸ばしてさくらんぼとってくれてさ、で、食ったらなんか小さくて酸っぱいけどまあうまいわけ。子供だから、外で木からとってるって思うだけでテンション上がるじゃん、俺は手が届かないからその子がどんどんどんどんとってくれて、俺どんどん食べて、やっとコミュニケーションが成立した！　っていうかさ。俺どんどん食って種を地面にぺえぺえ吐いてさ。売ってるさくらんぼはそうでもないけど種の周りが苦いのね。だから口に入れてさっと嚙んだらもうベッと出すわけ、そうしないと苦いから、そういう食べ方を俺編み出して。で、次はアレをとってくれとかこっちにあるとか指示してさ、言うこと聞くんだよ、で、下から見てたら、毛虫が落ちてきてさ、女の子のセーターの肩にくっついてさ。緑のトゲトゲした見るからにやばそうなやつ！　女の子気づいてなくて、で、俺がなんからげーってなってさくらんぼもういいって言ったら、今度はズボンのポケットからなんか出して俺にくれたわけ。アルミホイルで包んであって、形が、明らかにちょっと潰れてんの。包んであるから汚くはないんだろうけどべちゃっと潰れてんのそういうの子供って嫌でしょ？　さんざんさくらんぼ食い散らかした後だし。うーわーと思ったけどなんか、やっぱり黙ってニコニコニコニコしてるから、だからほっぺたとか異様に赤いんだよ。俺それアルミホイル剝がしてさ。なんかお菓子、渡されてじっと見てるからさ、なんかバッと食ってさ、潰れて湿ってちょっとぬるいような、食ったらなんかいつの間にかキミコおばちゃんとかのテーブルのとこ戻っててさ。二人はなんかすーごい熱心に喋っててさ、で、いま俺が食ったお菓子の潰れてないやつがいっぱい皿に盛ってあって。で、俺と女の子が戻ってきたの気づいて楽しかった？　って聞かれて女の子がさ、それまで喋らなかった女の子がたのしかったー、たのしかったーってケラケラケラっと声出して笑ってさ。なんだ喋れるんじゃんと思ったけど、どう思う？」「はい？」「で、俺らにもおやつ、ケーキとジュースもらって、でもなんか気持ち悪くて、毛虫まだ女の子の肩についてるし」「ついてるんですか」「そうだよ！　だってとってないもん！　俺以外誰も気づいてないしさ。で、なんか真っ赤な甘酸っぱいジュースだけ飲んで、そしたらキミコおばちゃんが、これナントカちゃんが手作りしたんだって！　昨日、タケちゃんのために！　とか言ってお菓子指差して、そうなの、この子が昨日このマドレーヌ一生懸命焼いたのよって、でもやっぱりもう食えないから、そしたら帰り際に同じアルミホイルで包んであるけどそっちは潰れてないやつ、袋にいっぱい詰めてお土産よって、また来てねえって。なんだったのかなーって、いまでもときどき、思い出す。歩いていったんだけどさ、なんかそれから探したけどどこにあるかよくわかんなかったんだよねその家」「不思議すね」「不思議だろ？　それから俺しょっちゅう梅酒盗み飲みしてさ、そんでこんな馬鹿な大人になっちゃった。ははー」「いやいや、ははは」「元嫁には逃げられるし子供には会えないし」「いやいやいや、まあ」二人で店を出た。最後までマルチの勧誘はされなかった。宗教のもない、遠慮はしたが飲み代は全額タケフミさんが奢ってくれた。「ごちそうさまでした」「いやいや……あそこ花咲いてるじゃん」タケフミさんが指差した。寿司屋のような店構えの脇に小さい木があって赤い花がついていた。もう夜のせいかもしれないが、なんだか厚紙でできた作り物のように見える不自然な花だった。「あの花咲いてたんだよ、その庭に」「へえ」「そうやってときどき思い出すんだよね、街とかテレビで花見ると、これ咲いてたな、その度にあれなんだったんだろうと思ってさ」「ふーむ」タケフミさんが駅の方角に歩き出した。二軒目があれば僕が奢らねばと思ったがそういう感じではなさそうだった。歩きながらこれも咲いてた、これも、といくつかの花を指差した。春で、街路樹や民家の庭の木には言われてみればいろいろ花が咲いていていた。桜も咲いていた。満開までもう少しというくらいの、しかし花見をしている人は見かけなかった。「花の名前とか元嫁詳しくてさ。で、あれなにあれなにって、俺が聞いたら大概すぐ教えてくれんだけど、それがすぐ過ぎて逆に俺はすぐ忘れるんだよ。だからいまもう全然わからない。元嫁、花とか詳しいんだよ。詳しかったんだよ」「じゃあ娘さんも詳しくなってるかもしれませんね」「どうだかねえ、最後に会ったときプリキュアの映画に連れてったんだよ、好きって言うから。二人最後のおでかけ。すーごいつまらなくて、キャラクターも知らないから話わけわからないし、大事な役がお笑い芸人だかでへッタクソで。子供向きだからこんなもんかと思って帰り道ネットで調べたらプリキュア映画史上過去最悪の駄作って言われててさ、あーと思って。子供向きでも、つまらないものはつまらないよなー。子供は喜んでたけど。喜んでたのかな？　ちっちゃいライトもらって。光らせて振って応援するんだよ、子供たちが声出して……どうだろう。もう多分プリキュアも見ないんだよ。見るかな？　小学校入っても、プリキュア見てるかなー？」「わかりませんけど。見るんじゃないですか」「そうかなあ。プレゼントっつってプリキュアのものとか送ってもでも多分嫌がられるよね」「それは、贈るなら、リサーチはした方が。もうBTSのが好きとかなってるかもしれませんし」「BTSね……知ってる？」「うっすらとしか」「ああ、この花も咲いてた……わーっと向こうのほうまで列になってた」電車は向こうが上りでこちらは下りだった。帰宅してなんとなくラーメンを作って食べた。油くさいなと思って食べ終わってから見ると賞味期限を三ヶ月以上過ぎていた。喉が渇いて何度も水を飲んだ。翌朝熱っぽいような気がして熱を計ったが平熱より低いくらいだった。マルチ大丈夫でした？　出社したときに聞かれたのでいや全然と答えた。「なんか、離婚して子供と離れちゃって寂しいって言ってた」「あーそっちかー！」「そっちって」「そっちですよ、そっち。寂しいならそんな離婚されるようなことしちゃだめですよねえ」「別に彼に非があるのか、どうか」「子連れで離婚したシングルマザーがどれだけ苦労するかって話ですよ。しないで済むならしたくないですよ離婚なんて普通多分」そう言う彼女は独身だ。猫を飼っていてたまに写真を見せてくれる。保護猫で老猫でなんど聞いても名前が覚えられない。「でも、元奥さん、看護師の資格持ってて実家暮らしで困ってないみたいだよ。養育費も払ってるって言ってたし」「当たり前じゃないですか養育費。親だっていつまでも元気じゃない、大変じゃゃないわけない、そもそも看護師なんてめちゃくちゃ激務じゃないですか。コロナでいろいろまだどうなるかわかんないのに」「そっか。そうだね」「まあでも、安心しました。いざとなったらなんか騙されてツボとか買わされちゃいそうだから」「買わされないよ」「そうでしょうねー、そうでしょうねー」

タケちゃんとご飯食べたんだって？　夜になって母がうれしそうに電話をかけてきた。僕はいい歳をして一体何人に行動を確認されるのだろう。お熱出た？　誰と会った？　なに食べた？楽しかった？「うん居酒屋行った」「楽しかった？」「んー、まあ……結婚して離婚してるって、知らなかった」「え?!　知らなかったの？　すーごいかわいらしいお嫁さんでお嬢ちゃんもお嫁さんそっくりでなんか人形みたいに着飾ってかわいらしい、いっぺんだけうちご挨拶きてさ、私得意でしょマドレーヌ、焼いて出してあげたらおいちいおいちいって、三つも四つも頰張って口に入れてまあまあよっぽどお腹すいてたのねえそれともこういう手作りのお菓子珍しいかしらって言ったらなんだかお嫁さんに睨まれちゃって……まあねえ、かわいい盛りで離婚なんて酷だけど夫婦のことは外からはねえ」「あとさ、聡明さん救急車で運ばれたんだって？」「そうそう！びっくりよねえ。なんでもなかったらしいんだけどさ。お姉ちゃんは動転したみたい」「病気じゃなくて？」「なんだかねえ、よくわからない、元気なんだって。ねえ、お盆にはこっち帰ってきても大丈夫じゃない？　お姉ちゃんたちも多分帰ってくるよ。会って話せばいい」「いやー、どうだろう」「もうウィズコロナよウィズコロナ。だって、何年ぶり？　それこそタケちゃんと一緒に帰ってらっしゃいよ」「なんでだよ」「独り身同士……タケちゃんはでも、そうね、お嫁さんの方行くかもしれないね、遠いもんね。長いお休みじゃないと、どうしてもね」「まあ、タケフミさんはわからないけど、帰れたら帰るよ」「そうしてそうして！　焼肉食べに行こう……あ、そうだ！」母が急に大きな声を出した。「こないだ私あんたに嘘言ったの。ごめん、大山のぶ代はまだ死んでなかった！　引退しただけだった。旦那さんの方なのね、亡くなったのは大山のぶ代の」「はあ……それで、そうだ、タケフミさんが言ってたんだけど、母さんとタケフミさんで子供のころ森みたいな豪邸遊びに行ったっていう話、覚えてる？」「森？」母は怪訝そうな声を出した。「なんか足が悪い女の子がいたっていう……」「ああ！　はいはい。あれね、なんて言ったらいいんだろう。私が就職でお世話になった方のお宅でね、私タケちゃんのお守り頼まれてたから一緒に連れてったこと、あったあった！」母は電話の向こうで含み笑いのような音を出した。「そこに、足が悪い女の子がいたの？」「そうそれが、あれよ、そのときは私知らされてなくてただ遊びにいらっしゃいよっていう話だったんだけど、その後私に、後妻に来ないかっていう話がきたの！　私、その女の子のお祖母さんに品定めされてたわけ知らないうちに！　その女の子のお母さんが早くに亡くなっちゃって、お祖母さんとお手伝いさんなんかが子育てしてて、それでだれか後妻にって、私……二十いくつも年上の人よ、会ったこともない。足のことは言うつもりないけど、思春期前のコブつきの。いくらお金持ちの後妻さんったって、ねえ、あんまり」「断ったの？」「断らなきゃあんたたち生まれてない！」「はー」「タケちゃんがね、あのあとまたあそこに遊びに行こうよ遊びに行こうよってねだってくるもんだから困っちゃった……でもね。お父さんと結婚して嫌なことあるじゃない、お祖母ちゃんのこともそうだしお金のやりくりがどうだとか、たまーにね、たまーに、あっちと結婚してたらどうだっただろうなって、お手伝いさんいてお姑さんもそう長くはいなくって、お金いっぱいあって繁華街に不動産、二十も年上なら私がまだそんな年とらないうちに先立って……どうだろうね、やっぱり不幸だったかしらね」「わからんね」「人生はそういうものね」母は言うと、じゃあお盆は楽しみにしていると言い言い電話を切った。

遭遇

ミッキーダンス

え　ら　び　て

赤い猫

森の家

カレーの日

おおばあちゃん

遭遇

ミッキーダンス

え　ら　び　て

赤い猫

昼休みにパルスオキシメーターで脈と酸素量を測りながら、というのも少し前に不整脈で救急搬送されて以来の日課なのですがスマホを見ていると、タイムラインの先頭に『トッポイカレー閉店まじか』という文言が浮かんでいました。「エッ」と小さく声が出ました。トッポイカレーは新卒で勤めた会社（約一年半で辞めてしまったのですが）の近くにあったカレー店で当時よく行っていました。投稿には画像がついていました。拡大すると『長年のご愛顧ありがとうございます。誠に勝手ながら、令和4年10月29日をもって閉店することになりました。店主』丁寧な手書きが逆に物悲しい感じです。脈も酸素量も正常、僕はデスク一番上の引き出しにパルスオキシメーターをしまい、一番下の深い引き出しに入れてある通勤リュックから妻が作った弁当を取り出し食べ始めました。閉店まではあと一ヶ月と少しです。トッポイカレーは人気店でした。繁華街の大きな通りから少し路地に入ったところにあるカウンターと小さいテーブル一席のみという店の前にはお昼には大概行列ができていました。基本のカレーライス七〇〇円にいろいろトッピングを載せます。カレーとトッピング以外のメニューはありません。ラッシーとかビールとかもなし、ある意味ストイックな店でしたが雰囲気は気楽で、大きな鍋でカレーをかき混ぜている店主のおじさんはいつ見ても頭にバンダナを巻いてチェックシャツを着てニコニコ、奥さんらしい、太ったおばさんが阿吽の呼吸でライスやトッピングを用意し会計を担当していました。一〇〇円の野菜炒めをトッピングした計八〇〇円の野菜炒めカレーを僕はいつも注文しました。もやしとキャベツが軽いニンニク風味で炒めてありもやしが白くキャベツは浅い緑でどちらもつややか、それがルーの上に載っかって湯気を立てていると見るだけで満たされて日ごろの食生活の乱れを一気に解消してくれそうな気にもなって、食べればみずみずしいシャキシャキの野菜が香ばしいルーと相まって……転職したいまも同じ市内には住んでいるのだから食べに行ったってよかったのに最後に行ったのはもう何年前になるか……少なくとも結婚して以来行っていません。このご時世ですから、個人がやっている小さい飲食店なんていつ閉店になってもおかしくありません。僕が行かない間にトッポイカレーの人気が落ちてしまったのでしょうか。僕は「トッポイカレー閉店」と検索しました。『トッポイカレー閉店ってなんで？　この前も行列できてたよ？』『トッポイカレーは小麦粉を一切使わず、大量の玉ねぎをじっくり炒め甘みとコクを出す県内随一の絶品。ほぼ完全に煮溶けた肉と野菜のうまみが店オリジナル配合のスパイスに調和する名店の閉店は地域の大きな損失と言えましょう』『去年かな？　すいません値上げしますっていう張り紙見て大変なのかなって思ってたけど…。仕方がないとはいえ超超超残念　#トッポイカレー　#閉店』『#トッポいじゃなくて　#トッポイカレー　#閉店』『トッポいカレー閉店とのこと。奥さんと初めてデートした店でした。青春の味です』『トッポイカレー閉店までにもう１回行きたいけど遠すぎて無理』最初に店のことを教えてくれたのは職場の一年先輩の女性でした。「ここのカレー食べるとね、元気が湧いてくるんだよね……大変でも、頑張ろうって」先輩はなんの前兆もなく会社に来なくなりました。同期の伴田くんともよく来ました。伴田くんは四月に入社して初めての冬を迎える前に辞めました。「ライス大盛りで十辛お願いします……なんか社会人になってからすごく痩せるんだよ。食べても食べても痩せるんだよ。怖いよ。手首のここんとこほら筋みたいなの浮いてこんなの見たことない。怖いよ、怖いよ」伴田くんが辞めてから入ってきた後輩が社長に理不尽に叱られてしょんぼりしているときにご馳走してあげたこともありました、野菜炒めカレーを勧めましたが彼女が選んだトッピングは厚切りハムカツで、厚さ三センチもあったでしょうか。揚げたてで表面がカリカリのハムカツをあぐあぐ歯を出して嚙み切っているのを見て、そんなに分厚いハムカツが食べられるんならもう大丈夫だね！　と冗談を言うとそれまでべそべそ泣いていた彼女が化粧の黒い繊維が下瞼に引っかかった目でぎろっと僕を見て……いままで忘れていたのが嘘のように、食べに行こうと思わなかったのが嘘のように、ありありとあの店のことを思い出します。食べたい、閉店まで一ヶ月もあると思って先延ばしにしていたらおそらくずるずる食べ損ねる予感がします。僕は取引先のロゴ入り卓上カレンダーを見ました。今週末は明後日金曜日が祝日で三連休になっています。あの店は日曜日定休だったはず、検索すると果たしてそうでした。十一時開店で閉店は二十一時ですがルーなくなり次第終了で、夜は大概それより早めに閉まっていました。だから昼に、この金曜日か土曜日に行こう、妻に食べさせたいとも思いました。妻はよくカレーを作ってくれます。僕の母のカレーは玉ねぎじゃがいもにんじんと肉入りで福神漬けとらっきょうが添えてある、カレールーのパッケージ写真のようなカレーでしたが、妻のカレーは日によって薄切り肉だったりミンチだったり骨がついた鶏肉だったり、野菜もじゃがいもやにんじんなしでピーマンとか茄子とか白菜とかが入っていたりもします。逆に、おそらく一度も、妻は母のようなカレーらしいカレーを作ったことがないのではないでしょうか。福神漬けもらっきょうもなし、それはもちろん全然悪いことではありません。僕も一人暮らしをしていたころにはカレーをよく作りましたが、にんじんやじゃがいもは柔らかくなるのに想像以上に時間がかかります。ちゃんと煮えないうちにルーを入れたせいでじゃがいもがガリガリして食べられなかったこともありました。ルーを入れるとそれ以上どれだけ煮ても野菜は柔らかくならないのです。にんじんは多少生煮えでも食べられなくもないのですがじゃがいもはダメです。硬いだけでなく青臭くて到底飲みこめたものではない、結局全部捨てました。病めるときも健やかなるときも僕はカレーを食べてきました。カレーは最悪箱ルーと水だけで作ったっておいしい、白いご飯にとろりとかければ具がなくたってちゃんと肉や野菜の存在が感じられます。逆に栄養のために野菜を大量にぶちこんで作っても食べられないほどまずくはなりません。子供のころ、近所の歯医者かどこかの待合室に置いてあった漫画でカレーの隠し味にコーヒーを加えるというのを読みました。その隠し味によって天才少年料理人である主人公はライバルとのカレー対決に勝つのです。僕は母に頼んでインスタントコーヒーの粉をカレーに混ぜてもらいました。混ぜすぎて苦くて食べられなくなった……となればオチがつきますが、実際にはいつもと変わらない、カレーらしいカレーいつものただのおいしいカレーでした。コーヒーの量が少なかったのかもしれませんが、もし同量のコーヒーをクリームシチューとか味噌汁とかかき玉汁とかその他汁物に入れたら大惨事になっていたでしょう。カレーは全てをカレーにするのです。共働きのカレーなら薄切り肉やミンチが最適なのでしょう。時間があるときは骨つき肉ならダシが出るのでしょう、骨を外すとき指が汚れますが……結婚するとは要はそういうことなのです。

偶然にもその日の夕食はカレーでした。マンションの廊下からすでに漂っていたカレーのにおい、今夜カレーなのはお隣さんでも反対隣さんでも上でも下でもなくうちだったか、というあの感慨はカレーならではです。靴を脱ぎ、部屋に入るとカレーのにおいの中から妻がおかえりと言いました。もうシャワーを浴びたらしく頭にタオル生地でできたターバンのようなものを巻きつけた部屋着姿でした。食卓に置いたノートパソコンになにか打ちこんでいます。妻は文章を書くのが好きらしく空き時間によくこうやってなにか書いています。なにを書いているのと聞くと日記みたいなの、と答えますが、休日の時間があるときなど一時間も二時間も打ちこんでいることがあり、本当に日記なのかときどき訝しい、見せてと言ったこともありますが断られました。「ご飯先に食べる？」「いや」僕もまずシャワーを浴びました。出ると食卓にカレーが用意してありました。サラダなどがある日もありますが今日はカレーと麦茶だけです。ルーには赤いものと緑のもの、そして薄切りの肉が見えました。「なんのカレー？」「豚こまとトマトと玉ねぎと、小松菜」「コマッツナ！」「適当に……」なにを入れてもカレーはおいしいのです。そういえば妻のカレーにはキャベツももやしも入っていたことが確かありました。「おいしいね」「よかった」ただ、妻の切った小松菜はルーとライスと一緒にスプーンに載せて食べるには少し長すぎて、口に入れる前にスプーンの上で小松菜の向きと口の開きを調整する必要がありました。「おかわりもあるよ、明日もカレーだけど」「なら僕はしばらくカレーの日々だ」「え？」こちらを見る妻の口からシャキシャキ小松菜を嚙む音がします。「そう、僕ね、今週末にカレーを食べに行こうと思ってたところだったから偶然だなと思って」「今週末？」「三連休があるじゃない、そのどこかで。日曜定休だから金か土」妻は壁にかけてあるカレンダーを見ました。赤い文字になっている金曜日のところに小さい字が書いてあります。「あ、金曜日は予定があった？」ぐっと目を凝らすと、妻の字で『10時　ミヤちゃん』とあります。そういえば、妻が近々少し遠方に住む友人と会うと言っていたなと思い出しました。「その日かあ」「いや、でも、カレーって、なんで？」僕はトッポイカレー閉店について話しました。新卒のころ通った店であること、大量の玉ねぎをじっくり炒めることで生まれるコクと甘みが唯一無二の味であること、でも最近ずっと行っていなかったこと、野菜炒めカレーがおいしくてほかでは食べられない味だったのだということ……一通り聞いてから妻は「じゃあ今日カレーやめてなんか別のものにしたらよかったね……ラーメンとかなら作れたのに」「エッ、なんで？」「だって、二日後だか三日後だかにカレーって決まってたらカレー、やじゃない？」「カレーだったら毎日でもいいんだよ。カレーだったら毎日でも僕はいいんだよ」「そう？」「それに、多分全然違うカレーだし」「まあそりゃあねえ」妻は口からとび出た小松菜の先端を上下唇を動かすことで口の中に入れ、唇についたルーを舐めました。トマトが入っているせいか今日のカレーは酸味が強く、塩気がやや薄く感じます。ルーにはくるっと丸まった形のトマトの皮がそこここに浮いています。妻はトマトの皮を除去しません。「なんならいまからおかわりをするよ」「そう？　自分でつぐ？」「そうしようか」「もうお弁当の分のご飯、よけてあるから」今日のカレーはおでんなどを作るときの大鍋ではない、銀色の片手鍋に作ってありました。お玉を入れると、表面にできかけていた膜にシワが寄って破れて中からつやつやのカレーが溢れるように出てきたところをひとすくい、妻は執拗に食べ終えた皿の上のルーをスプーンでこそげ「じゃあ、金曜日に聡明さんはカレーを食べに行くんだね」「え？　でも金曜日は友達と会うんでしょ？」「だからちょうどいいじゃない。私は友達と会って、そっちはカレー食べれば」「いや、だから一緒にカレー、行けたらなと思ってたんだけど」今度は妻が「えっ……なんで？」「なんでって……」思い出のカレー、おいしいカレー、僕が知る限りもしかして最高のカレーが閉店でもう食べられなくなるとき愛する妻とその味を共有したいと思うのはそんなにおかしなことでしょうか。「おいしいし、もう食べられなくなるんだし」「あーそっか……でも、私金曜に街に出るし、カレー屋さんも街中でしょ？　三連休に二回も似たような場所、行きたくないかなー。最近人が多いじゃない？」確かに最近の繁華街は人が多い、一時期の外出制限というか自粛要請が嘘のように人々が歩き、喋り、笑っています。妻は人酔いするというか人混みが苦手な性質で、一度混み合ったテーマパーク、間の悪いことにハロウィンイベント中でプロアマのゾンビだらけの園内に座りこんで吐いてしまったことがあるくらいです。テーマパークのスタッフは鮮やかににこやかに吐いたものを除去し消毒消臭し彼女を介抱し休憩所まで運んでくれましたが、その間僕は呆然と立ち尽くしているだけでした。赤の他人ではない誰かの吐いたものを、それもさっきまで一緒に飲食していた人が出した、その生前の姿がありありわかる嘔吐物をまじまじ見たのは人生でそれが初めてでした。「それに私、カレーってそこまで好きじゃないし」「え?!　カレー、好きじゃないの?!」「いや、普通に。普通に好きだけどねカレー」「でも、よく作るのに」「作るけど、外でお金出して食べたいとは思わないかな……だったらラーメンとかの方がいい。ナンとかの、インドのやつとかならまた別だけど、そういうんじゃないのでしょ」「そうだね、ライス、家カレーの最高峰、的な」「さいこうほう？」「そうか、興味ないか……」僕が落胆して見えたのか妻は優しく「一人で行っておいでよ。せっかくなんだし、食べたいなら食べた方がいいよ。行きたいなら三連休毎日行ったっていいんだよ」「日曜日は定休日なんだよ」

「閉店は来月なんでしょ？　それまでに、なんか、私もまた街中に用事があって行く機会があるかもしれないし、そのときは行こうかな」「そうかー、え、金曜日は友達とお昼、食べるの？」「そう、お昼食べて、お茶も飲むかな……どっちも、ミヤちゃんが行ってみたいお店があるって、もう決めてて。もうこっちにいないミヤちゃんの方が新しいお店とか詳しいんだから変だね」僕は残しておいた肉をスプーンに載せルーとライスと肉だけの一口でカレーの最後を締めくくりました。妻は食器を流しに運びながら、本当にしかし明日もカレーでいいのかと尋ねました。「お惣菜買ってこようか。一応、明日は卵とか載せるつもりだったけど」「いいね、いいね。実際、本当に、カレーだったら毎日でもいいんだから僕は」「へー」

金曜日の朝、妻は僕よりかなり先に家を出ました。黒いワンピースを着て、耳に青っぽいイヤリングをしています。「それ前から持ってたっけ」「多分。でも最近つけてなかった。じゃあ、そっちも気をつけてね、カレー楽しんでね」「ありがとう。いってらっしゃい」僕も家を出ました。カレー店の開店時間に合わせたつもりでしたが、いつもより遅く起きて朝食を食べたせいかあまりお腹が空いていませんでした。もっとちゃんとベストな腹具合であのカレーを食べたい、いくらなんでも午後の早い時間にルー品切れになんてならないでしょう。時間を潰そうと映画でもやっていないか調べましたが観たいものはなにもありません。僕は適当に歩きました。街にはたくさん人がいました。連休初日ということもあって旅行者らしい人もたくさんいました。大きなスーツケースを引いている人がいます。老若男女、僕は、正直まだどこか遠くに旅行したいとは思いません。感染症のことがあってから正真正銘県外には一歩も出ていません。遠出する人を批判する気持ちは毛頭ありませんが、怖くはないのかなと思います。自粛自粛だったときより感染者の数自体は増えているし、変異株も怖い、ワクチンを打っているというのはあるのでしょうが、大丈夫らしいから大丈夫なのだという、その、らしい、の部分の根拠が一切合切あやふやなのに、こんなに浮かれて街を歩いていいのだろうか……僕だって傍目にはその一員ですが、とはいえ、お世話になった店を閉店前に訪れたいというのはそこまで浮ついた話でもないはずです。お盆に実家に帰省するのだって自分のと妻のと双方の実家から誘われましたが断りました。欧米系アジア系アフリカ系、見た目だけで分類するのは雑すぎるのでしょうが、とにかくさまざまな肌の色や髪の色をした人々はなにを根拠に海外へ、日本へ、この街へ旅行することを選んだのでしょう。外国では誰もマスクをしていないという報道も見ました。大勢で集まってどんちゃん騒ぎするようなお祭りが再開しているという報道も見ました。ワインが入ったコップを打ちつけあってこの日を待ちかねていたのよ！　と字幕で叫ぶジャバザハットに似た白人女性のあらわな肩から胸にかけて入った青黒いタトゥーは太いリボンが花束をとり囲んでいるデザインでリボンには文字らしきものが描きこまれていました。彼女は隣にいる禿頭がピンク色に上気している痩せた男性とハグしてからカメラに向き直り「私たちはこうやって触れ合って確かめあう必要があるのよ！いつだってね！」タンクトップに短パンサングラスという出で立ちの外国人観光客と袖も裾もぞろっと長いワンピースの上にふわふわの毛皮風ベストにブーツの女の子が同時に視界に入り、どういう季節のどういう地域なのか不思議な気持ちになります。秋の日本です。まだ汗ばむ気温ですが、それでも徐々に涼しくなっている感じがします。目の前にスニーカーショップが現れました。ディスプレイされた白に紺色のラインが入ったシンプルな一足が目を引きました。そういえば休日用のスニーカーがくたびれ切っていたことを思い出しました。救急搬送されたとき、救急車の寝台に乗るために靴を脱いで妻に預けたのですが、妻がそれを待合室に忘れてきてしまったために看護師さんが取りにいってくれました。その際、若い看護師さんがまるでガラスの靴かのような丁寧な手つきで僕のくたびれたスニーカーを運んできてくれたのがなんとも申し訳なかったのです。それからもう半年以上経ってさらに劣化著しい、僕は店に入りました。若い女性の店員さんは部分的に髪の毛を金色にしていて耳はピアスだらけでとっつきにくい雰囲気でしたがとても親切にあれこれ勧めてくれました。「こう、置いてあるとすごい派手に見えますけど、はいてみるとこれが意外とどんな色の服にも合うんですよシルバー」「本当だ。今日の格好でも大丈夫ですね」「だいじょぶどころかですよ。キレイ目の日もホドホド外してくれますし、派手ですけどギラギラはしてないので」「夏だったらもうTシャツ短パンでいけます」「短パンは、はかないかなあ」「そうですか」「もう歳だし」「そんなっ、ぜんぜんっ」僕は銀色のスニーカーをカードで買いました。税別一五〇〇〇円が消費税で一六五〇〇円、一〇〇〇〇円を超えるとつくづく税率と感じます。そうでなくてもいままではいていたスニーカーより高いし置いてあるとあり得ないほど派手に見えたのですがはくと実際妙にしっくりきたのです。包みますかと言われいいえこのままはいて帰ります、古い方は処分してもらうことにしました。ついさっきまではいていたものなのに新しい銀色の靴をはいて見下ろすとただのゴミのようです。本来黒いはずのところが薄ら白く色褪せ全体がぶかっと膨れたように変形し中敷も擦り切れ……僕は作ってもらったポイントカードを財布に入れてリュックにしまい店を出ました。新しい靴は少し細身で、わざわざ膝をついて店員さんが結んでくれた靴紐の塩梅もよく、歩くだけできゅっきゅと良い気分でした。空腹を感じました。トッポイカレーの前には人が並んで待っていました。老夫婦、男性、若いカップル、男性、まだ人気店ではありませんか。あのカレーのにおいがします。まぎれもないトッポイ、久々に嗅ぐのに、そして周囲にはほかにも飲食店があってそれぞれが揚げ物やうどんのダシや肉やタレやのいいにおいをさせているのに、間違いなくあの店のあのカレーのとわかる香りの粒子が鼻腔にとびこんできます。列の一番後ろにつきました。前にいるのは髪の毛を丸い感じに切った小柄で猫背の男性で、体格に対して大きめのTシャツに黒い細いジーパン、足元は黒いレザースニーカーをはいています。ガラス張りの窓の中にあのころのままのカウンター、カレーを食べている人々の背中の隙間から大きなカレーの鍋が見えます。トイレにでも行っているのかおじさんはいませんが、鍋そのものもおそらく当時と同じものでした。窓際の小さいテーブルには僕の母くらいの年齢の女性二人が向き合ってカレーを食べながら笑っています。二人とも個性的な色形のメガネをかけていました。片方は小さい真っ青なフレーム、もう一人は巨大な四角いフレーム、僕は新しい銀色のスニーカーを見下ろしました。僕のこの靴もあんなふうに浮き上がったように奇異に見えているのではないか、大丈夫でした。店内で見たときよりちょっと明るく白っぽく見えますが、決して変ではありません。列に並ぶ、お揃いの黒マスクをつけたすらっとした若いカップルが楽しそうにガラス張りの窓に貼られたメニューを見ながら話しています。「やっぱりチーズかな！」「チーズだねー」「絶対チーズチーズチーズ」僕はチーズが嫌いですが世間ではそれは少数派のようです。「あー、でもハムカツもいいなー」女の子が言いました。「ハムカツカレーにチーズトッピングしたら？」「ハムカツって普通中にチーズ入ってるくない？」「入ってないだろ」そうだ入っていない。「えー？　うちのは入ってたよー」「それはハムチーズカツじゃね？」「ハムチー、ハムチー」「っていうか、家でハムカツ、出んの？」「たまに。パパが好物なの。黒胡椒が効いた、トマトソースをかけるの」黒マスクの男の子の眉が少し曇ったように見えました。黒胡椒が効いたトマトソースをかけたハムチーズカツが好物の彼女の父親像、僕も懐かしのメニューを見上げました。基本のカレーの下に、野菜炒めカレー、チーズカレー、オムレツカレー、半熟ゆで卵カレー厚切りハムカツカレーチキンカツカレーエビフライカレーソーセージカレーと並んでいます。『トッピングご自由に組み合わせることもできます　ライス大盛り無料　辛さお選びください。ゼロ〜5辛　無料／6辛〜10辛　プラス50円／11辛〜無限大プラス100円』よく見ると値段のところに小さい四角いシールが貼ってあり、ベースのカレーが八〇〇円、トッピングも五〇円から一〇〇円くらい値上げされているようです。野菜炒めカレーは九五〇円、ほとんど一〇〇〇円！　数年来ないというのはこういうことなのだと思いました。『※全メニューテイクアウトできます　容器代50円いただきます　※ペイペイつかえます　※当店は現在デリバリーには対応しておりません』そしてその隣には画像で見たあの悲しい閉店のお知らせが貼ってあります。店の中が動きました。カウンターの奥にある厨房から、ヌッと出てきてカレーの鍋をかき回し始めたのはマスクをつけた太ったおばさんでした。いつも注文を取り皿を運び会計も担当していたあのおばさん、いや、カレー鍋前のその場所はおじさんの……窓際の青と四角メガネの女性二人が立ち上がりました。笑いながらマスクをつけおばさんになにか言いました。おばさんは頷いて答えました。目が笑ったように見えました。若い男性店員がカウンターの奥にある厨房から出てきてレジを打ちました。青いメガネの方が会計をしている間、四角メガネの方はおばさんと言葉を交わし続けました。入り口は開け放たれているので声を出していることはわかるのですが内容はわかりません。会計を終えた青いメガネがじゃあね、というふうに手をひらひら振りながら店を出ました。ごちそうさま、という声とありがとうございました、という声だけははっきり聞き取れました。「おいしかったわねー」「やっぱりおいしいよねー」「やっぱりさびしいわねー」「さみしい！　さみしい！」若い男性店員がテーブルを拭きました。僕が知る限りこの店にはおじさんとおばさんの二人しかいなかったはずです。おじさんはどうしたのでしょうか、彼はアルバイトでしょうか、大学生くらいにも見えます。「お待たせいたしました。先頭でお待ちの二名様」若い男性店員が老夫婦を招き入れました。杖をついて足を引きずり気味にするおばあさんと、それを手で庇いながら歩くおじいさんがゆっくりゆっくり店に入ってテーブルに座りました。若い男性店員が水を運びました。おばさん、若い男性店員、ほかの店員の気配はありません。あのおじさんはどこへ行ってしまったのでしょう？　おばさんは見たところ六十代後半か七十代くらい？　高齢は高齢です、もしかして、店を閉めるのはおじさんがいなくなったから？　高齢？　死別？　離婚？　いやそもそも、あの二人は本当に夫婦だったのか？　おじさんは単なる従業員で、辞めてしまっただけかもしれません。でも、当時のあのおじさんは明らかに店主然としていましたし、二人の空気感というか雰囲気は夫婦にしか思えなかった……もしかしたらこの若い男性は二人の息子かいっそ孫かもしれません、年齢的にも不自然ではない、ですが、空気ということで言えばそれはなんだか違うような気がしました。似ているいないではなく親子には見えない、僕の前に立って待っていた小柄で猫背の男性がひょいっと振り返り僕の顔を見て目を丸くして「牧野！」と言いました。「えっ」「僕、僕。伴田、伴田！」グレーのマスクと前髪の間から見える両目、僕を見上げる角度、「あっ！」それは新卒のころよく一緒にここに来た同期の伴田くんでした。「久しぶり！」「久しぶり……えーっ、すごい、偶然だ……」「本当！」伴田くんは目をしゅうっと細めました。そう、この目つき、彼のTシャツの胸にはダースベイダーの斜め横顔がプリントされています。「びっくりした！」「え、牧野に会うのっていつぶりだっけ？」「ええと、僕が、西プラ辞めて、ちょっとして……」西プラは我々が一緒だった会社の略称です。「だから、もう、二十年とか？」僕たちは顔を見合わせました。お互い会社を辞めてから一、二度飲んだでしょうか。それっきり……いちおうアドレス帳には電話番号とアドレスがあるはずですがそれが生きているかも怪しい感じです。伴田くん、ちっとも変わっていません。丸っこい感じの髪型も笑うとなくなる細い目も、幼くすら見える小さい顔と体つきも。「よく、すぐに僕がわかったね」「牧野、全然変わってないもん」「そう？　伴田くんも」「あーでも、背、伸びた？」伴田くんはマスクの鼻筋のワイヤーをキュッと指で押さえながら笑いました。僕と彼は二十センチ近く身長が違うのです。「いまさら伸びないよ！」「僕トッポイカレー来るのものすごく久しぶりなんだけど、牧野はよく来てたりする？」「いや、僕も久々。実は閉店するって知ったから」伴田くんは頷きました。彼のつむじを中心に日光が髪の毛に反射します。伴田くんは異様に髪の毛がきれいで、当時近所のコンビニの店員さんからキューティクルさんというあだ名をつけられていました。彼が辞めた直後にその中の一人にあのう、キューティクルさん最近来られないですねと尋ねられたことがあるのです。「僕もそう！　閉店ってたまたま知って、びっくりしてさ……でも、やっぱり混んでるんだね、店」僕の後ろにも人が並んでいました。すぐ後ろには休日出勤なのかスーツ姿の男性が二人並んでいます。「覚えてる？　店の前まで来てさ、列長いから諦めようかって、でも今日はどうしてもトッポイカレーの口だって並んだんだけどぎりぎりやっぱり間に合わなさそうになって帰ったの」「あったあった！　結局コンビニでなんか、買って」件の店員さんがいるコンビニです。「カレーパンにしようかって言ってさ、でも今日はカレーパンで妥協したくないって、夜行こう夜って」「なのに定時前になって急に社長に無茶振りされてどうにかキリいいとこまでやって行ったらもうルー、切れてて」「しかも、目の前で終わったんだよね。ちょうどいま最後のが出たんだよって、おじさんが残念そうにさ！」「二人ともへろへろになって、で、やっぱりコンビニ、諦めてカレーまん買って。カレーパンももうなくて」どうして昔のことというのは、どんな些細なことでも当時を共有していた誰かと話すとこんなに楽しいのでしょう。「カレーまんも一個しかなかったんだよね。半分こした」「最近さ、カレーまん売ってないよね」「そう？　まだ暑いからじゃない？」「いや、寒い時期でもピザまんはあるけどカレーはないんだって。あってもチーズ入ってたりして変なんだよ」「牧野、変わらないね」伴田くんは笑いました。「チーズ嫌い！　僕がここでカレーにチーズ載せてても嫌な顔、してた」「嫌な顔なんてしてないけど……」いや、したような気もします。においがするからなどと言って……ここのチーズカレーは白とオレンジ色の細長いチーズがてんこ盛りで出てくるので、隣でそれが刻一刻ととろけてルーと、僕が食べているのと同じルーと混ざり合っていくのを見るだけでちょっとげんなりしたのです。伴田くんは目元に笑いを載せたまま僕を見上げました。「それで、牧野、元気だった？」僕は頷きました。救急車で運ばれたことを言おうかとちょっと思いましたが大事なかったのだし心配させるかと思ってやめました。「元気、元気。伴田くんは？」「僕は……あのころが人生の底だったから。僕ね、いまでも夢見るんだよ。社長に追いかけられたり」「それはずいぶん……ダイレクトだね」「夢の中でさ、ああ、今日で二徹目、とか思ってるんだよ。今日も帰れない、風呂も入れないしくさいし耳の穴が痒いなんて。眠い眠いって夢の中で思ってるの最悪だよ……ああ知ってる？　西プラ……まだ、あるんだよ」まるでそれが重要な機密であるかのような、異常事態であるかのような口調でした。僕はすっかり畑違いの職場に転職したので西プラと関わることがありませんが、潰れているだろうとも思っていませんでした。「え、いまでも、なんか取引とかあるの？」「ないない」伴田くんは心底嫌そうな顔で首を振りました。前髪が光りながら揺れて、そこに、一筋、二筋、白髪があるのが見えました。幼く見えますが彼も四十半ば、院卒の新卒なので僕より二つ年上なのです。「取引もなにも全然ないけど、まあなんか……嫌だな僕さ、いまでもつい、見ちゃうんだよ。知ってる？　あいつらフェイスブックやっててさ、たまに写真とか載せてて、社長は相変わらずだし、拓崎さんとかまだいるんだよ」「拓崎さん！」「そう、久しぶりにお花見できました！　みんなで飲んでパワーチャージして打倒コロナ禍！　とかってさ、社長はもうほんっとに全然変わってない、テカテカ、拓崎さんもなんか悪い魔法かけられたみたいにあのころのまんまなの。もちろん知らない人もいるけど……」伴田くんは鼻筋のワイヤーをキュッと押さえました。急角度に折れたせいでワイヤーに逆に隙間ができ、そこから伴田くんの顔の下半分が見えそうで見えない、「なんかあんなめちゃくちゃだったのに、やり方も会計も労働環境もなにも。でも、会社ってなんだかんだ潰れないんだなと思って……」しんどい目にあった古巣のSNSを見たくもないのに見てしまうというのはなんだかわかる気もします。「まあ、もう昔のことだけどさ」辞める直前の伴田くんは痩せて表情がなくなって僕がなにを言っても頼んでも尋ねてもうんうん頷くばかりになってしまっていました。辞めた彼の悪口を、社長は毎日僕に言いました。こんなにすぐに辞めてメンタルが弱すぎる、院卒でかしこだかなんだか知らないが現場ではなんの役にも立たない、うじうじなよなよしていて見ているだけでいらいらした……だったらなぜ彼を採用したのか疑問ですが、反論できるわけもなく僕はそれを黙って聞いて頷いていました。「元気そうになってて、でもよかったよ」「牧野、結婚したんだね」伴田くんは僕の指輪を見たようです。「あ、そう……五年くらい前」知らせていなかったのは悪かったかなと思っていると伴田くんは「僕も五年前に」「えっ」「指輪はしてないんだけどね。去年、二人目生まれたの」「えっ、子供！」伴田くんに子供！　伴田くんが父親！「それはおめでとう！　二人目ってことは、上にもいるの」「そう。五歳の男の子、一歳の女の子」「へえ！　それはすごいね！」伴田くんは照れるように首を左右に揺らしました。丸い頭から一本硬そうな白髪がとび出て揺れて光りました。「いや大変だよ、かわいいけど」「じゃあ、今日はお子さんは？」「嫁さんが見てるよ。連休でしょ？　あ、連休？」「うん、うちはカレンダー通り」「そう、うちも。こういうときは一日ずつ交代で子供を見る約束にしてるの。明日は嫁さん出かけて、僕が子供を見る。下の子が卒乳したからね」「そつにゅう」「母乳飲まなくなったってこと」「ああ、ああ……！」僕が頷いていると伴田くんはスマホを取り出し「写真、子供の、見る？」「うん、見たい見たい」伴田くんは大きな黒いスマホの画面を光らせ、タップしてスワイプしました。「えーと、これが一番新しいやつ」自宅でしょうか、懐かしのプラレールのレールや踏切パーツが散乱する中に幼稚園児くらいの男の子と赤ちゃんとが座りこんで頬を寄せ合いカメラを見つめています。「かわいいね！　プラレールってまだあるんだね」「これね、僕が子供のころ使ってたやつだよ。母がとっといてくれたんだ」上の男の子は作り笑いというかきゅっと閉じた口の両端を不自然なくらい持ち上げていますが、赤ちゃんの方はただカメラを見つめているだけで無表情というかむしろやや不快そうな顔に見えます。目がとても大きく明らかにまつ毛が濃くて長い、将来美人になりそうな顔に見えました。それから次々伴田くんは写真を見せてくれました。公園らしい場所でペダルのない自転車に跨っている男の子、ベビーカーに乗っている赤ちゃん、ベビーカーを誇らしそうに押している男の子、男の子を抱いた伴田くんと大きな目をした若い女性が赤ちゃんを抱いてその顔をこちらに見せるように体を捻っている写真、「あっ、これが奥さん？」「そう」マスクをしているため目しか見えないのですが、その目がとても大きくて、赤ちゃんとよく似ているように思われました。つまりなかなかの美人です。伴田くんより背が低く、並ぶと伴田くんが高身長のように見えるなと思ったら画面が見切れる少し上にぎゅっと曲げているらしい角度の膝が半分くらい写っていました。隣で直立している伴田くんは全く、見たことがない顔をしていました。僕がいままで見たことのある彼の笑顔はもしかして全て作り笑いだったのではと思うほど「幸せそうだね」「そうね……あ、ここから七五三、前撮り、もう夏前に済ましたんだ」男の子は、紺色の羽織に銀色の袴、なぜかイタリアンマフィアのような帽子をかぶっています。「子供が自分で選んだんだよ、衣装。男の子なのにすごいあれこれ迷って試着してさ」「帽子も？」「帽子？　あーそうね、多分」男の子が着物姿の女性と寄り添ってピースしている写真がありました。マスクをしていない伴田くんの奥さん、薄いブルーの着物を着た彼女はくっきり化粧をしているらしいのにマスクをしているときより素朴な印象の顔をしていました。「そっちは写真、ないの？」「え？」「嫁さん、奥さんの」「ああ……」僕はスマホを手に取りました。写真フォルダを開く、妻の写真なんてあったでしょうか。食べ物やメモがわりの時刻表やサイトのスクリーンショットなどが並びそもそも人間の姿がありません。子供がいない四十代と三十代の夫婦がツーショットやお互いの写真を撮り合うようなことはそんなにないのではないでしょうか。これはおいしかったうどん、いまいちの唐揚げ定食、偶然つけたテレビ画面に映っていた危険な不整脈のサイン……「ないなあ」「そう」伴田くんはマスクの中で少し笑ったようでした。「子供がいないとそうだよね。僕も人生でこんなに写真、撮りまくってたことってないもの。そんなものだよ」「どこで知り合ったの？」「二名でお待ちのお客様どうぞ、カウンターでもよろしいですか？」伴田くんの前にいた若いカップルがハーイと答えました。伴田くんが先頭になりました。「知り合いの知り合い。合コンっていうとあれだけど、友達同士の紹介で。十歳違うんだけど」「えっ、それは若いね」「いやでも嫁さん見た目より頭悪くないから年の差もそんなに感じなくて、しっかりしてるし。縁があるとなんだかつるつるいろんなことが進むものだね。牧野は？」「僕は転職した先で。向こうも新卒で入った会社がブラックで、そういうことでなんだか親近感があって」「ああ」伴田くんは小さく首を捻る仕草をしてから、また鼻筋のワイヤーをきゅっと指で尖らせました。「ブラック企業ってさ、もう、言わない方がいいらしいよ」「え？」「悪いことイコールブラックっていうのは、差別に繋がるっていうか……ほら、ブラックライブズマターとか、一時期話題にあったじゃない。アメリカの」僕は少し驚いてそうなんだと言いました。悪いことイコールブラックは差別的……なるほど、言われてみればそうかもしれません。店から若い男性が出てきました。ありがとうございましたーという声がしました。伴田くんは明るく「いやでも、ほかに適当な言い方も多分まだ確立していないし、カジュアルな場所なら全然咎められることじゃないと思うけどね。ご時世ってだけで、僕も不快に思ったとかではないよ、もちろん」伴田くんは肩をすくめたり伸ばしたりしました。ダースベイダーの顔がたわんだりしぼんだりしました。彼から甘い果物か花っぽい香りがちょっとして、奥さんと共有する柔軟剤かシャンプーでしょうか、それが周囲に漂いすぎてもう感じなくなっていたカレーの香りを再び高く際立たせました。「じゃあ、牧野は職場結婚だ」「いまは違う職場だけどね」「どういうところが、決め手になったの」「え?」「結婚、結婚」若い男性店員が入り口から顔を出し「お次一名でお待ちの方!」伴田くんはオッと言い、「じゃあお先に。話の続き、よかったら後で!」と中に入っていきました。窓際の老夫婦が向かい合ってゆっくりゆっくりカレーを食べている横顔が見えます。おじいさんとおばあさん、それぞれのお皿に一匹ずつエビフライが載っているのが見えます。なかなか健啖家です。伴田くんはカウンターの一席に案内され座りました。隣にさっきのカップルの男の子がいて、後ろ姿の身長差で子供のように見えます。背中を丸めてカレーを食べている人々、その向こう、カウンターの中のおばあさん、もしいま初めてこの人を見たとしたらカレー店のおばあさんと呼んだでしょうが、一度おばさんと思ったらもうずっとおばさんです。おじいさんがエビフライを尻尾の方から口に入れ噛みちぎりました。妻と結婚した決め手、理由……大学時代に一人、就職してから彼女と出会う前に一人、どちらの女性も長続きしませんでした。会ってからもう十年、つき合い出してから結婚を決めたのは三年目くらいでした。どういう経緯でつき合うことになったかというと割に曖昧というかなし崩しというか、ありがちな、お酒を飲んで終電が云々というようなそういうことだった気がするのですがその起点を決めようとすると茫漠としていて、でも一つはっきり思い出したことがあります。

つき合い出して、お互いの家に泊まるようなことも常態化していたころ、休日、二人で昼寝をしていました。僕の部屋でした。日当たり悪いワンルームで、一人用の布団を軽く畳んだものにお互いの上半身を載せて、下半身は床のフローリング模様のビニールの上にそのまま、だから夏でした。昼を食べたあとにだらだらうつらうつら、僕がふっと目覚めると彼女が僕の上半身に覆いかぶさるようにしていました。性的な感じではなく、彼女の顔は僕の脇の下にくっつくほど近づけられていました。僕はどうしたのと言いました。彼女はびくっとしましたが無言でした。におう？　と僕は聞きました。自分の体臭というか清潔にはそれなりに対処しているつもりでしたが、食後の昼寝をしていた夏の男の脇の下が無臭なはずはありません。彼女はなにも言わず、顔も上げず、突然僕の脇の下の一点を指でそっとつまみました。毛が生えている地域から少し下の、胸の横あたりです。ゴミでもあったのかと思って息を潜めていましたが彼女は指を離さずつまんだままにしています。どうしたの、彼女は突然そこをぎゅううっとつねりあげました。僕は痛いとかなんとか言いました。やめてとも言いました。彼女はやめません。息を詰めるようにして、一点を絞り上げるように、僕は動いて逃れようとしましたが、普段は非力な、瓶の蓋を開けるのも苦手な彼女の手が信じられないほどの力で僕の肉をつまんで、そこがカッと熱くなりました。急にプツンという音というか感触がしました。そして、なにか張り詰めたものが一気に解放されるような、噴出、僕の脇の下から熱いものが細く長くとび出始めたのです。彼女がアアアアッと言いながら指先にさらに力をこめ、反対の手でそのとび出ているものを受けました。僕も一緒にアアアッと叫びました。アアアッ、アアアッ、どれくらいそうしていたでしょう、壁の薄いアパートの部屋で僕たちは叫び合い、僕の体から噴出していたなにかの勢いは徐々に弱まり途絶え、べたっと細く脇の下に垂れた感触があってそれは瞬時に冷えました。彼女はホウッと深く息を吐きつつようやっとそこから指を離しました。僕は呆然としながらやっと解放された腕を動かして脇の下を見ました。彼女につままれていたところは赤くなり、真ん中に針でついたような小さい穴が開いて下に白黄色い汚い粘液がほんの一滴垂れていました。「えっ？　えっ？」彼女は僕に手のひらを見せました。そこにはやはり濁った粘液、トロッとした感じの、でも少しだけです。もっと長く大量にとび出ていたように感じたのにごくごく僅かの、集めたらスプーン一杯もなさそうな、彼女はずいと手のひらを僕の鼻先に持ってきました。量と裏腹な強烈なにおいがしました。つんとして目に染みそうな、排泄物とも汗とも嘔吐物とも違うしかし紛れもなく自分の体から出たもののにおいで圧倒的大悪臭ながらほんの少しだけ好もしい……彼女はティッシュを一枚出すと自分の手のひら、そして僕の脇の下を拭いました。さっきまでと全然違う優しい慈しむような手つきでした。そしてそのティッシュをまた僕の鼻先に突き出しました。ティッシュにつくとその液はくすんだ黄緑色に見えました。腐った蛍光マーカーのようです。こんな色のくさいものが僕の体からいま……「すごかったね」「えっ？　なんなの」「あのね、脇の下に小さいしこり？膨らみがあったから、触ったらなんか中にあったから、押さえてみたらこれ、出てきたの」「出てきたのって……」「こんなのが自分の脇にあるって、知ってた？　いつから？」知らないよ、知るわけないよ、痛いじゃないか、くさいじゃないか、なにするんだよ、やめろよ、勝手に、勝手に人の体を……言うべきことというか言ってもいいことが頭に浮かんだ気がしましたがどれもちょっと違うような、彼女はこんなの初めてと言いました。「私、自分の体にこんなのできたことないし。家族にも誰にも見たことないし。初めてで、無我夢中で……」「無我夢中で」日当たりが悪いベランダ側の窓から、一日の間にほんのわずかな間しか差しこまない光が入ってきて我々を照らしました。彼女は僕を見ました。その目もキラキラ光っていました。いままでかつて、こんな顔をしている彼女を見たことがない……地黒で毛穴が目立つのが嫌だと言っている肌も、硬くて量が多いのがコンプレックスなのだと語っている髪の毛さえも、なんだかつややかにしんなり光って見えました。「で、なんなんだろうねこれ。くさすぎる。膿？」「うみ……」「一名でお待ちのお客様！」顔を上げると若い男性店員がつぶらな瞳で僕を見ていました。僕は店に入りました。かつてはなかったアルコール消毒噴出機に手を差し入れるとたっぷりの液が手のひらと指を浸すように広がり手首の方まで垂れました。カレーの香りが濃くなり、消毒薬、記憶の中のあのくさいものと混じり合い不可分になり、いやいやいや、懐かしのトッポイカレーの香りです。それだけです。僕が座る席は伴田くんの隣の隣の隣、カウンターの端っこでした。伴田くんはカレーを食べ始めたところでした、僕を見てニヤッと笑いました。野菜炒めと丸い、これはハムカツが載っています。まん丸いのを二つに切って上にパセリが振りかけてある、見るからにカリッと揚げたて、僕と彼の間には若いカップルが座って、女の子は白いチーズが糸引くカレーを口に入れながらンーと唸っています。男の子はもう食べ終わって黒いマスクもつけてスマホを見下ろしていました。僕の席にはスプーンとフォークと水のコップがセットされています。目の前にカレー鍋がありました。赤とんぼ柄の布マスクをつけたおばさんが俯いて鍋をかき回しています。すでに何人もがカレーを食べているはずなのになみなみと入ったルーからは薄く白い湯気が漂っています。「お決まりですか？」目の前におばさんがいるのにわざわざ背後からやってきて注文を聞く若い男性に「野菜炒めカレー、五辛でお願いします」と言いました。「野菜炒めの五辛、少々お待ちください。五辛でーす」最後の一言はおばさんに向かってのものでした。おばさんは小さく頷きました。若い男性はカウンター奥にある四角い出入り口に入って行きました。そう、この店のオペレーションは独特で、カレー以外の調理は全てカウンター奥にある四角い出入り口の奥にあるらしい厨房で行われていてその様子は見えないのです。「ちょっと多い」女の子が言い、ルーとライスとチーズがまだらになった二口ほどの皿を男の子に押しやりました。「食べて？」「あー？　うーん」男の子は気が進まなさそうな声を出しつつぐいとマスクを下ろしました。顎がものすごく細く尖っていました。あのとき、僕の脇の下にできていたしこりを彼女が勝手に潰したとき、僕が嫌がっても驚いてもその手を離さなかったとき僕はこの人と結婚するのだと思ったのです。したい、ではなくてするのだ、そのタイミングははっきりしているのですがなぜなのかは自分でもさっぱりわかりません。あれからしこりはできません。体を洗うとき特に念入りにこする脇の下にもそのほかの部分にも、強いて言葉にするなら彼女があんな無茶をする相手は、それも目を輝かせて行う相手は世界に今後僕一人でいいのだと思ったような……僕はマスクをずらし水を飲みました。コップはプラスチックでした。あのころはガラスだったような気がします。四角い氷は景気よく入っていて水が少ないほどです。おばさんがカウンターの中で少し右にずれました。カウンターの中には、寸胴鍋の横に片手鍋もあって、唐辛子らしい赤い粉が入った小さいボウルが用意してあります。ボウルには銀色の小さいレンゲが刺してあります。おばさんは小さい片手鍋にお玉一杯半分くらいのカレーを入れました。そして小さいボウルから唐辛子を掬って入れます。ここで辛さが決まる、といって五辛ならスプーン五杯というわけではなくて二杯弱くらいです。その動き、鍋を持つ手つき、スプーンで掬った粉を少し振り落として調整するその手首というか指の動きにかつてのおじさんの動きが完璧に重なりました。顔を上げたらおばさんがバンダナを巻いたおじさんに変わっているような気がしましたがもちろんそんなことは起こりません。片手鍋を一煮立ちさせている間に奥からライスが盛りつけられた皿が運ばれてくる段取り、つまり、ライスが盛られた皿が奥からカウンターに運ばれてくる→ルーがかかる→また厨房に運ばれてトッピングが載せられて客の元に来る。だったら、カウンター内にルーがある必要があるでしょうか？　それも奥にあればよいのでは？「ルーの鍋をプレゼンテーションしてるんだよね」初めて連れてきてくれた先輩が言いました。「これがオレの自慢のカレーだぞっていうことを」「あー、なるほどですね」「なるほどですねは、年配の方は失礼と思う人もいるから仕事のときは気をつけてね」「ごちそうさまでしたー！」カップルが立ち上がりました。ちょうど、奥から、手に僕のだろうライスを持った若い男性店員が出てきたところでした。「あっ、お待ちくださいねー」「ハーイ」と澄んだ声で応えた女の子が肩にかけたバッグからきらきら虹色に光る財布を取り出しました。男の子はポケットに手を突っこんで黙って店を出ました。男性店員はライスの皿を片手鍋の手前に置くとレジに行きました。「お会計ご一緒でよろしいですか」「ハーイいいでーす」厨房からジュウッ、ジャッジャッと炒める音がします。僕の野菜炒め、この音の聞こえ方も懐かしい……小さい店ですが奥は広いのでしょう。おばさんが片手鍋を傾けてルーをかけました。「ありがとうございましたー」「ありがとうございました」「ごちそうさまでしたー」若い男性は二人を見送るとレジ傍に置いてあった消毒スプレーを手に吹きかけてからおばさんがルーをかけた僕の皿を受け取り、厨房に戻りました。ん、と思いました。いまおばさんと男性店員はこちらにいた、ということは厨房で聞こえた油の音は誰が出しているのでしょう。もしかして奥にもう一人いる？　それがもしかして、おじさんなのでは？　でも、ならばどうしておじさんとおばさんが逆ではないのか？　それとも全然別の第三者が、ジャアアッ、カンカンカン！　中華鍋を叩くような音がしました。そしてすぐに若い男性店員が厨房から野菜炒めが載ったカレーを持って出てきて僕のところに来ました。「お待たせしました、野菜炒めカレー五辛です」「ありがとう」懐かしい！　懐かしい！　僕はおばさんにいただきますと言いました。おばさんは頷いたように見えました。僕は素早く一枚写真を撮りマスクを外し二つ折りにしてポケットに入れてスプーンを手に取りました。そして野菜炒めを避けてルーとライスの境目にスプーンの先端を入れそっと持ち上げました。持ち上げたところからふわっと湯気が丸くくるくるたちのぼりました。並んでいるときからずっと嗅いでいたにもかかわらず、それとは同じでいて全然違う新しい濃い自分の自分だけの分のカレーの香り、カレーを店で食べるときいつもこの瞬間感動するというと大袈裟ですがぐっと幸福がこみ上げる感じがします。急いで口に入れました。ふんわり甘く、とろっととろけた玉ねぎの繊維が舌に優しく触れ、ほんの微かに辛味、香り、あれ、と思いました。記憶よりもなんだか味がぼんやりしています。塩気もスパイスも香りも薄いというか遠い、僕は横目で伴田くんを見ました。伴田くんもちょうど僕を見ていて、二つ分の空席越しににっこり笑いました。ちらっと見える前歯にパセリの緑がくっついています。若い男性店員がスプレーとダスターを持ってきてカップルがいた席を拭きました。そして水のコップとカトラリーをセットしてから次の客を招き入れました。スーツの男性が二人並んで座ると同時にハムカツチーズカレーライス大盛り五辛、俺も五辛でチキンカツチーズカレー大盛り、チキンカツだけ別皿でと注文しました。僕はどきどきしながら野菜炒めをスプーンで軽くほぐしてルーに馴染ませ口に入れました。もやし、キャベツ、かすかにニンニク、おいしい、けれど、もっとずっとおいしかったような……もやしからはかすかに生っぽい青くささが感じられ、逆にキャベツは少ししんなりし過ぎているような、水分……僕はルーとライスで食べ、野菜炒めとルー、野菜炒めとライス、野菜炒めとルーとライス……そのどれも決してまずくはない、けれどこの二日間思い出し醸成してきた味とは比べ物にならない……店内を見回しました。テーブル席には老夫婦が消え髪を真ん中分けにしたそっくりな見た目の若い男の子二人連れが座り手に黒いクマのようなマスコットを持って互いの写真だか動画だかを無言で撮影し合っていました。スーツの二人連れはごそごそ低い声で話をしていました。伴田くんの向こうには一人客が皿に顔をくっつけるようにして食べています。伴田くんはもうすぐ食べ終えるところです。マスクを外し猫背をさらに丸めてカレーを食べる伴田くんは突然年相応に見えました。壁の飾り棚にはスパイスブックとかカレー事典というような分厚い本が並び、そこにもたれかかるようにして赤い毛糸の髪をした人形が置いてあります。目は赤いボタンの中央に黒でバッテン鼻は赤い布の三角形で口は点線、同じ形の布を重ねて縫っただけのような厚みのあまりない人形です。本も人形もどちらも薄く埃をかぶったような色をしていました。僕はほうと息を吐きました。思い出は美化されるのです。しんどかったあのころのオアシス、元気の味、店を訪れなかった日々が利子をつけ、閉店間際という焦りが神格化すらして。そういうことだ、そういうものだ、ゴチソウサマでした、伴田くんが立ち上がりました。「ありがとうございます」おばさんが低い声で言いました。僕は伴田くんを見上げましたが伴田くんはポケットからマスクを取り出しながらレジの方を向いています。若い男性店員がレジに向かいます。「ペイペイ」「はい」僕は機械的に手を動かしてカレーを食べました。シャキシャキ野菜を噛んでいるうち、だんだん、脳内のトッポイカレーと現実のトッポイカレーとが統合され自然に馴染んでいくような感じがしました。別にまずくは全然ないのです。今日初めて食べたとしたってまた来たいと思うかもしれない、近所なら……トッピングに野菜炒めではなくて揚げ物、伴田くんのようにハムカツなどを選んでいたらまた違っていたかもしれません、若い男性店員がすっと背後からコップに水を入れてくれました。食べ終え、最後に水を飲み、立ち上がっておばさんにごちそうさまでしたと言いました。おばさんは僕を見て軽く頭を振るようにして会釈し「ありがとうございました」その目はまごうことなき老人の目でした。シワが寄り、白目が薄黄色くなり毛細血管が走り黒目との境が曖昧な、穏やかなようでなにかを諦めたような、長年続いていた店を閉めると決めたおばあさんの目です。ジャアッと奥から油の音が高く弾けました。僕は奥の厨房をのぞこうとしましたが人の姿は見えませんでした。野菜炒めカレー九五〇円、現金で支払って店を出ると伴田くんがはにかんだような目をして立っていました。「せっかくだしもう少し話そうよ」「うん、ありがとう」店の前の行列は長くなっていました。老若男女、やや男性が多め、十人以上います。大盛況です。「どこか座ろうか。お茶でも……行きたい店とか、ある？」「ううん特に」「そういえば、今日は、奥さんは？」「なんか友達と会うとかで」言いながらどきどきしました。店に入る前の話の続き、妻のどこがよくて結婚したのか？　その答えはだからしこり、ほとばしる膿なのです。そんな話ができるわけがありません。「じゃあ、この後の予定とかは？」「僕？　いや、特に」「だったらさ、好きなコーヒー屋があるんだけど、行っていい？　ちょっと歩くんだけどさ。コーヒーも産地でいろいろあるし、焼き菓子、マドレーヌとかフィナンシェなんかおいしいんだ。嫁さんとよく行ってたんだけど、子連れじゃ行きにくくて」「ああ、コーヒーはそうだろうね。行こうよ、行きたい」我々は並んで歩き出しました。並んで歩くと歩調に合わせてまた甘い果物と花の香りがしました。もう僕はお互いの服や髪に染みこんでいるだろうカレーのにおいを感知できません。「前はさ、このへんに古本屋、あったよね」「ああ、あった、あった。本屋もずいぶん……潰れたよね」「そうそう！　子供のころジャンプとか買ってた地元の本屋とかもう全部潰れててさ」「ほんとだよね」「個人の店は本でもカレーでもなんでも、もうダメなのかもね」「地方は特にね」とはいえ、休日の昼時、歩いていると行列ができている飲食店はたくさんあるのです。若者ばかりが並んでいる店には、ほとんど生肉のように赤いローストビーフが周囲に垂れ下がっている丼のポスターが貼ってあり、丸っこいフォントのハングルが掲げられた店にもやっぱり若者たち、女の子が多くここはカフェかスイーツ店でしょうか。もやしが山盛りになったラーメン店には男性の列ができています。人はたくさんいて、それぞれがいろいろなものを欲していて、それなのに店は潰れていく……トッポイカレーだって傍目には来月店を閉める店には見えませんでした。「地元のね、家族でよく行ってた中華屋も閉めてさ。子供のころ家族で、誕生日とかそういうとき絶対行ってた店なんだよ。だから町中華っていうか」「うん」「家族で座敷に靴脱いで座って、二階に広い部屋があって近所のおじさんたちが草野球の打ち上げとかしてて」「うん、うん」想像できます。「誕生日とかは、特別にコーラ飲ませてもらえるんだよ、それが瓶なの。瓶コーラ。あれ、瓶の方がうまく感じるよね絶対」「そういうことは、あるよね」「僕ね。いまでも町中華のコーラが瓶じゃなかったら二度と行かないね、ちょっとやそっと、おいしくっても」そういえば彼は下戸でした。社長に注がれた小さいグラスのビールでみるみる真っ赤になり真っ青になっていて帰り道自転車に跨ったまま道に吐いたと聞きました。「それで、ズボン、びちゃびちゃ……」「料理はいま思ったら多分普通なんだけど、子供で、ほかを知らないからさ。餃子とか最高にうまくて……こないだ、えーと、今年のゴールデンウィークか、久しぶりに地元帰ったらなくなってて。ショックで。上の子の最近好きな食べ物第一位が餃子なんだよ、食べさせてあげたいと思ったのに。コロナで帰れなかったから、閉まってたことも知らなくて」「うーん。辛いね」「嫌な時代だよ。もう僕らの子供が大きくなるころ、チェーン店しかないいんじゃないかな。誰かが工夫して心をこめて作った料理は絶滅して、工場で作ったような料理ばっかりで」伴田くんはため息をつきました。飲食店が並んだ通りを抜けると歩行者のみのアーケード大通りに入ります。途端に人波が濃くなりました。人人人人人、それが、なんとなく右側通行というか、行く人と来る人とがざっくりわかれて、といって完全ではなく入り乱れてそこここに混乱を生じさせつつぞわぞわ動いていいます。「人が多いね」妻はそういえばどうしているでしょうか、時間的にもう昼は終わってお茶でしょうか。人混みに酔っていなければいいのですが。伴田くんは僕に妻と結婚した理由を聞いたことをすっかり忘れているようです。突然、「けんぽういはんだーっ！」微かにでもはっきりとマイク越しに拡大され割れた声が聞こえました。ぎょっとして視線を向けると、前方から、色とりどりの幟を立て横断幕を掲げた黒っぽい集団が道を曲がってゆらゆらやってこようとしているのが見えました。「こくそーは！　けんぽーいはんだー！」コクソー？　国葬、は、憲法違反だ。マイクというかこれは運動会とかで使うような拡声器でしょう、ちょっとぴきぴきした筋のような雑音が混じった声です。すぐに続いて、「こくそーはー！　けんぽーいはんだー」今度は拡声器を通さない複数の人の声がバラバラと聞こえます。「デモだ」伴田くんが呟きました。「デモ？」「デモかよ」僕と伴田くんの前を歩いていた、太って後頭部から首筋が段差になった坊主頭の男性がバッと横を向いて吐き捨てるように言いました。「うっぜ」金属製のぴかぴかしたフレームの細いサングラスが横顔の頬からこめかみにかけて食いこむように浮いています。明るい茶色の長い髪をした女性が彼に腕を絡め寄り添って歩きながらけらけら笑いました。拡声器はさらに言葉を続けます。「国民のー、信教のー、自由をー、侵すなー！」「こくみんのー、しんきょーのー、じゅーをー、おかすなー」「国民のー、信教のー、自由をー、侵すなー！」「こくみんのー、しんきょーのー、じゅーをー、おかすなー」拡声器、人々、拡声器、人々、どうも同じことを二度ずつ言うルールのようです。合間にカッカッカッと鋭い音が聞こえるのはおそらく拍子木のようなものを叩いているらしい、シュプレヒコール、初めて本物のデモを見ました。こんな地方都市でもこういうことをしている人がいるのです。国葬は確か週明けに開催予定でした。妻とテレビを見ながら憤慨していたのです。「こんな決め方」「そりゃ撃たれたのは気の毒だったけど、撃たれて気の毒じゃない人なんていないけど」「でもこれだけの人が反対してるのに」「無理やり」「行こう」伴田くんがくるりと向きを変えて来た道を戻り始めました。「えっ」僕も慌てて追いかけました。僕たちの後ろにいた、白い服を着て丸い蓋にストローを刺したプラカップを持った女の子二人がぎょっと身を引き僕を睨みました。彼女らの耳にぶら下がったさくらんぼの飾りがぷるんと揺れて透けました。伴田くんはずんずん人波をかきわけてというか避けながら進みます。彼の丸いつやのある髪の毛を見失わないようにしながら、ぶつかりそうになった人にすいませんとかどうもとか呟きながら後を追いました。背後から「国葬にー、税金をー、使うなー！」「こくそーにー、ぜーきんをー、つかうなー」「国葬にー、税金をー、使うなー！」「こくそーにー、ぜーきんをー、つかうなー」「百億円、使うなー！」「ひゃくおくえん、つかうなー」「百億円、使うなー！」「ひゃくおくえん、つかうなー」伴田くんは大通りを抜け脇道に入りました。「国葬よりもー、物価対策をー」「こくそーよりもー、ぶっかたいさくをー」「……よりもー、さくをー」「……りもー、……をー」

「……ぽーを……ろーう」「ろーう……」声は徐々に小さくなりカッカッという拍子木の音だけが最後に残ってそれも消えました。路地裏、人通りはぐっと減りました。地面に濁ったコーヒーがぶちまけられていました。空になったプラスチックカップと太いストローが落ちています。伴田くんはようやっと僕の顔を見て「遠回りになるけどこっちから行こう」と言いました。「もちろん、もちろん……」「デモとはね」伴田くんは急に道を曲がりました。僕も慌ててついて行きました。「国葬、日曜だっけ？」「いや、週明け、平日だったと思うけど」「国葬反対、ねえ」「初めて見たよ、デモ」「そう？　あれっ」伴田くんはポケットからスマホを取り出しました。スマホは震えていました。「ごめん嫁だ」「出て、出て」伴田くんは道の端に立ってもしもしと言いました。タバコのにおいがしました。白衣のおじいさんがくわえタバコで小さいラーメン店の暖簾を片づけています。細い電信柱に鳥居マークと『立ち小便禁止　神様は見ています』と書かれた札がワイヤーでぐるぐる巻きにしてあります。小さい黒板の立て看板が置いてあり、『女性お悩み相談　漢方茶とおしゃべりで心身不調リセット生活　肌荒れ・便秘・不妊・ダイエットetc……』丸顔の猫が片手を上げて招いている絵が描かれています。民家のような入り口ですが、小さく営業中というプレートが下がり、すりガラスの中に人が複数いる気配がしました。話し声と、微かに音楽のようなものも聞こえます。店の脇の暗がりに室外機があり、その上に黒っぽい猫が顔を出して僕を見ていました。「ごめんごめん、お待たせ」「大丈夫？」「うん、なんてことない。ところでその靴すごいね」「えっ」僕は自分の足を見下ろしました。すっかり忘れていましたが、買ったばかりの銀色の靴です。「ああ、そう、ついさっき買った」「やっぱり変わってないようで変わってるよね、牧野、そんな銀ピカの靴、はくような印象、ないもの。メガネだって違うし」

「あー」「いや、たった半年しか一緒に働いてないのに、そんなことわかるわけないか」「いやいや。でも、わかるよ、僕だって、伴田くんがダースベイダーのTシャツ着てるのなんてちょっと意外だったもの」「僕は、スター・ウォーズは、ずっと好きだよ、中学のころから」伴田くんが好きなコーヒー店はあいにく臨時休業でした。伴田くんは謝りましたが別に彼が悪いわけではありません。僕たちはその場で最寄りのカフェを検索し出てきた喫茶店に入りました。雑居ビルの一階にあり入り口のホワイトボードには『本日日替わり定食　肉野菜炒めとハムエッグ　コーヒーつき700円』と書いてあります。おじいさんがスポーツ新聞を読みながら定食を食べていました。メニューにはほかにたまごサンドや小倉トースト、ミックスジュースなどもあります。僕たちはブレンドを注文しました。注文してから伴田くんはすいません！　と声を出し「ブレンド、やっぱり一つアイスコーヒーにしてください」「アイスワン、ホットワンね」「はい。ごめんごめん、暑いよなと思って」「まだ九月は夏だね、十月も怪しい」「夏と冬ばかり長くなって……僕の子供が大人になるころはどんな日本になってるかと思うとときどきゾッとするよ」「サンマとか毎年不漁っていうしね」「僕は魚はマグロとウナギしか食べないけど」「え？　そうだっけ？」「そうだよ。ウナギはそれこそ絶滅危惧だからいっそいまのうちいっぱい食べとかなきゃね、高いけど」じゅるるるとおじいさんが味噌汁かコーヒーかをすする音がしました。厨房から女性たちの笑い声が聞こえました。伴田くんはスマホを見て少し指を動かしました。「ほら、さっきの」『国葬反対デモ遭遇……萎』『ジジイとババアしかいないwww　自分の葬式の心配しろよwww　#国葬反対デモ』『警備の警察官の日当も税金ですがその点について反日左翼の皆さん如何お考えですか？　#国葬　#国葬反対　#デモ』『せっかくの平和なお休みの日にやめてほしい……#

国葬反対デモ反対』『老人ホームのハイキングかな？　みんなでお歌を歌ってとっても楽しそうですね／(^o^)／』というのには動画がついていて、伴田くんが再生三角を押すとさっき聞いたのと同じ音声がもっと不明瞭にびきびき割れて流れ出し幟を立てた人々が動きました。伴田くんはミュートにして「ああ、警官が周りをぐるっと警備してたんだね」カメラ、というかスマホでしょうが、画面はぶれて動きながらゆっくりデモを映していきます。遠目ではわかりませんでしたが、四、五人並んだデモの周囲にはなるほど警察官らしい格好の人たちがいます。それはデモを守っているようにも、デモからそれ以外の人々を守っているようにも見えました。「普通の歩行者より、デモ隊の方がゆったり歩いてるよ、警官のおかげで。あんな大混雑の中を」ときどきピントが合ってすっと画面がクリアになります。映し出されるのはおじいさんおばあさんに見える人々でした。シュプレヒコールのときは腕を突き上げるのですが、その角度もタイミングもバラバラで、のんびりして見える人も上がりきっていない人もそもそも上げようとしていない人もいて、消音状態だとデモではなく実際楽しいことを歌いつつ行進しているように見えなくもありません。ときどき映りこむ通行人たちは驚くほどデモに対して無反応でした。まるで本当に見えていない気づいていないような振る舞いです。そんなわけはないのですが。「しかし……本当に老人ばっかりだな」「これ、……盗撮かな」僕が言うと伴田くんは訝しげな目をして「公共の場で、こうやって広く主義を訴えたくてやってることなんだから、盗撮とは言わないんじゃないの」マスクの鼻ワイヤーをキュッと押さえました。「むしろうれしいんじゃない？　知らしめたいわけでしょう、このご老人たちは、自分たちの正義を。拡散上等だよ」「伴田くんは……国葬賛成？」「まさか。僕は政治には普通に興味ないよ」上下に揺れていたスマホ画面がふっと鎮まりまた焦点が合いました。農作業をするときのようなうしろに布がついた麦わら帽子をかぶったおばあさんがいました。大きな布マスクで目しか見えないその人はちょっとイスラム圏の女性のように見えました。「いまさら国葬が中止にならないことなんてわかってるんだろうから」その隣には白髪にベレー帽を載せたおばあさんがいました。この人も顔から浮いたように見える個性的なメガネをかけていました。そしてその隣には、黒い服を着て耳に青い飾りをつけたおばあさんがいました。比較的背が高く、黒い髪、ワンピース、おばあさんではありませんでした。僕は息を飲みました。「いくらなんでも、この人たちだって、そこまで愚かじゃない」それは妻でした。朝、友達と会うと行って出かけた妻でした。肩掛けバッグ、顔を覆う白いマスクは僕がいま着けているのと同じ白いプリーツタイプの「はいアイスとホットね」「アイスが僕です。僕ストロー使いません、ミルクもガムシロも……どうも」妻は見つめる僕に気づくはずもなくそのまま画面から消え、その動画自体ぷつんと終わりました。「やれやれ」伴田くんはコップに口をつけ天を仰ぐようにしてアイスコーヒーを飲みました。ガラスに氷が当たり軽やかな音がしました。

「それより楽しい話をしよう！　シン・ウルトラマンなんか観た？」

帰宅は僕が先でした。シャワーを浴びて着替えているとドアが開いてただいま、というのが聞こえました。「おかえり」「お湯ためた？」「シャワーにした」「私浸かりたいからためてもらえる？　ねえこの靴どうしたの？」妻の声はいつも通りでした。若干いつもより弾んでいるかもしれません。僕は濡れている風呂場に爪先立ちで戻って栓をして湯を出し蓋を半分閉めて足を拭きました。妻が台所で手洗いうがいをするのが聞こえました。居間に入ると妻は「もう入れ始めた？」「うん」妻は冷蔵庫にくっついているタイマーを押しました。うちの風呂には自動スイッチなどないのでうっかりするとすぐ溢れるのです。妻はやはり黒いワンピース姿でしたがイヤリングはなくなっています。「靴素敵だね、銀色。買ったの？」「あ、え、そう、前のが古かったから……イヤリングは？」「え？　あー、痛くなったから帰り道で外した」「そう」ゴミ箱に白いマスクが捨ててあります。僕はなんと言っていいか息を吸い吐きしました。「カレーどうだった？」「ああ、うん、よかったよ。偶然、昔の同期に会ったよ」「へえぇ！」妻は目を丸くしました。「街で？」「そう、カレーの店の前で偶然」「それはすごいね！　運命だね」「運命……」「なんていう人？」「伴田くん。伴うっていう字に、田んぼの田で、ハンダくん」「へー！」妻はショルダーバッグから財布やスマホや文庫本などを取り出していつも通勤に使うカバンに移したり食卓に置いたりしました。「それで、そっちは？　楽しかった？」「それがねえ」妻が真顔になってこちらを見ました。「え？　え？」「ドタキャン！」「え！　どうして」妻は椅子に座ると食卓に置いてあるノートパソコンを開いてぱちぱち打ち始めました。「なに書いてるの」「いつもの。でもしょうがないの、お子さんの保育園でコロナが出て、お子さんも濃厚接触になっちゃったらしい。バスの中で連絡が来て。だから会えなかったの」「それはもっと、早めに連絡くれるべきじゃない？」妻は指先を動かしながら肩をすくめました。仕事で使っていることもあり結構早いタッチタイピングです。「仕方ないよ。わかったの朝で、もう家出てたって、ミヤちゃんも。すごく謝られたし、週明け保育園休まなきゃで仕事どうしようって心配してた、お母さんは大変だね」「じゃあ、で……どうしたの」なぜかどきどきしてきます。「せっかく街中に出たんだしと思って、久々にじっくり本屋見て。お昼パン買って天気いいし外のベンチで食べたの」「それで……」「あっ、そうだ！　お土産あるよー……カレーパン！」「へ？」妻は手を止めパソコンを閉じると勢いよく立ち上がり、「カレーパンて！　カレー食べてきた人に！」自分で言って自分で笑いながらエコバッグから薄いビニールに包まれた茶色い丸いパンを差し出しました。「ごめん、ごめんね？　いや、一番好きなのカレーパンだよねと思って、なにも考えないで買っちゃったんだけど、今日カレー食べてきて、しかも昨日も一昨日も夜カレーだったじゃない。買ってから、ない！ないわーと思ったんだけど……」「いやありがとう、本当にカレーだったら僕は毎日でもパンでも……え、それで？」タイマーが鳴りました。妻が独身時代から使っていたふざけた豚の顔型のキッチンタイマーです。豚の左の鼻の穴が分で右穴が秒、鼻の穴以外というか土台部分がスタートとストップ、左右の穴を同時に押すとリセットです。指のサイズ的にスタートのつもりが分を進めてしまったり秒を追加するつもりがリセットしてしまったりするので僕は使いません。妻はタイマーを押すとじゃあ入るねと言ってさっさと風呂に入りました。僕は伴田くんが見せてくれたあの動画をもう一度見ようとしました。デモ、国葬、反対、などと検索しますが出てきません。アカウント名もアイコンも覚えていません。地名を入れたり日付を入れたりしましたが出ない、消されたのかもしれません。机の上、ノートパソコンの脇に置きっぱなしの妻のスマホが鳴りました。どきっとして画面を見ると、『宮田由歌里』という名前からの着信でした。ミヤちゃん……妻に知らせようとスマホを持ち上げ風呂場に運ぶ途中で着信は途絶えました。「ねえ！」僕が風呂場のドア越しに大きな声で言いましたが返事がありません。手桶で湯をかけるらしい音がザアザア聞こえます。僕はそのままスマホを持って戻り食卓に置きました。僕のスマホが震えました。コーヒーを飲みながら新しい連絡先を交換した伴田くんからでした。『今日は会えてよかったです！　今度は奥さんもご一緒に、よかったらうちにも遊びにきてください』画像が添えてあって、背筋を伸ばして立っている伴田くんと床にぺたんと座っている奥さん、奥さんの膝の上に座る赤ちゃんと肩にもたれかかっている男の子、全員がこちらを向いてVサインしていました。赤ちゃんも真顔でVサインをしています。赤ちゃんなのに……いや、もう赤ちゃんというか幼児と呼ぶべき年齢なのかもしれません。後ろに誰かの五本指ソックスをはいた足が見切れていました。妻が風呂場で歌っています。なにを歌っているのかはわかりませんが、なにかを確かに歌っています。僕はカレーパンをかじりました。袋越しに持っているのに油がにじんで指が汚れていくような気がしました。妻のノートパソコンをそっと開くと液晶が光り、パスワードを入れようという窓が表示されました。待受はもともとパソコンに設定されていたらしい海外の絶景みたいな写真です。雄大な、偽物のような色の空、真っ白い雲、広大な赤銅色の大地に聳えるごつごつした山、表面がカリカリしてパンはふわふわルーは甘くて辛くてちょっと冷たく味が、におい？違和を覚えてかじったパンの断面を僕はじっと見たのです。

え　ら　び　て

赤い猫

森の家

カレーの日

おおばあちゃん

遭遇

ミッキーダンス

え　ら　び　て

赤い猫

大伯母の体調が悪いと母から電話があった。「数値がすっごく、悪いんだって」大伯母はだから母の伯母、にあたる。私の実家から車でしばらくのところに母の従姉一家と住んでいる。子供のころはたまに遊びに行った。「数値？」母が言葉に詰まった。「血とか、尿とか血圧とかそういう数値、全部」「あー……」母は深く息を吸いこむような音を立てた。「そう、だから、本当だったら入院するぐらいの数値らしいんだけど、でも、手術とかそういうのは年齢的に、もうちょっと、考えられないでしょうっていうことで家で」九十、確かもう五とか六とか七とかそれくらいの歳だ。最後に会ったのは最後に実家に帰ったのより前だから、もう五年とかになるか。「それはだから……看取り段階的な」「そう。入院しても痛いのだけ薬で、抑えて、栄養を与えてっていうことしかできないって……無理な延命みたいなことは、私もマミちゃんも誰も望んでないから」「そうだね」私は頷いた。耳に当てた液晶画面がちょっとぬるっとした。「それにね、入院しちゃうと、コロナのせいで、面会は一日一人までで、十五分以内なんだって」「ああ……」「家族でもよ。それに、いま入院したらまず、もう、家には戻れないだろうって……そんなのってないじゃない、面会だってそれだけしかできないで、家族にもろくに会えなくて、ひとりぼっちで病院で、それで、もう、二度と、ずっと、暮らしてきた家に、帰れないなんて……」母がはっきりと涙声になった。大伯母と祖母は二人姉妹で、姉である大伯母が婿養子を取って家を継いだ、よって大伯母にとっていま暮らす家は生まれ育った故郷にあたる、という何年も意識したことがなかった情報が脳内に一瞬で再生される。そうか、そうか……。私は父方の祖父母と同居していたから、この大伯母（大ばあちゃんと呼んでいた）のことは二番目のおばあちゃんという感じだった。また母の息の音がした。私は一瞬スマホを耳から離し液晶を肩で拭いた。「だから、あんたも、いっぺん帰ってきて顔、見せて」「いや、で、いま大ばあちゃん……意識っていうか、話とかはできるの？」「それができるの。もうさ、ボケちゃってたらさ、施設入ってたまに会ってで、まあいいかっていうか、しょうがないかな、って、思うじゃないプロに頼まなきゃどうにもならない、お互いのために……でも、おばちゃん、寝てる時間は長いけど、起きてる間はちゃんと、全部、わかってるの。うまく動けないで、歯痒いのね、マミちゃんにもう、ごめんねごめんねって一日中、謝ってるんだって。声に出さないでも、顔とか動きで」マミちゃんがだから母の従姉だ。私は単におばちゃんと呼んでいた。「話せるの」「長く喋るとかは、もう」「じゃあいまずっと、家で？」「そう。訪問看護と、あとお医者さんに往診、週に何度か来てもらって。私も行けるときは行って。ベッドも、介護用のやつダスキンでレンタルして」「ダスキン」「ダスキンよあのダスキン。お掃除用品の」「うん、ダスキン」ミスドもダスキンだ。最近食べていない。「あと車椅子とかも借りて」「車椅子」前に会ったときの大伯母の様子を頭に思い浮かべる。普通に歩き回って庭仕事などもしていた、働き者の大伯母、料理が上手でおはぎなんて小豆から炊いた大伯母、梅干しやらっきょうを漬けては毎年親戚に届けてきた大伯母、背中は曲がってより小さく縮んだように見えたが、でも元気だったしやっぱり料理なども確か作って出してくれて食べた。あのときはなに作ってくれたんだっけ、お寿司は出前で、お吸い物、茶碗蒸し？　作ったのはおばちゃんだったような気もする。なんにしても私の結婚を喜んで、ひ孫を早くというようなことも言って、仕方がないあの年齢の人だもの。「大ばあちゃん、いま、車椅子なんだ」「いいや」「え？」「車椅子、一瞬家の中の移動用に借りてはみたけど、やっぱり日本の家じゃ狭くて不便だから、すぐ返したって。ダスキンはすぐ返しても大丈夫なのよ電話したらすぐ取りに来てくれる」「ああそう」「でも、もう、歩けないのよ。トイレなんかオムツ」「あー」自分ではける喜び、的なキャッチコピーの大人用オムツのCMが浮かんだ。トイレで絶妙に下半身が映らないようなカメラの動きで、ゴムが入ったパンツっぽいオムツを引き上げてトイレの個室の中でにっこり微笑み合う高齢の女性と中年の女性の映像だ。二人ともショートカットで、シルエットに響きにくい、蒸れずに漏れない安心……二人は手を取って木漏れ日の明るい緑色の並木道をゆっくり微笑み合いながら歩いて行く。「オムツ、そうか」「お、お正月……」「えっ？」「この、年を、お正月を」母がまた声を詰まらせた。「この年を、越せないかも、しれないって……」私は壁を見た。カレンダーを見るつもりだったがそこにはなかった。少し前にここじゃ僕から字が見えにくいと夫が突然言ってカレンダーの位置を変えた。そこなら私も夫も食卓の定位置から見える、が、私はまだ慣れなくて前の場所を見てなにもなくて一瞬ギョッとしてしまう。いまは十月の末、ということは、あと余命一、二ヶ月とかそういうことか。余命、という単語を思うとちょっと気持ちがズンとした。母は鼻を啜った。「あんたが、大して関わってない人なら知らせないわよいちいち。でもあんた……かわいがってもらったでしょ」「あー」小柄で化粧もそんなにしていない髪の毛も適当に短くしただけのような感じの大伯母のことを、私は多分そんなに好きではなかった。嫌いということはなかったし、私のすることを逐一監視管理しようとした同居の祖母と比べると万事鷹揚で気さくで気楽だったのだが、だからこそ、なにを考えているのかわからないような、というかそもそも私が大伯母にあまり好かれていないような感じがしていた。嫌な思いをしたとか大伯母の孫のタケちゃん（当時は従兄だと思っていたがいま思うと違う、のだがならば正式にどういう呼称が適切なのかわからない）や弟の登となにか比べられたとか差別的扱いを受けたとかいうこともない、ないのだが……タケちゃんと庭で木に登るとか虫をちぎって水につけるとか登を本人が気づかない程度から癇癪を起こすまで徐々に仲間はずれにしていくなど多少乱暴な邪悪な遊びもしたが叱られたり泣かれたり心配されたりした覚えは全くないし、反対に、こけて血が出たと泣いて行っても、消毒薬と絆創膏を手渡されハイハイあんまり泣くと裏の藪から蛇が出るよ、黒い大きい蛇、あっちで遊んどいで……大伯母の家は郊外ではあったが別にど田舎でもなく、裏の藪なんてなくて家の裏は隣家の明るいバラ園だったのに。これが祖母ならもっと大騒ぎで、抱き抱えんばかりにして風呂場に移動し冷たくも熱くもない温度に調整した水で流し消毒薬をそっとあてがい、複数のサイズ厚みの中から祖母が選んだ適切な絆創膏やガーゼが患部にあてがわれその間中ずっとどうしてこんな怪我をしたのどこでどうやって誰にやられたの自分でやったの自分でやったのならなぜそんなバカなことをしたの病院へ行った方がいいかしら……「おばちゃんが大阪の造幣局のあの、通り抜け、行ったとき、あんたの分だけ桜の花の写真のきれいなハガキセットお土産に買ってきてくれて。それで登とタケちゃんが怒って」「そんなことあったっけ」「あったわよ、おばちゃん、あの子らにだってちゃんとお菓子かなにか買ってたんだけど、お菓子は食べたらなくなるのにねえちゃんだけずるいって登が小さいくせいっちょまえに文句言って。タケちゃんもそれ聞いてそうだそうだって。もうあのころタケちゃん中学生くらいだったのに子供みたいに文句垂れて、桜のハガキなんていらないくせに」「あー、あったかな」なんとなく覚えているのだが私の記憶では桜のハガキをくれたのは大伯母ではなくて祖母ではなかったか、町内会的な旅行で、ほらきれいでしょ、本物よりこの写真の方がなんだかきれいよなどと言い添えて。そんなの変ねえ、変よねえ、でも、本物はこんなにきれいな色じゃなかったし形もよくわからなかったしなにより人が多くって。大阪ってほんとに人がいっぱい、いるのねえ、私とてもじゃないけど住めないわお水がまずくてジュースを飲んだの。つるっとした質感の、薄ピンクや濃いピンクや黄色や緑まである八重桜の写真の、「あーあれハガキじゃなくて栞だよ。栞のセットだよ、本に挟む。そうそうそう、上にいろんな色の細いリボンが結んであって」これでたくさんご本を読みなさいね、ご本は読めば読むほどいいんだからね、私が女学生のころは戦争戦争で、ご本なんて全然、好きに読ませてもらえなかったんだから。うんとご本読んだら作文ももっと上手になるよ。子供の私には栞そのものよりリボンが細くてきれいでうれしくてほどいて栞の穴から抜いて別のことに使おうとしたら結び目のところがきゅっとねじれてシワになっていて、引っ張っても濡らしても逆方向にねじっても辞書に挟んで放置しても取れなくて諦めて穴に戻そうとしたら通らなくてきれいに斜めに切ってあった先端もほつれてほぐれて汚くなってがっかりした。「そう、栞だよ、栞だよ」「ああそう。ほらおばちゃんの孫はみんな男の子でしょ。おばちゃんからしたらあんたが唯一、女の子の孫、じゃないけど孫みたいな関係の親戚だったから」私は小学四年生のとき大伯母の身長を抜かした。あれまあ。あれまあ。あんたもう大人になったの。もう大人になっちゃったの。みんなあたしより大きくなっちゃうの誰もかれも。祖母は背が高かった。死ぬまで私より高かった。「あんたはかわいがってもらったんだから」「わかったよ、いや、私だって会いたいよ、帰れるようにしてみるよ」立ち上がって新しい場所にあるカレンダーをめくった。十一月、動かせない予定はどの土日にもいまのところ書かれていない。耳に当てているスマホがブッと短く震えた。多分夫から、もうすぐ帰るとかいま駅とかそういう連絡だろう。今日は夕食をまだなにも作っていない。「だってあんたこのお盆だって、帰るって言って、帰らないで……」「だってそれはコロナの」「わかってるけど、でも、ご近所さんでも帰ってきてるお家いっぱいあったわよ、ほら、あんたと同級生のモトくんとか、イケイドのリョウコちゃんも見かけたし。イオンモールなんて他県ナンバーでいっぱいだった。でもあれどうしてわざわざ帰省してきてイオンモール行くの。住んでるとこにもあんなのいくらでもあるでしょうに」それは時間を潰しに行くところが他にないからだろう。感染者数は夏よりは落ち着いてはいるが依然低くはない。どのくらいだったらどのくらい警戒すべきかという基準が人によって違い、自分の中でも揺らぎ、もうよくわからない。ウィズコロナでばんばん旅行しましょうみたいな物言いに触れると苛立つし、しかし、海外の人がマスクをせずワイン祭りみたいなイベントをやっている映像を見るといいなとも思ってしまう。でもどっかの国じゃ火葬場がいっぱいで溢れてるって話だよ、と、突然職場の人は言ってきたりする。ジジババにどうしてもかわいいうちに会わせてやりたいもんといままで帰省を欠かさなかった女性、だっておじいちゃーんおばあちゃーんなんて時期、ほんのちょっとの間じゃない？　他県ナンバーに石投げたりする方が頭おかしいんだよ、お年玉もお盆玉もあるし。オボンダマ？　お年玉みたいにお盆にお小遣いもらえるんだよー最近の子は。はあ。どっかの国じゃ焼くとこなくて廊下に積み上げてあるって、不衛生だしさ、順番待ちで掴み合いの喧嘩してるんだって、もうめちゃくちゃだよねえ。日本だってめちゃくちゃじゃないですか。でもそんな掴み合いなんてないじゃない、ちゃんと礼儀正しく順番待つじゃない日本人は。あー、まー。それにさ、課長だってこないだなったけどもう復帰してきて全然元気じゃん、日本人は衛生的だしちゃんとみんなルールを守るからね、マスクだってみいんな、ちゃぁんと、してるしさ。「そうよ、イケイドのリョウコちゃんなんて二人目双子だって。だから一気に三人の子持ちなんてすごい」「リョウコちゃん誰」「えっうそあんた忘れちゃったの、ほら農協の向こうの黒い瓦屋根のあんたの二つか一つ下の顔まんまるの団子っ鼻だったのに大学出て戻ってきたらえらい美人になって太った眼鏡の旦那さんが土木の」「あーいや、え、あのさ、もしかして明日に、とかってこともあるのかな、大ばあちゃんのその」死ぬとか。明日死んじゃうとか、「そんなの、わかんないわよ」「そうか」「だからね、もういつでもおかしくはない……って大きい病院で検査したときは言われて、年越せるかどうかも微妙って言われて、でも、訪問のお医者さんは落ち着いておられますねって言って、それは全然別の病院の別のお医者さんなのね。だからわかんないの。臓器とか数値はぐちゃぐちゃでも、今日明日ってことはないんだと思うけどでも本当にわかんない。こういうことは……急なときは急よ、うちのおばあちゃんのときだってそうだったし」いまの「うちのおばあちゃん」は母の母ではなくて私の祖母つまり母の姑のことだということが声音でわかった。「聡明さんみたいに若い人だって倒れて救急車で運ばれたり、するんだから」「倒れてはない」「どうなのそれで聡明さんはいま」「普通。元気。忙しそうだけど」「あんたがねえ。車運転できたらねえ。レンタカー借りて一人でぱっと帰ってきなさいって、お母さん言えるんだけども」私はペーパードライバーだ。もう十何年運転していない。「それはごめん。でもしばらく、連休とかはないね」「文化の日は？」「ぶんかのひ」来月十一月三日は木曜日、「金曜日一日休めば四連休になるじゃないの」「う一ん、私はまあいけると思うけど、聡明さんは忙しそうだからねえ。聞いてみるけど……まあ一泊で帰るならどの土日でもいいわけだし、最悪日帰りだって」「あんたねえ。自分が運転しないからって。あの距離日帰りなんて、ものすごく疲れるに決まってるでしょ」「でも前のとき」「前って、聡明さんもう四十超えてるんだからね、しかも普段車で通勤してるわけでもないんだから……慣れない人が慣れないレンタカーで長距離突貫運転なんて逆にあんたたちが心配よ。また心臓止まるよ」「えー。や、でもさ、だってさ、もしさ、本当に年内にそういうことになったらさ、ほら……お通夜とかお葬式とかにも、帰らなきゃいけないんだし」たとえば十一月中にということになったら、一ヶ月の間に計三日とか有休を取ることになってしまう。事情が事情だから咎められはしないだろうが誰が急に感染症でまとまって休むかわからない中それはやや気が引ける。「あんたはお葬式は別に来なくてもいいんじゃない？」「は？」「もうマミちゃんとね。小さいお葬式にしようって、そういう。ごく近い身内だけでって。ご近所さんにも知らせないで。だから、まあそりゃタケちゃんは実の孫だから当然来るべきだけど、あんたと登は、ねえ。血縁っていうことでいうとそこまで近くはないから。妹の娘の、子なんてねえ」「さっきと言ってること違くない？　私が唯一の女の孫代わりだみたいなこと」「だって、そりゃ、それは、生きてる間の話でしょ。生きてる間に会いたいわ話したいわ一目見たいわっていう、そういう気持ちの話でしょ。死んじゃったらそれは、あるのはもう義理だけよ」

帰ってきた夫に相談するとすぐにじゃあ文化の日に行こうと頷いた。「行くべきだよ、それは……あのすごく小さいお婆さんだよね？　ちょっとヨーダみたいな」「は？」「フォルムが。顔じゃなくて全体の。結婚するときにご挨拶したっきりだよね」「ご挨拶。でも、休めるの？」夕食を作る時間がなかったが昨日の味噌汁が残っていたのでそれと、早炊きしたご飯に味つき刻み油揚げを卵でとじたものの丼を出すと格好はついた。味噌汁には玉ねぎと豆腐が入っていて、水を少しと乾燥わかめとダメ押しに天かすを足した。全体的にぶよぶよしている。「んー、有休自体はあるし。一日くらい多分大丈夫。ねえこれすごくおいしいんだけど僕スプーンで食べていい？」「別にいいけど」私がスプーンを取りに立ちあがろうとすると夫は手で制した。仕事中についたのか右手の小指の下のところになにか黒いもわっとした汚れがついている。「自分で取るからいいよ。こういう汁気があるどんぶりって僕、食べるの下手なんだよね」「そうだね」夫は箸の持ち方がなっていない。初めて食事をしたとき母は呆れてあとでこっそりあの持ち方でなんでものが食べられるのかわからないと囁いた。いい人そうだけど、あっちのご両親もあんな持ち方なの？　なんであんたは見てないのそういう一番大事なところ？「でも、心配だね、おおおば、おおおばあ、さん？」「大伯母」「おおおばってなんか早口言葉のパーツみたいだね。おーおば、おーおば」「私と登はずっと、大ばあちゃんって、呼んでて」「どんな人？」「んー、まあ、気さくっていうか、働き者、いつ見てもなんかくるくる、動いてて。昔の人はみんなそうだったんだろうけど」「ふむ。悲しいね」夫はカレーなどを食べる用の大きなスプーンをどんぶりに差しこんで私の目を見た。夫の方が身長も座高も高いのに何故か上目遣いに見上げられている気がした。夫は私を見たまま卵とご飯を元気に上下にかき混ぜた。カッカッと音がした。夫は食事中必要以上に音を立てないようにしましょうというような教育も受けていないらしかった。ま、なんでもおいしそうに食べるっていう意味じゃあ、いい人なんだろうけど、ねえ……聡明さんて上司とご飯食べに行ったってああなの？　知らないよ、知らないよ、私は自分のどんぶりを見た。混ざりきらず固まった黄身の小さい塊がどんぶりの縁に張りついているのを箸でつまみ上げて口に入れる。乾きかけた表面がネチっと前歯にくっついた。「悲しいでしょう」「えっ」「おおおばあさん、のこと」「んー、ずっと会ってないから実感がね、悲しいよりは、変な感じ」「実感がね。そうだろうね」「長距離運転させちゃうけど」「それはいい。そっちが運転するって言った方が断然怖いししんどいし嫌だ。うーん今日のご飯は本当においしい！」夫は口の端に卵をつけて微笑んだ。指摘しようかと思ったがまたつくかもしれないから後にした。「ねえこれほんとにおいしいんだけどなんていう料理？」「え、適当……きつね丼？」「おきつね丼ね、かわいいね、お汁がたぬきだから日本昔ばなしだね」「は？」「味噌汁のこれ天かすでしょ、たぬき汁」「あー、うん」「今日は食器僕が洗うよ」「え、ありがとう」「寝る前にマッサージもしてあげる。いま、実感がなくてもすごく悲しいはずだから」夫はアザラシの赤ちゃんのような目をして私を見た。いつもより小さく見える白目が充血していた。

私の実家に到着して挨拶して仏壇に手を合わせちょっとお茶を飲んだ早々夫は母が私たちの寝室にと掃除して布団を出してくれておいた一階の和室で寝てしまった。部屋の隅に畳んだ敷布団と掛け布団に頭を乗せてズウズウ音をたてている。私は夫の頭の下から掛け布団を一枚引き摺り出して夫の体に掛けて襖を閉めて居間に戻った。「聡明さん、疲れたのねえ。疲れるのよ運転って」老眼鏡を外しながら母は自分が運転した後かのように肩をこきこき回した。「朝早かったしね」「何時に起きたの」「起きたのは六時」「じゃ普通じゃない。お母さんなんて、毎日四時五時には目が、覚めちゃう」久しぶりの実家は変わっていなかった。いや変わっていた。風呂場、洗面所がリフォームされ、リビングについたパネルで操作できるようになっていた。「栓だけちゃんと閉めといたらお湯が溜まるの。あとトイレもきれいになってたでしょ」台所もリフォームでコンロがガスから電気になっていたが、それは私が定期的に帰省していたころ行われた工事だったので目新しくはなく現時点でそれなりに古びて見えた。一軒の家の中にいろいろな年代が混じっている。居間は変わっていないなと思ったが母曰くカーテンを遮光のにしたらしい。「でも前からこれじゃなかった?」「柄は似てるけど、違うの。夏なんて断然温度が違う」窓から外を見ると家の反対側、隣家との境にある狭い庭の地面の大部分に黒いシートが敷きこまれ、ところどころ大きなピンのようなもので固定されていた。「庭のシートすごいね」「いま流行ってるの」「はやって?」「散歩してみなよ、どのお家でも敷いてる、庭があるなら。ボウソウシート」「ボウソウシート」「もうさ、雑草すごいから。もう、草むしりとかうんざりだからみんな」「ああ防草。でもなんか見た目悪くない?」母はフンと鼻の上に皺を寄せた。眼鏡の鼻あての跡が深く窪んで見えた。「草むしりしないでいい暮らしの人にはわかんないわよ。もうほんとめんどくさいんだから。薬撒くのも大変だしちょっと怖いしキリがないしさ」母は多少老けては見えるものの前会ったときとさほど変わっていなかった。若干痩せているような、あと髪の毛の色がちょっと違うような、「あ、わかる? 白髪染め、トリートメントのにしたの。楽よ、毎日髪洗うとき塗って流すだけなの」「前は美容院で染めてたの?」「そう、カットのついでに。でも時間もお金もバカになんないし、行動制限だ自粛だいろいろあったし、いまはこれ。べつに十分でしょう、自然でさ。全部真っ黒にする必要なんてないんだもの」「うん、きれい、きれい」「あんたもじきよ、こういうものにお世話になるの」「白髪はときどき見つけるけどつい抜くね」「抜くとダメって言うけど、その歳なら抜くわよねえ、もう私の歳で抜いてたらハゲちゃうけどさーアハハ。そういうトリートメントも防草シートも昔はなかったからさ、おばあちゃんが生きてたころはそりゃ、せっせと草抜いてせっせと美容院、通っておいでだったけど」確かに祖母はいつ見てもきれいに身繕いしていた。こまめに美容院へ行って髪を黒く染めパーマをかけ、朝起きたらお化粧も欠かさなかった。若く見られる人だった。お母さんじゃあないとは思ったけれど、まああ、おばあさまなの！　お若いのねえおきれいねえ、背筋がまあ、ずいぶん伸びて、踊りかなにか、やってらしたの？　そう日舞とか、フーラダンス、とか……草むしりをするときはいつでも手の甲まで覆う長袖長ズボンに、後ろに日除け布が垂れた大きな帽子をかぶっていた。甘い香りの化粧品を朝と風呂上がりに長い時間をかけて肌にはたいていた。たまに、おまじない、と言ってそのちょっととろっとした液を私の頰と鼻の頭にちょんちょんちょんとつけてくれた。沈丁花とくちなしとイズミヤのクッキーを混ぜたようなにおいがした。「雑草、私は若いころから腰があんまりよくないし、肩こりもあるし最近は膝も痛いし」祖母は腰が悪くなかったのだろうか。肩も膝も問題なかったのだろうか。祖母は七十代で亡くなった。私はそのとき大学生で家を出ていて、もう危ないと聞いて急いで実家に帰って病院に駆けつけてそうだその日に祖母が亡くなったのでまるでアナタを待ってたみたいねえと誰かに言われてそれじゃ私のせいみたい、私が今日帰ってきたから死んじゃったみたいじゃないか……それでいて私は死に目に会えたわけではない。祖母は私がちょっと売店へ食事を買いに行った間に突然亡くなった。母は慌てて私を呼びに出たせいで間に合わなかった。弟はまだこっちに住んでいたくせに部活がどうとかで間に合わなかった。父も仕事で間に合わなかった。だから祖母の実の娘であるおばと、おばが産んだいとことさらにその子供らと看護師さんだけが祖母を看取った。「運転しても、大丈夫だった？　聡明さんの心臓」「いやだから別にそういうんじゃないんだって」「治ってないんでしょ」「治るとかそういうんでもないんだって多分」私にはよくわからないのだ。多分本人にもわからないのだろう。自分でもわからないものの挙動で人は生きたり死んだりする。「心臓は怖いよほんと。私の同級生でも急に心臓止まって死んじゃった子いる。まだ五十歳だったのに。お葬式が涙、涙、下のお子さんなんてまだ中学生で……コロナ前だったからもうプチ同窓会みたいになっちゃってみんなで泣いてね。はいお茶」母が新しいお茶を淹れてくれた。「すごく熱いよ」「ありがと」夫と一緒のときは客用の小さい湯呑みだったが今度は私が実家でずっと使っていた景品かなにかの大きなマグカップだった。クマっぽい動物が片手を上げたシルエットが描かれていて特にお気に入りでもなく一人暮らしをする際も持って出なかったが私にとってマグカップの持ち心地飲み心地はこれが原点というか基準なのだと久しぶりに持ち上げ口をつけて思った。お茶は本当に熱くほとんど飲めなかった。「おばちゃんちは明日行くんだよね？」「明日の午前中にってことになってる、マミちゃんと相談して」母はしょっちゅう会いに行っているらしい。「新しい道ができて早くなったしね。いまは三十分、かかるかかからないか。やっぱりオムツ替えだなんだ人手があった方が楽でしょ、誰かと愚痴でも言わなきゃ大変だもん……私だってうちのおばあちゃんのときマミちゃんにどれだけ精神的に助けてもらったか」「それで、タケちゃんは？　もう帰ったの？」「ハハッ！　タケちゃんね。あの子こないだ帰るって知らせといてその日、コロナになったって」「え！」タケちゃん、一度結婚して子供も生まれたが離婚していまは一人暮らしのはずだ。「それは大変だったね」「こっち来る前でよかったわよお、来ておばちゃんに会ってから陽性なんてなったらそれこそ目も当てらんない。登に救援物資買ってドアノブ掛けてきなさいって、命令しといた。自治体から送られてくるったって信用できないじゃない。あの子は近くに住んでるからさ」弟とタケちゃんは偶然同じ土地に就職して住んでいる。「独り身は、ねえ、だからこういうときが怖いのよ。登も、顔合わせてうつされちゃダメだから、絶対ドア開けるなって言い聞かせて」「あの子、行ったの？」「そりゃあ行ったでしょ、人として……持ちつ持たれつ。前に二人で飲み行ったとか言ってたし独り身同士仲良くしてんのよ。ポカリとかゼリーとかお粥とか、タケちゃんはチキンラーメンが好きだからそれも買ってきなさいって。あとトイレットペーパー」「トイレットペーパー」「どんなに寝こんだって人間、出るものは出るんだから」「そりゃあ」「男の人はああいうものをちゃんとストックしておかないから。タケちゃんなんて特にのんびりしすぎて奥さんに愛想尽かされたくらいだから」「あー」お茶にそろそろ口をつけたがやはりまだ熱い。母は平気そうに飲み、飲み終わると買い物に行くと言って家を出た。襖を開けて夫をのぞいたが依然よく寝ていた。上半身と下半身が反対向きにねじれたような体勢で掛け布団をはいでいる。私は二階の元自分の部屋に上がった。学習机やタンスはそのままだが部屋の隅に通販らしい段ボールが積んであり母のよそ行きの服がかかった回転ラックなどもあってやや雑然としている。カーテンを開けると家の前の道をいかにも若いファミリー向け風の大きい四角い黒い車が通っていくのが見えた。桜の栞が入っているのではと学習机の引き出しを上から順に開けたがなかった。寄木細工風の小箱の中には古い五百円玉が二枚、義理でもらったもう香りのしないアロマキャンドル、真っ黒に変色したシルバーの豆型ペンダント、学生時代自分で買ったちゃちな小さな石がついたアクセサリー、カウベル成人式用の髪飾り寄せ書きチケット半券、読書感想文コンクールに入賞したときの副賞の紫式部柄の図書券が入っていた台紙、子供のころ集めていたシールがたくさん入った封筒もある。ちょっと立体的なシールで、駄菓子屋や文房具店で売っていて、いろいろなキャラクターがあって、それを友達同士で交換する、バカみたいなものにお金を使ってと祖母は嫌がった。そんなものを買うならまだしもお菓子を買った方がいいでしょうに。美術館で買ったポストカード、北斎の、広重の、ムーミンの、マグリットのは昔親しかった先輩からもらったやつでなにか書いてあるが薄い色のペンで書かれた文字は色が褪せて消えてもう読めない。先輩とは卒業後も年賀状をやりとりしていたのに五年前くらいに途切れてしまった。十センチくらい編んでそのままになっているマフラーもあった。真横に棒針が挿したままになっている。自分用のつもりだったはずだがいま見ると私には似合いそうにない好みでもない淡い色の毛糸でなぜこれを選んだのか、棒針はもう一本あるはずだが同じ引き出しには入っていなかったし一玉では絶対長さが足りないと思うが残りの毛糸玉もない。机も引き出しの中身も間違いなく私が使っていた、私が知っているものばかりなのに、そして帰省のたびに暇つぶしにあれこれ漁って気になるものや懐かしいものは持って帰ったりもしているのだから別にそこまで久しぶりでもないはずなのに、そのものに至る記憶のところどころが欠けていて変な感じがする。答えはあるのに問題がわからないような、下から声がした。夫が起きたらしい。私は部屋を出て階段を降りた。この短時間で夫の耳の上あたりには鋭く跳ねた寝癖ができ口にはよだれが白く乾いてくっついていた。

翌日大伯母の家に行った。母が運転した。玄関で迎えてくれたおばちゃんつまり母の従姉マミコさんもやはり変わっていなかった。むしろ若くなっているように見えた。マスクをしていたら私と同年代にさえ見え、夫の方が老けて見えるくらいだ。人間の年齢は口の周りに出る。「お久しぶりです」「来てくれてありがとね、聡明さんも遠いところを」「ご無沙汰してます」夫が頭を下げた。「やーだ」おばちゃんは口を手で覆った。「聡明さん、こないだ救急車乗ったんだって？あたしもまだ乗ったことないのに。もう平気なの？」「はい、ご心配をおかけして申し訳ありません」夫が深々頭を下げた。「ご心配ってほどでもないけど、もうびっくりよぉ」「どう、おばちゃんは今日？」母が靴を脱いで上がり框に足を載せながら言った。家ではスリッパを履いていて気づかなかったが派手な五本指靴下を履いている。赤緑オレンジ黄色青各指の色が違っていてそれぞれの爪の位置ににっこり笑った顔がついている。「うん変わらず」迎えるおばちゃんの靴下はリラックマだった。この家では昔からスリッパは出ない。私も靴を脱いだ。一応よそゆきの薄手でまだ新しい靴下、「あら聡明さん靴おしゃれねえ。ピカピカねえ」「あっ」夫は運転中は通勤用の黒いスニーカーだったが、今日はわざわざ持ってきていたらしい銀色の細身のスニーカーを履いていた。多分この前買ったばかりでまだ新しい。「あらほんとだ、おっしゃれー」「あっ、すいませんなんか、派手で」「派手ってほどはないけど、若いわねえ」「いやいやいや、ははは」家の中はしんとしていた。そこそこ広い平屋建てで、玄関にある靴箱の上には私が子供のころからずっと同じたぬきの剝製が飾ってある。毛が黒っぽく、目の周りはさらに一段暗い黒で、目がガラスで手に『御通帳』と書かれた帳面を持っているというか多分縫いつけてある。初めてここに来たとき夫はこれを見てヒッと言った。ねえあれ本物？　剝製だけど。なんであんなのがあるの？　さあ？　昔っからあるから。おじいさんが撃ったたぬき的な？　いや猟師とかじゃないし違うと思う。恩返し？　復讐？　インテリア？　買ったの？　だから知らないって……。たぬきのお腹は綿かなにか詰めてあってふっくら丸く鼻は尖って手足も細い、爪も生えている。足には小さい草鞋、ガラスの目玉は精巧で、瞳孔や細かい筋、色の濃淡なども再現してある。それはタヌキの目玉というかむしろ人間用の目玉っぽい気もする。こちらから見ると決して視線が合わないが、ときどきじっと見られているような気がした。タヌキのというか動物の目玉はもっと、なんというか、意思がよくわからない感じに黒目がちなものではないだろうか。おつうちょう？おかよいちょう？　ってなに？　いやなんかだから知らないよ、身分証とかそういうやつじゃない？　パスポート、関所とか、通ってどっか行くのに要るんだよきっと多分、知らないけど。たぬきの隣にはお隣さんのバラ園からもらったのか白いバラが生けてあった。花びらが開いて真ん中に黄色いめしべおしべが見えていて、黒い粒のような粉が散っている。「それにしても、本当に久しぶりよねえ」「そうですね」「おばあちゃん、喜ぶよ」確か大伯母は奥の小さい和室に寝起きしていた。日中でも薄暗い部屋だった。鏡台にかけてある縮緬の布カバーが好きで子供のころは何度も捲ったり下ろしたりした。薄い桔梗の柄でしぼしぼした手触り、布を捲って現れた薄暗い部屋の細長い鏡に映った私の顔の後ろを弟やタケちゃんの足がどたどた行き来した。「さっき、予定より早くホウカンさんが来てね」「ほうかん？」「訪問看護師さんのこと」母が言った。おばちゃんは頷きながら「今日はねー、ほら、例のメガネの人」「あああの人いいよね、テキパキしてるけど雑じゃなくて」「ね。慣れてる。あともう一人は若い、多分初めて見るけどおめめぱっちり。それで今日は髪も洗ってもらったからいまさっぱりして、寝てるの」「あ、大ばあちゃん、お風呂入ったんだ」おばちゃんはアハハと笑った。「お風呂じゃないの！　ベッドに寝たまま、頭の下にオムツ広げて敷いてそれで洗ってくれんの髪を」「オムツ？」「そ、大きなペットボトルみたいな容器にお湯入れてそれかけながら、オムツの上でシャンプーして、流して、ちゃんとリンスもしてくれるの」「すごいのよー、職人芸！」母が手振りをした。広げたオムツを示すらしく両手でお椀の形を作る。「そうそう、ベッドも枕も全然濡れないから私も見るたびに感心しちゃう」「オムツパワーね」「大人用だから。すごく吸うのね。あ、おばあちゃんが寝てるのそっちじゃないこっちの部屋」大伯母のベッドは庭に面した仏間に置かれていた。日当たりが良くて広い、仏壇の金色がレースのカーテン越しに入る光に鈍く輝いている。子供のころから、この家に入るとまずこの仏壇に線香をあげて手を合わせるよう指示された。はい、座ってマンマンしなさい。私がそれなりに大きくなっても弟が思春期になっても合掌を促す大伯母やおばちゃんは幼児語だった。ほらふざけないで、チーン、マンマン、アーンって。親戚がたくさん集まったときなどはここで大きな座卓で食事をした。法事とか年末年始、お盆……座卓はいまは部屋の隅に立てて寄せてあって裏側が見える。黒っぽい木にところどころ木目の中心が見える。この上に寿司桶を置き重箱を配置し取り皿コップ瓶ビールバヤリース、弟が飲み物を倒しタケちゃんがお椀を倒し醤油がない取り皿が足りない直箸でいいじゃないかこりゃ酒飲みになるぞこっちのはサビ抜きもっとビールを栓抜きはどこだ王冠は僕のだいや俺によこせジャンケンしろバカ漬物を出せビールジュースお燗、死ぬなあ、死ぬなよう。「この部屋で寝てるんだ」「そうそ、こっちの方が、ホウカンさんとかお医者さんに入ってもらうの楽だから。庭から入れるし明るいし風も通るし。なにせうちで一番いい部屋だからね」白いベッドには転落防止の黒い柵がついていて、横にコードに繋がったリモコンが垂れている。リモコンにはベッドの上半身を起こすとか倒すとか足を上げるとか下げるとかを示すピクトグラムのボタンが並んでいた。ベッド足元には箱入りのティッシュ、小さい屑籠、畳んだタオルと替えの寝巻きらしい柔らかそうな花柄が並んでいる浅いプラカゴ、部屋の隅には大人用オムツのパックが置いてある。上が破かれて開かれていてそこから四角く畳んだ白いオムツが見えている。「ね、寝てるでしょ、疲れたみたい、シャンプーしてもらって」「疲れるよねえ、本人寝てるだけでもさ」「そのときは起きてたのよ目は開いてたしあっち向いてとかこっち向いてとかいうとやってたもん」「頭びちょびちょになってたら寝てらんないよねえ、いくらなんでもねえ」母とおばちゃんが枕元に立って、別にそう小声でもない声で喋った。私は自分がマスクをしていることを手で確認してから大伯母の顔をのぞきこんだ。大伯母は目を閉じていた。洗い立てだという白と灰色の髪がふわっとタオルで包まれた枕に広がっている。顎のすぐ下まで布団がきている。布団は顔に当たる部分が大きなタオルで覆われ、先にプラスチックの保護パーツがついた大きな安全ピン数個で固定してあった。目を閉じて口も横一文字に引き結ばれている。本当に寝ているのではなくて寝たふりをしている顔のようにも見えた。どことなく全体に力が入っているような感じ、夫が小声で「痛そうな顔しておられますね」「アッ、そう？」おばちゃんが顔を大伯母に近づけた。「やーだ、これ、痛そう？」「いや、なんか……わかりませんすいません」「全然反応しないね、大ばあちゃん。こんなに近くで話してるのに」「寝てるからね。もう一日中ほとんど寝て」大伯母は動かない。まぶたも全然動かない。息をしていない気がしてじっと布団の胸の辺りを見た。果たして動いていないと思った直後に、布団がかすかに上下に動き出した。「じゃあ、今日はホウカンさんにオムツ替えてもらえたのね」「そうそう、かぶれもだいぶいい感じですねーって、きれいに拭いてもらって薬もつけてもらって。おしっこの量も随分減ってるから」「うんちは今日は」「もーう全然」「まあ、ねえ、食べてないからねえ」「え、いま、大ばあちゃんのご飯ってどんな感じなの？」母が得意げに「栄養ジュース！」「食事が摂れない人用のね、栄養が入ったジュースがあって、介護用品で売ってるの。りんご味とかヨーグルト味とかあって、缶とかパウチになってて、それをコップに入れてストローで少しずつ飲んで、あとは水と、透明のりんごジュースもときどき飲むかな」「じゃあ、固形物は、もう……」「ちょっと前まではヨーグルトとかプリンとか、あとは具がないゼリーね、茶碗蒸しとかそういうのもちょこっと食べてたけど、最近はもうそれもしんどいみたい」私は夫を見た。夫はベッドの足元の方を見ていた。「なんか、それって……」どう言っていいのかわからなくて言い淀んだ。そんな、もう液体しか受けつけなくて一日の大半を寝て過ごしていておしっこの量も減っていて大便はしていなくてその話を枕元で大声でされても構わない存在と見なされて、それってもう、年を越すとか越さないとかそういうよりもっとずっと、「動かないとカロリー必要としないのね」「病院だと無理に点滴だ胃ろうだって、栄養入れちゃうからさあ、枯れようがないのよね」「水ぶくれてさ、腫れたみたい、浮腫んで」「それはやっぱり、不自然なことよ」「人は誰しも枯れていって……静かに……」

一度実家に荷物を置いてからタクシーで駆けつけた私が病室に入る前、廊下で母は声をひそめて「いい？　意識がなくなっても耳は最後までよく聞こえてるっていうから。変なこと言わないでよ」祖母の入院で疲れているのか母の顔は青黒かった。脇をなにか銀色の細長いキャビネットのようなものをしゃーっと押しながら看護師さんが通った。彼女の胸ポケットに刺したペンの頭がクマの頭の形をしているのが見えた。「変なことって」「死んだらどうこうとか」「言わないよそんなこと」思ったこともない。憤然として病室に入った。個室で、窓には卵色のブラインドが引いてあった。ベッド脇の小さい椅子にいとこが座っていて私を見て軽く頷いた。膝に料理か家事のらしい雑誌が開いて載っていた。赤黒いタレのようなものがかかった豆腐の写真、その隣のパイプ椅子からおばが立ち上がってやはり同じように頷いた。おばの目は赤く、母と同じように顔が青黒かった。祖母は目を閉じていた。閉じた瞼の中に眼球があると思えないくらいくぼんでいた。化粧気のない肌は黄色くて痩せていて目鼻や口以外あらゆる部分の大小の皺、まだ七十代だったはずなのにもっとずっと歳上の百歳くらいの老婆に見えてガイコツと人間の中間みたいな、知らない大きなシミが両頬にあってそれがなぜかすごくショックだった。私が入ってすぐ病室に私と祖母だけになった。母は誰かに電話をかけに出ておばには逆にかかってきて出ていとこは子供たちを保育園に迎えに行く時間と言って看護師さんもいないベッドの上で鼻にチューブをつけた祖母と私、「会いに、来たよ、来たよ」私は祖母の手を撫でた。「おばあちゃん」肩あたりも撫でた。布団から出ている手は右がやたら浮腫んでパンパンで左は骨だけのように痩せていた。薄い花柄の柔らかい寝巻きの袖がねじれて捲れているのを直した。少し開いた口から黄色い歯が見えた。私はまじまじ祖母を見た。祖母の顔をじっと見るなんて久方振りだ。こんな顔だった、こんな顔だったっけ、知らない、知っている、白茶けた髪の毛をそっと撫でるとざらっとした。頭皮がところどころ白く浮いたようになってかけらがはがれて、要は大きなフケがあちこちに絡んでいた。入退院を繰り返すようになって髪は染められずパーマも当てられず、私は指先で目立つフケをそっと摘んで毛先まで引き抜くようにした。フケは見た目よりしっかり厚みがあって、形が崩れないまま指の間でカサカサした。床に落とすのが躊躇われてベッド脇に置いてある白いビニール袋がセットされた小さい屑入れに落とそうとしたが軽くふわふわ揺れて病室の空気に乗ってどこか消えてしまった。指を嗅いでみるとにおいはしなくてちょっと皮脂の感触が残った。これだけ老いて痩せても脂は分泌される。私はまた別のフケをつまんだ。フケはいくらでもあってきりがなかった。皮膚は代謝している。老廃物が出てそのずっと奥では新しいものが作られ続けている。　祖母の生え際を見た、瞼を見た、肌の肌理を見た、耳を見た、福耳が垂れていた。おばあちゃん福耳でしょう？　子供のころはそうでもなかったの、大人になって子供を産んでだんだん、だんだん、気づいたら耳が大きくなっていったのよ不思議ねえあなたのお父さんが赤ちゃんのころ引っ張ったせいかしらねえ、あの子は私の耳をまるでおもちゃみたいに引っ張って、ダメよと言ったら泣くんだもの……いまの若い人みたいに穴なんて開けてたら多分、引きちぎられていたでしょうね。仰向けの首に沿うように垂れている耳たぶを触るとひんやりした。小さいホクロがあった。なにかの占いで耳たぶにホクロがある人は大金持ちであるというようなことを読んで嘘だと思ったがでも、祖母はお金に困ったことは生涯多分なかったのではないか、それなら十分お金持ちと言えるのかもしれない。この病室だって個室なのだから料金は相部屋よりずっと高いだろう。耳の穴が真っ黒だった。なんだか内側から腐り始めているような、ぎょっとして床に膝をついて真横からのぞきこむと色が濃い耳垢がびっしりへばりついているようだった。耳掃除とかしてないのか、いつからしてないのか、お母さんもおばさんもいとこもいたのにそれってどうなんだ……私はおばあちゃん、と囁いた。反応はなかった。もう少し大きな声で「おばあちゃん」祖母はなにも言わなかったし動かなかった。「おばあちゃん、ちょっと、耳、痒くない？　ちょっと、耳、すごいから、私、ちょっと、アレするね」私は綿棒か耳かきを探した。ベッドの上に差し渡してある台の上にはティッシュや小さいタオルと薬のらしいケースが置いてあり、枕元にはナースコールボタン、ベッド脇にはおばのらしい布の手提げ、飲みかけのペットボトル、デパートの紙袋……小さい引き出しも開けてみたが小銭、テレビカード、畳んだコットンのようなもの、のど飴、爪切りはあるが耳かきはない。私は自分の髪につけていたヘアピンを取ってそっと祖母の耳の穴に突っこんだ。軽くこじって引き抜くとカーブの内側にびっしり黒いものが詰まっている。耳の中で影になって暗く見えているのかと思ったら出てきても黒い。消し炭のような色だ。乾いてはいるがでもちょっと粘ついたような、血？　血より黒い、私はティッシュを引き抜いてヘアピンを拭いた。ティッシュになすりつけたそれはやはり真っ黒だった。黄色とか赤を含まないいっそ工業的な感じさえする色、インク、不安になって嗅いだが無臭だった。人体から採れたと思うと不自然なほどにおわない。祖母は動かなかった。耳にヘアピンを突っこまれても反応できないのはなにも感じていないのか、耳は最後まで聞こえていると母は言っていた。聞こえても感じないということはあるのだろうか、感じてはいてもそれを動きに変換することがもうできないのか、だとしたら嫌だろう、耳を耳かきでもないものでごりごりされて……私はごめんね、ごめんねと思い、ときどき言いながら祖母の耳をヘアピンで掘りまくった。ティッシュがどんどん黒くなっていった。何度か耳の皮膚をガリっと擦ってしまった感触があったが反応はなかった。血はティッシュにつかなかった。ごめんね、ごめんね、ベッドの足元から回って反対側の耳も、まだ出る、いくらでも出る、ねえねえ、夫が私に囁いた。「なに」母とおばちゃんは書類がどうのと言いつつ居間に移動していた。「あのさ、おばあさんの足元がさ、さっきから動いて見えるんだけど。ぴょこぴょこ」「え？」夫が指差す方を見ると確かに布団が少し動いて見える。内側から細かく持ち上がっているというか、寝ながら足が動くこともあろう、が、それはベッドのもう向こう端のあたりで、もともと小柄だった大伯母の身長を考えると足はもっと手前で終わっているはずだ。「え、あんなとこ足、ある？」「だよね？　でも動いてるよね」私はベッドの足元に移動して布団をめくった。動いていたところに足はなかった。靴下を履いた大伯母の足はやはりずっと手前にあった。動いて見えた場所には薄水色のシーツが敷かれたベッドパッドがあるだけだった。手を触れると大伯母の体温なのか温かかった。私はだいぶ手前にある大伯母の足に触れた。毛玉が浮いた灰色の靴下を履いた大伯母の足は硬くて冷たかった。中身が石膏みたいだ。「足、浮腫んでるでしょー」ぬっと部屋に現れたおばあちゃんが言った。なんならシーツより冷たい。「もうパンパンで。顔なんかは痩せてってるのにね、不思議、まあ、おばあちゃん寝てるしお茶でも飲もうか」「あっ、そうだあんたたち！」母も顔を出した。「お土産持ってきてたんじゃない？　どこ置いた？」「あれ……ごめん私、車に忘れたかも」「エー」「あらら」母がのけぞりおばちゃんは上半身ごと首を傾げた。大伯母は動かない。私は布団を元に戻し軽く上から撫でた。「うちから持っては、出たんだけど」「もー、じゃあ車ね、お母さん取ってくるから」「ごめんごめん」母が出て行きおばちゃんは夫を見上げた。「聡明さんはコーヒー？　紅茶、日本茶ー？」「お構いなく……あっ、でも我々が持ってきたお土産には日本茶が合うかもしれません」「我々が？　ふふっ、じゃあお煎茶にしよう。そうだ、マユリちゃんが送ってくれたお茶おいしーいのがあるのよ」「マユリちゃん」「あー、聡明さんは覚えてないか」おばちゃんは私を見た。私も首を傾げた。「やーだ、タケフミの、元、奥さん……」「ああ、タケちゃんの」夫はおそらくタケフミさんが誰かもわかっていない様子だったがそうなんですねと頷いている。「そうなのよー鹿児島でしょ、茶どころよー、淹れてあげるね」おばちゃんについて仏間を出た。居間というかテレビがある部屋は畳でそれに接続する食堂と台所はビニール貼り、テーブルセットの上に透明なカバーつきの箸立て、蓋の赤い首の細い醬油差し、並んだ二つの小さいツボには梅干しとらっきょうが入っているはずだ。大伯母が漬けたものなのか、それともおばちゃんが漬けているのか。その脇にはラップで覆われた小さめのコップが置いてある。中にはちょっとクリーム色の濁った液体が半分くらい入っている。ヤクルトっぽい。これが栄養ジュースだろう。おばちゃんは電気ケトルに水を注いだ。「これね、ティファール、最近ショッピングのポイントでもらったんだけど便利よー」「ねえおばちゃん、タケちゃんの元奥さんと、いまも交流があるんだね」おばちゃんがケトルを電源プレートに置いてスイッチを入れた。カシンと音がした。「やーだ、だって、そりゃあ、あたしの孫の母親だもん！　不肖の息子がやらかしたけど、孫にとってあたしがおバアちゃんであることは未来永劫一生なにがあっても変わりがないんだから」「ほあー」「今年ね、一年生だったの。入学祝い送ったらランドセルの写真のお返事が来たのよ、ほら、そっちに飾ってあるでしょう、テレビんとこ。かーわいいぞう」テレビ台に飾ってある薄いプラスチックの写真立てには薄いキャメル色のランドセルを背負い長い髪を編んだ女の子の写真と、入学御祝いありがとうございます。時節柄皆様ご自愛下さいませ。と小さく丁寧な手書き文字で書かれたハガキが入れてあった。女の子はランドセルを強調するポーズで、首をこちらに向けて全身をねじって微笑んでいる。眩しいのか元からこういう顔なのか目を細めている、タケちゃんには多分全然似ていなかった。タケちゃんはもっとなんというかこう、目鼻口輪郭全て太く濃い鉛筆でぐりぐり描いたような圧のある顔をしている。「わーかわいいねー」「年々タケに似てくるの」「あっ」「えー、なんの話？」戻ってきた母がおばちゃんに私のお土産の紙袋を渡した。「夏だったらこれ煮えてたわよあんた」「ごめんごめん」「あーこれ大好き！　ありがとう！　久しぶりだぁ。いまね、二人にササちゃんの写真見せてたの。孫ちゃん自慢、自慢」「あーササちゃん」「ササちゃん？　どういう漢字？」「ええと」母は中空で指を細かく動かした。「サク、花が咲くの咲にね、次のサが、ええと、糸偏の」おばちゃんは急須にジップ式の袋からお茶っ葉を入れながら「チョコレート！」と言った。「チョコレート？」「あのね、ほらね、白と黒がアミアミになってるチョコがあるでしょ。あれ。さしゃ。その、さ」「ああ……いやごめん、字わかんない、なんとなくしか」「糸偏に少ないですね」夫が言った。「それに繰り返し記号で紗々、更紗とかのサ、ですね。なんとなく布系の意味ですよね」「さっすが聡明さん博識ー！」夫は目を細めた。「紗々、流行ったんですよ僕が高校くらいのころにやたらと。僕は中身がスカスカじゃないかと思ってちょっとその流行は疑問だったんですけど」「そう？　あたし好きよ、冷やして食べるとパリパリしておいしいじゃない」「でも、言われてみれば確かにスカスカねえ、三分の一は空気ね」「じゃあダイエットにいいんじゃない！　ははは！」「あはは！」「え、で、だから、でも、この子の名前はさしゃじゃなくてささなんだね」「そう。咲く、紗々」「咲紗……」「きれいな名前よね」「クラスで被らなさそうですね」「そう？　きょうび……」カシン！と音がした。電気ケトルが沸いたようだった。ケトルを持ち上げておばちゃんは部屋を見回した。「やーだ、ひいふうみい四人分。お湯足りるかしらん」母が食卓の椅子に座ってお菓子の箱の包み紙を剝がしながら「普段一人二人のしかしないからさ、加減がわからないわよねえ、昨日私、この子達来るからと思ってお米炊きすぎちゃって」「若い人がどれくらい食べるかなんて忘れたわよねえ、何合炊いたの」「四合」「あらタケならそのくらい食べるけど」「うっそぉ」「夜、朝で……」「だって朝はうちパンだもの」「タケ、カレーだったらいっぺんでだって食べるかもしれない、残りご飯はタッパしとけばいいのよ」「したけど、もちろんしたけど」「聡明さんってお酒は飲まないんだっけ」「やー、まあ、そんなに量は飲みませんね」「お湯、どうせ冷ますんだから水足せばいいのよ」「ナイスアイデア、ナーイスアイデア」「僕ちょっとお手洗いお借りしていいですか」「廊下のそっち」「私ついてくよ」私と夫は部屋を出た。夫は「お義母さんと、その、おばさん？　仲がいいんだね」「でしょ。ずっとそうなの」「姉妹みたい」「従姉だけどね。でもさ、なんかあっちが年上のはずだけどお母さんのが老けてない？」「どうだろう、どっこいどっこい」「ここトイレ」「一人で戻れるよ」私は廊下から脇の部屋にそれて大伯母が寝ているベッドの部屋に寄った。私はレースのカーテンを開けた。こちら側からはバラ園は見えない。庭にいくつかプランターがあって白と黄色の花が咲いていた。地面に雑草も生えてはいたがそこまで繁茂している感じでもない。防草シートもない。大伯母の介護をしつつおばちゃんが草抜きをしているのだろうか。昔からある庭木に鳥が止まっている。私やタケちゃんが登って遊んだ木は枯れて腐ったか切って抜いたか随分前になくなった。黄色い畳と介護用ベッドを鴨居に並んだご先祖様の遺影が見下ろしている。大伯母はまだ目を閉じていた。大伯母が目を開けるとまず遺影が目に入ってくるのではないか、それってちょっとなんか嫌じゃないか、いや大伯母からしたらよく知らないご先祖様ではなくて向かって左の三名ほどは両親と夫なのだからむしろ懐かしく愛しく安らかなのか、子供のころは一番右端の人が怖かった。古くて白黒の輪郭がぼやけていて写真だか絵だかもはっきりしないで夜になると溶けて空気に混じってこちらにやってきそうな気がして、大ばあちゃんあの人だれ？　ああ、あの人は私の父さんの姉さん、まだ若いのに死んじゃってかわいそうな人、私も会ったことがないけどさ。戦争？　戦争じゃない。まあ、なに、病気ね、多分。眠っている人の耳にはそうではない、じゃあ死にかけている人は寝ているわけではないのだろうか？　私は畳に膝立ちになって大伯母の耳をのぞいた。耳の穴には白いというかほとんど透明な長い毛がまばらに生えていた。黒くはない、穴は浅い、すぐそばに肉のというか皮を載せた軟骨の壁がある。祖母が死んで以来私は豚耳が食べられない。ヘアピンの感触を思い出す。死んだ祖母の耳にはいつの間にか白い綿が詰められてしまった。引き抜こうとしたが固く固く詰めこまれていて爪では全然引っ張り出せなかった。なにやってんの姉ちゃん。いや耳がね、耳をね……おばあちゃんって福耳だったよね。言われてみればそうかもしれないけど死んだ人相手に福耳もクソもなくない？　大伯母の耳はおばちゃんかホウカンさんによってまめに掃除されているのかとてもきれいだった。シャンプーのらしい甘いにおいがした。死にかけていてもフローラルのシャンプーで髪を洗えばフローラルの香りがする。本当に大伯母は死にかけているのだろうか。元気はつらつではないにしても、たとえば冬眠中の動物とか濁った水槽の底であまり動かない魚とか、そういうじっと最低限の栄養だけで生命を維持していくようなタイプの生き物に見えなくもない。この状態が何ヶ月も何年も続くような存在であっても不思議ではない。いや不思議か。動物だって春になったら活動するし、魚だって水を換えて新たな餌を与えられたら動き出すだろうし異性が入ってきたら生殖活動とかもするだろうし。私は立ち上がった。ほんの少ししゃがんでいただけなのにクラっとした。仏壇から線香のにおいがした。また布団の足の方が動いていた。リズミカルにぴょこぴょこ、私は急いで手を伸ばしてばっと布団をめくった。やはりなにもなかった。足は右側が内側に、左側が少し外側に向いていた。陽射しを浴びて灰色の毛玉が一粒ずつ黒い影をつくった。布団を股あたりまでめくった。寝巻きのズボンは普通の下着をつけているのと変わらなかった。膨らんだり浮いたりはしていない。母がおーい！　お茶ー、と叫んでいるのが聞こえた。

お茶を飲んでお土産を食べてもうしばらくしても大伯母は目を開けなかった。また息が止まっている気がしたがさっきと同じようにしばらく胸を凝視していたら上下に動いていた。動いているのがわかればどうしてさっきは見えなかったのかと思うほどちゃんと規則的に動いている。「写真撮ろうよ。おばあちゃんが起きたとき見せるからさ」「うん」私がベッド脇に立って一枚、夫も一緒に三人で一枚、母も加わって一枚、「じゃあ次は僕が撮りましょう。みなさんで」「あらありがと！」母、おばちゃん、私、大伯母、母とおばちゃんはピースをしている。「もうちょっと、顔、下に、はいいいですねはいチーズ。もう一回。チーズ。似てますね、お三人」「お三人？」「ああ、ええ、四人、お、ご、四人」私は自分のスマホでも大伯母を撮影した。上から、横から、足元から、全身、顔だけ、「寝てるだけみたいだよね」母が言った。「寝てるだけでしょ」「寝てるだけなんだけどさ」「それで大伯母さまは実際いまおいくつなんですか？」おばちゃんは目を少し広げて「それがね聡明さん！　九十六！　年女なのよ！」「へー、それはすごい」「寅年、八回目の干支一回り。すごい人生だよね。あたしたちどんな頑張ったって、そんな長生きできないと思う」「したくもないよねえ」母が言っておばちゃんと目線を交わし、なぜかげらげら二人で声を合わせて笑った。「アッ」夫が声を出した。大伯母が目を開けていた。目を開けるとむしろ知らない人の顔に見えた。「アッ、おかあちゃん、おかあちゃん」「おばちゃん、おばちゃん！」「大ばあちゃん」大伯母は黒目をキロキロ動かした。黒目に四角く光が入った。「大ばあちゃん。会いに、来たよ、来たよ」大伯母は私を見た。黒目を動かすのをやめた。目に入っていた白い光が消えた。母がカーテンをシャッと閉めていた。「眩しいから」「大ばあちゃん」大伯母は眉を動かした。嫌そうな顔に見えたがわからない、大伯母の顔には表情がなかった、なかったというかあるのだが私には読み取れなかった。口を少し開けた。黄色い歯が見えた。「大ばあちゃん。大ばあちゃん」「ご無沙汰しております！」夫が大きな声で言った。「お目にかかれてうれしいです！」大伯母は頷いた。あきらかに夫の声に向かって反応した。また大伯母の目に光が入った。おばちゃんが母がいま閉めたカーテンを開けていた。「暗くちゃどうもない」「大ばあちゃん。なかなか来れなくてごめんね、コロナで……」大伯母の黒目がまた動いた。下の方、自分の足の方を見ている気がした。私は夫を見た。夫は庭を見ていた。なにかがのっそり庭を横切っているのが見えた。多分猫、大きい黒い猫、背中が丸い、木に止まっていた鳥が一羽飛び立って続けて二羽三羽無量大数、木全体が揺れて見えた。「おかあちゃん、なにか飲む！」大きな声でおばちゃんが言った。手には食卓に置いてあったコップを持っている。曲がるストローが差してある。大伯母の目がまた動いた。「あ、いいね、じゃあちょっと起こすね。これ持ってて」おばちゃんは私にコップを手渡した。ずいと差し出されたコップは冷えてはいないが冷たかった。ガラスの底がざらざらした。これは私がこの家で幼いとき使っていたコップだと気づいた。これで、私は大伯母に麦茶を入れてもらいジュースを飲ませてもらい苦手だった牛乳で伸ばしたカルピスを新しい味のカルピスだと騙されて出されて飲んでおいしいねと言ったらほーら！　ほら！　本当は牛乳飲めるんだよ！　体にいいんだから！　ほーら！　飲まず嫌い！　掠れて見えにくくなっているが白いウサギが跳ねている絵がついている。おばちゃんがベッド脇のリモコンを押しゆっくり大伯母の上半身が持ち上がった。人間には絶対にできない滑らかで均一な持ち上がり方でミー、と音がした。座るというには浅いが仰向けとは全然違うくらいの角度でおばちゃんはベッドを止めた。大伯母がまた目をキロキロさせた。「じゃ、飲ませてあげて！」「え、あ」私は小さいコップを大伯母の顔の近くに運び、先が曲がったストローの先端に指を添えて大伯母の唇に向けた。大伯母は顎をちょっと動かしてそれを口に咥えた。意思がある動きだった。夫が小さくオッと言った。指先に大伯母の唇の筋肉の力が感じられた。薄い茶色い唇の上下に浅い皺が寄った。生きてきて初めて感じるような微かだが確かな運動、「あらー上手」母が言った。おばちゃんが手を叩いた。「おかあちゃんその調子、その調子」半透明のストローの中をヤクルト色の液体がせり上がるのが見えた。私は指先に微かに力をこめた。大伯母は吸った。液体の先端が大伯母の口まで達した。ストロー越しに液体の温度が指先に感じられた。夫がひゅうっと口笛の鳴り損ないのような音を出した。黒目がまたキロッとし、大伯母はがくっと頭を枕の方に落とした。大伯母の口とストローが離れ濁った液体が垂れた。すかさずおばちゃんがティッシュを大伯母の口にあてがった。「いつもこうなるの！」ストローからトトトと垂れた液体は私の手に落ちた。私もティッシュを取ろうと目で探したがさっき足元にあったはずの箱ティッシュは見当たらず見た目より粘度のないさらっとした冷たい液体は手首に垂れて袖に入りそうだったが反対の手にはコップを持っているためどうすることもできない。「お飲みになりましたねえ」夫は言いながら頷いた。「よかったですねえ」「あはは、聡明さんも味見してみる？　多分相当甘いんだと思うの」「ねえちょっと、ティッシュ」誰も触れていないのに立てて置いてあったオムツのパックがパタンと倒れた。庭の木はまだ揺れていた。

帰る前に私がそういえば仏壇にお線香をあげていないからあげようと言うとおばちゃんが真顔になってすぐ微笑んだ。「もうずっとお線香、あげてないよ」「えっなんで」「だって……寝てるすぐ傍でお線香のにおいとかしたら、アレみたいじゃない、うっかり、あっち行っちゃいそうじゃない」おばちゃんは笑って顔の前で手をひらひら振って煙を払うような仕草をした。「あっち……」「呼ばれてさ。みんなに。もともと毎朝お線香あげるのおかあちゃんの役目だったしねえ。お仏飯はご飯炊く度にはしてるしお花もあげてるけど、お線香はね。おリンも鳴らしてないのよずっと」「はー」「次にお線香焚くときはあれね、もう、おかあちゃんの」「やめて。やめてよう」母が突然泣き出した。「そんなこと言うの、やめてよう」「キミちゃん。キミちゃん。大丈夫よう。おかあちゃんそんなすぐいったりしないよう」おばちゃんが母の背中を撫でた。おばちゃんの爪はきれいに丸く削ってあった。夫を見ると夫も私を見ていてまた見下ろしているのに見上げているような目つきでゆっくり頷いて私の背中に手を当てた。手が生ぬるい。背中をひねって避けようとしたが夫の手は剥がれない。大伯母が目を開けてこちらを見て口を笑った形にした。

赤い猫

森の家

カレーの日

おおばあちゃん

遭遇

ミッキーダンス

え　ら　び　て

赤い猫

森の家

タケフミさんがいきなり「登くんはぽっちゃりした人はどう？」と言った。「どう……」「女の子のことだよ」「ははあ」タケフミさんはカレー炒飯を口からぽろぽろ落とした。カレー炒飯は居酒屋の大将がカウンターの中から、今日だけの締めメニューですよ、とタケフミさんに勧めた品だった。「知り合いにカレーミックスもらったんですよ、自家製の。そいつ去年くらいからカレーに狂ってて、スパイスあれこれ自分で焙煎だ粉砕だ調合だって、現時点の決定版っつうのを持ってきたんで試したら割とスモーキーっていうか、むしろこれルーにするより乾いてた方がいいんじゃないかと思って炒飯、してみたんです」「なーんか、大将！　俺のこと新メニューの実験台にしてんじゃないのッ？」「いやいや！　逆ですよ、舌の肥えた常連さん限定……」僕には常連扱いされるような関わりをしている飲食店はない。むしろごめんだと思う。タケフミさんはそうではないのだろう。僕は締めは断った。なんとなく、本当に最後に炭水化物や甘いもので締めたいとしたら自宅でカップ麺とかコンビニで買った赤飯おにぎりとかゼリーをだらっと食べる方が好きだ。今日はこの前コロナになったタケフミさんの快気祝い兼そのとき僕がお見舞いにポカリスエットや食料など差し入れたお礼としてタケフミさんに誘われた。「早めの忘年会ってことでさ」「早いですね」「まあでも、なんでも前倒し前倒しだよ。なにがあるかわかんないもん」タケフミさんは僕のはとこだ。タケフミさん行きつけのこの居酒屋に二人で来るのは三度目だ。いつもカウンターに座る。カウンター以外の座敷やテーブル席は満席で賑わっている。僕の真後ろに位置する座敷席で若いグループがはしゃいでいる声が聞こえた。そこまで大人数ではなさそうだが、そういうことをそろそろしていってもいいんだよねという判断をした人が一定数いるのは確かだ。大学生などはとてもかわいそうだったと聞く。他県などに進学してきていきなり慣れないリモート授業でサークルもバイトもなにもできず友達もできず……いまはしゃいでいる彼らが大学生だかどうだかわからないが、楽しめよ、と思う。いつまたもうそれどころじゃないという判断を大人たちが下すかもわからない。もう下しすらしないのかもしれない。彼も大学生だろうか、いつも黒いTシャツに黒いマスクのバイトの男の子がてきぱき注文を取ったり料理を運んだりして僕の脇をたびたび通る。細いデニムとTシャツの隙間からちらちら彼の痩せたお腹が見える。タケフミさんはカウンターの上に散ったカレー色の米粒を爪が短い太い丸い指で一粒ずつ拾ってスプーンに載せながら「俺はね結構好きなのぽっちゃりした人。元嫁もどっちか言うと……じゃさ、じゃあ、反対に、ガリッガリの子は?」「反対に……」ぽっちゃりは痩せてはいないが本格的に太っているわけではない人という意味で、ならば反対はガリガリではなくて細めくらいではないだろうか。ガリガリの対義語は超肥満とかだろう。日本の女の人はほとんどが細めだと思う。ものすごく太った人なんて肉眼でほとんど見たことがない。一度、子供のころ、白人たちの団体旅行に遭遇したことがあってその中にとても太った人がいた。僕も家族で旅行中で、だから地元ではない観光地、どこだったか、手を繋ぐほど幼くないが単独行動するほど成長してもいないころだ。何十人という白人たち、中高年が多かったが老人もいたし若い人もいた。町内旅行とかだったのだろうか、その中に、もう、ものすごく太った人がいた、身長も多分高くて下手したら一九〇以上とかあったかもしれない。でもすごいのは身長よりその胴体だった。力士のような柔らかそうに垂れた太り方ではなくてもっと張り詰めた硬そうな太り方で、その胴体に子供の僕は二人いや三人四人くらい余裕で入りそうだった。虹色に光る大きなレンズのサングラスに赤い野球帽をかぶって派手なTシャツに短パンにとてもじゃないがその体重を支えられそうに見えないぺらぺらのサンダル、薄赤くなった肌には金色の毛が生えてそれが潮風になびいて、だから海辺だったのか、その人は隣や前後を歩く人々とにぎやかに笑ったり喋ったりしていた。英語、あるいは違う言葉、ローイ、というような伸ばした語尾が何度か聞こえた。ア、ローイ。ホ、ローイ。デン、ローイィ？　あまりに僕が見とれていたせいで家族からはぐれかけ、探しにきて僕の腕をつかんだ姉には馬鹿にされた。あんた、口開けてガイジンさん見てたね。あこがれ？どの人？　あのミニスカートの金髪の花柄の女の人？「いやね実はね、知り合いにさ、登くんと仲良くなれそうな子がいるんだけどさ。多分登くんと同い年か一個下くらいで、前に仕事で知り合ったんだけど向こうが転職してそれでこないだすーごい久々にばったり会ったの！　道で！」

「へえ」カレー炒飯は、大将の口ぶりからイメージしたインド風的な本格派ではなくむしろ昔ながらの食堂で出てきそうな見た目だった。米が黄色くて玉ねぎ、あとはピーマンらしい緑のもののみじん切りとひき肉が混じっていて脇には真っ赤な福神漬けまで添えてあった。タケフミさんは福神漬けを食べていなかったので苦手なのかと思っていたら最後に大事そうにそれをスプーンに載せ、拾い集めた米粒と一緒に口に入れて嚙んだ。「なんかさ、そんとき俺ピンときてさ」タケフミさんの口からちらちら赤い福神漬けや黄色い米粒が見えたので目を逸らした。皿の、福神漬けがあった場所が赤くなっている。「まーね、すーごい美人とかじゃあ、ごめん、ないんだけど、ガリッガリだし。でもいい感じの」「はあ」すごく面倒だった。タケフミさんはいい人だ、おおらかだし面倒見もいい、一緒に飲食したら奢ってくれる、しかし、女性の紹介なんて頼んでいない。「はー大将おいしかった！　これ定番にした方がいいよ！」「ありがとございます、でもそいつが同じスパイスの調合は二度とできないと豪語してるもんで」「じゃあ、気まぐれってつけるといいよ、大将の気まぐれカレー炒飯！」「オー、あ、実はそのひき肉ね、マトンのだったんですけど気づきました？」「マトン？　マトンて羊？　メーメー羊？」「ははははそうですすよ」「やっぱいいな、俺羊だめなのよジンギスカンとか食えないの、えーうそ、全然気づかなかった、大将マジシャン」「いやいや、そいつのスパイスとにかく羊に合うもんで……ほい、クロタくん三番さんにこれ」「ハイ」「あとあっちジョッキ下げちゃっておかわり聞いて」「あっスンマセン」クロタくんが肘をぎゅっと持ち上げて手首のリストバンドで額の汗を拭いた。持ち上がったTシャツの下から平らなお腹が少し上の脇腹の方まで見えて、薄く筋肉の筋があった。「んー、いやね、この歳になるとさ、いや俺と登くん一緒にしたら悪いけどさ、でもなかなか出会いとかもないじゃない？　登くんいま付き合ってる人とかいないでしょ？」「はあ、まあ」「いつからいないの？」僕の目をじっと見てタケフミさんは一度飲み干したハイボールのグラスの溶けた氷をズッと吸った。「やー。どうでしょう」本当のことを言うのと適当に誤魔化すのとどちらが楽だろう。最後に付き合っていたのはもうどれくらい前か、一年半くらい続いて、いやもっと後？　だから何年の……子供のころ見た太った白人のことは鮮明に思い出せるのにもっとずっと大事なはずの直近の相手のことが思い出せないのはどうかしている。後ろにある座敷席からワーっと歓声が上がった。えーうそー!? おめでとう! 若い女性の声が聞こえた。おめでとう! めでてえなあ! やだあたし泣きそう! 泣け! やだうそ、え、これってあたしのストーリーにあげていい?「だから別にね、付き合うとかどうこうじゃなくて!」「ああ、はい」「まあ知り合いが増えるだけでもいいんじゃないかなーと思ってるだけ。お友達から、お友達。向こうも乗り気だったよ」「向こうも?」も、ということは僕は少なくとも乗り気であるというふうにタケフミさんは告げているのだろうか、そんなことタケフミさんに話したこともないし思ってもいない。誰かと知り合いたいと願っていたってタケフミさんには頼まない。タケフミさんは僕のはとこで、遠いにしたって親族で、そういう相手にこういうセンシティブな情報を左右されているというのがうれしくない。うれしくないというか嫌だ。あんた、タケちゃんに紹介してもらった女の子と会うんだって? よかったわねえ! 母の声で脳内に再生される。ちょっと、ちゃんとこぎれいにして行きなさいよ、登は別に素材は悪くないんだから、小学校のころなんてあんたユキちゃんからチョコレートもらってあれ多分本命だったのにユキちゃんのお母さんにそう聞いてたしユキちゃんの顔見たら私もそう思ったしだからお母さんうれしかったのに興味ないホワイトデー適当でいいって、駄菓子、それもうまい棒みたいなやつ、あれね女の子はああいうのダメよユキちゃんいますっごくすらっとしてきれいよお子さん三人もいるけど見えないくらいすらっとしてきれいあんたほんとにもったいないことしたんだから!「いや、でも、じゃあタケフミさんがどうこうしたらいいじゃないですか」「だから俺はガリッガリが無理なの! ま、今度三人で飲もうや、結構お酒も飲む子だよ、ガリッガリでなんか心配になるくらいなんだけど、飲んだり食べたりは普通なの。運動もしてないんだって！　体質で、太れないんだって。羨ましいよねぇ」「羨ましいんですか」タケフミさんが体型を気にしているとは思えなかった。「だって、俺なんてなーんもしなくたって太るんだもん。登くんも四十すぎたらわかると思うけど本当、大袈裟じゃなくて水飲んで息吸ってるだけで太るからね、中年。ま、俺は揚げ物もお菓子も肉も米も麺もパンも好きだけどね！」タケフミさんは僕に向かって顔をくしゃっとさせて目をつぶって見せた。多分ウィンクのつもりだった。この人が一時期は看護師と結婚していて遠い場所に子供も育っているのだと思うと不思議だった。養育費も払っている。慰謝料もだろうか？　慰謝料が発生するような離婚だったのだろうか。「その子フケちゃんっていうんだけどさ」「フケチャン？」「なんかね、富豪の家みたいな漢字でフケ」タケフミさんはグラスについていた水を指につけてカウンターに字を書いた。なにも読めなかったが富家ということだろうか。お金持ちそうな名前だ。タケフミさんは親指と人差し指に大きな絆創膏を巻いていてそれが飲食の脂や水気で上の方から捲れて濡れて剝がれかけていた。「だからめっちゃ頭皮ケアしてますフケにフケあったら洒落にならないからって言ってた、面白い子なんだよ」「面白い」「まあ一回、三人で飲もうよ。ただすーごいガリッガリだからびっくりしないでね。駅とかのベンチに座ってうとうとしてただけで救急車呼ばれそうになったことが人生で三回あるって言ってたから」「三回」「はは、すごいよね！　じゃ、そろそろ帰ろうか、予定またラインするからね、大将お会計！」「アイヨー、クロタくんカウンターさんオアイソお願い！」さっき大騒ぎだった座敷席はいつの間にか水を打ったように静まり返っていた。クロタくんが短くハイっと言ってレジのところに移動した。「あ、今日は僕も」「いいんだって！　あ、支払いぺーぺーね」「ハイ」クロタくんがレジを操作している間タケフミさんは首をくるっとこちらに向けて「俺ね最近ペーペー始めたのなんかいけすかないなと思ってたけど周りからやんないと損ですよって、なんかマイナンバーでペーペーのお金もらえますからって、二万円、でもまだお金もらってないんだけど登くんは？」それはマイナンバーの登録的なことなのか二万円分のポイントを受け取ることなのかペイペイについてかわからなかったがどれもやっていなかったのでやっていないですねと答えた。「そう？　やった方がいいらしいよ。いけすかないなあと思ってたんだけど、でも俺ずんの飯尾好きなんだよねほらマイナンバーのさ、出てるじゃない。ずん自体が結構……ずん知ってる？」「はい」「いいよねずんのさ飯尾じゃない方のさ」「やすですね」「あの、お会計いいですか」クロタくんが言った。その翌週どこかでフケさんも交えて三人で食事をすることになった。

老夫婦がやってる昔ながらの町中華なんだけどフケちゃんおすすめですんごいうまいらしいからとタケフミさんに指示された駅から少し歩いたところにあるくすんだ赤い暖簾の中華料理屋のちょっとなにかが引っ掛かったような引き戸を開けて中に入ると奥のテーブル席に座ってメニューを見ていたベージュのマスクをつけた女の人が目を上げて僕を見て、少し頷くような傾げるような感じで首を動かした。黒い髪の毛が分厚く額を覆っていてその下から見える目がとても小さい。僕が会釈をすると彼女は今度ははっきりお辞儀をした。約束の時間より十分以上早かった。僕は入り口に置いてあった液体ではなくてジェルタイプのアルコールを手に塗った。店内は暖かかった。中華料理屋のにおいがした。アクリル板で一人分ずつ区切られたカウンターで首にタオルを巻いたおじいさんが赤いサワーかなにかを飲みつつ麵と焼き餃子を食べていて他にお客さんはいなかった。部屋の角の天井の近くにテレビ棚があってバラエティ番組が進行中だった。誰かが正解したらしい効果音が聞こえ、司会者らしい声がステージクリアです！　と言った。カウンターの中からお好きな席へどうぞー、と若い女性の声がした。テーブル席へ近づくと女の人が「登さんですか」と言った。「あ」いきなり下の名前で呼ばれると思っていなかった。「フケさん、ですよね」「そうですそうです。宮本さんにはお世話になってます」彼女は座ったままでお辞儀をした。宮本はタケフミさんの名字だ。僕もお辞儀をした。確かに彼女は細かった。首筋や手首に筋が浮いている、が、ガリガリというほどでもない。レンガ色のセーターを着て髪を後ろでにまとめている。これくらいの人は他にもいくらでもいるだろう。病的という感じでもない。だからまさにぽっちゃりの対義語として成立する、つまりタケフミさん的にはガリガリは超痩せではなくて痩せ気味的なものを指す日本語なのかもしれない。「ええと、なんか今日は、すいませんって言ったらアレですけどなんか、お時間とっていただいて」「いえいえ。こちらこそです、お店も私の都合で……あ、で、宮本さん遅れるそうです」「え？」テレビからコマーシャルが流れた。ノンアルコールで糖質ゼロでプリン体も含まれていなくてもちろんおいしくて料理に合う飲料。僕はコートを脱いだ。「さっき連絡ありました。そちらにも伝えておいてくれって」「はー」寒い冬に備えて免疫を高めるヨーグルト。フケさんは隣の席に置いてあったカバンからスマホを取り出して画面を確認して頷いた。おねだん以上ニトリ。僕は自分のスマホを見た。タケフミさんからはなにも来ていなかった。彼女に伝言したからまあいいやと思ったのだろう。持つととても得をするし審査が簡単で利用者が増え続けているカード。「あ、どうぞ、座ってください」彼女は三つある四人掛けテーブルの一番奥の卓の、壁際奥側に座っている。上座下座でいうと上座になるが、まあ最初に来たらそこに座るのが普通という感じもする。わざわざ相手の斜めに座るのもなんか逆に意識しすぎている感じだろうと思い正面に座って背もたれにコートをかけた。自分からむわっと汗というか湿気が出ている感じがした。座った状態で見るとフケさんは結構背が高かった。ベージュのプリーツマスクがちょっとたふたふ動いた。「二人で、先に始めといて欲しいそうです、なんか頼みましょう」耳たぶにちかっと光るピアスがくっついている。結構おしゃれな感じがする。僕は会社を出る前にメンソールのシートで拭けるところを拭いて顔もざっと洗ってミントの粒も食べたが、一日着て自分の体温と湿り気に馴染んだパンツとシャツとジャケット、口はなにか粘ついた感じ、素材は悪くないんだから、と母の声が響いた。愛想よくしなさいよあと物噛むときは口閉じるのよ。「お仕事終わりですか」「はい。登さんも?」「ですね。というか、あの人無責任ですね自分が決めといて」「ああ、まあ、宮本さんですから」フケさんはおそらく苦笑した。マスクをしているのでわからないが目はそんなふうに見えた。短いが濃いまつげがびっしり生えている目だった。黒目の割合が大きくてほとんど全て黒目みたいな、いや、眼球自体は標準サイズで、外から見える部分が小さいのかもしれない。つまり皮膚の切れこみの問題だ。「おおらかっていうか、それが宮本さんのいいところっていうか」「宮本さん、ええ」タケフミさんを宮本と呼ぶのはなんだか気持ちが悪かったが下の名前で呼ぶのも気が引けた。ここに本人がいたらいやタケフミって呼んでよ！　ついでにフケちゃんもタケフミでいいしなんならタケちゃんって呼んでくれよな、などと言ってくれるのだろう。テレビからワーッと歓声が聞こえた。なんと挑戦者、ファイナルステージに王手！　絶対王者に挑みます！　「ノリちゃーん」カウンターにいたおじいさんが言った。「はーい」若い、女性の店員さんが出てきて僕の前に水とおしぼりを置きつつ首をおじいさんの方に向けた。「テレビさあ、音下げてくんない？」「あっ、すいませんうるさかったですか」「うるさいし、つまんないよ」「まあ」白い三角巾を巻いて、そこにピンクのヘアピンを斜めにとめてエプロンも白マスクも白、マスク以外はなんだか昭和の映画に出てくる看板娘っぽい感じの店員さんだった。レモンの香りとかしそうだ。「チャンネル変えます？」「いい、いい、野球やってないし」「じゃあ消しましょうか」「おにいさんたち、いい？」慌ててそちらを向くとよく日焼けした顔の下半分がくっきりマスクの形に白くなったおじいさんが僕を見ていた。「おにいさんたち、テレビ、楽しんでる？」「いいえ大丈夫です」僕ではなくてフケさんが答えた。テレビには一人のタレントがカメラを見つめて語っていた。テレビが高い位置にあるせいで見下ろされ高説を賜っているような気分になりかけた。「消していただいて、大丈夫です」「じゃあ、消そ消そ」「わがままねえ」急にカウンターの中から声がした。「野球は見たい見たい騒ぐくせに」姿は見えないが店主夫婦の妻の方だろう。カウンターから手が出てリモコンでテレビを消した。「俺の地元の方じゃどこだってシーズン中は中継ついてんだよ、そういうもんなの！」「ごめんなさいねえあたし野球は興味なくって」「シーズン終わったらテレビ局なんて閉じちゃえばいいんだよ、だから他の番組なんて見たくもねえの」「似たような人ばっかり出てるしねえ」「おれあいつ嫌いなの。偉そうでちっとも面白くないの」おじいさんが節の目立つ指をもう消えたテレビ画面に突き出した。「多分本当は全然バカだよ、下品だしさ。歯を見たらわかる」厨房からカンカンという中華鍋を叩く音がしてそれが同意に思えた。なにかを揚げるか油で焼いている賑やかな音、水音もした。中に何人いるかわからないが結構激しく調理が進行しているようだった。「登さんはなにを飲みますか？」僕はフケさんに向き直った。さっきの店員さんが昔ながらの紙の伝票とボールペンを胸の前に構えて僕がなにか言うのをじっと待っていた。おでこに産毛が生えている。ボールペンには短い細い鎖がついていて、その先端に小さい鈴が揺れていた。「あ、じゃあ、ビール、え、フケさんは飲みますか」「はい、じゃあビールにしましょう」「すいません瓶ビールしかないんですけどいいですか」店員さんが申し訳なさそうに言った。フケさんは知っていたようで、店員さんが言い終わるのと同時に瓶で大丈夫ですと答えた。僕は内心とても残念に思った。「コップ二つで。あと、ええと、メンマザーサイ、とりあえず。あとの料理はまた注文します。で、すいません、ビールとメンマザーサイ、同時に持ってきてもらえますか」「はいビール一本コップお二つ、メンマザーサイを同時にですね。少々お待ち下さい！」店員さんはぺこっと一礼して厨房の方に去っていった。本当に孫娘とかが手伝いをしているのかもしれない。フケさんはメニューをこちらに向けて差し出した。「メニュードうぞ見てください、すいません、メンマとザーサイだったら多分すぐ出るんで……お嫌いじゃなかったですか」「メンマとザーサイ、はい、好きです」「私、料理の前にお酒だけ先に来るの苦手なんですよ」「ああ、なるほど」僕も先に飲み物だけ来て料理がなかなか来ないのは嫌かもしれない。ビールだけ飲んでおいしいのは最初の一口二口だし、空きっ腹に無駄にアルコールが溜まる感じがするし、やっと熱々の料理が来たところでビールはぬるくなっているしといって問答無用のお通しも好きではないし、でも僕はいままでそれをわざわざ口に出して店員さんに頼んだことはないし頼もうと思ったこともないし周りにそんな人もいなかった。メニューはラミネートされていてところどころ色のコントラストが強い写真が入っていた。別に汚くはないがうっすらねばつくようなのは汚れというより経年劣化によるものだろう。カウンターもテーブルも床も壁も各卓の隅にある調味料セットもどこもどれも古そうだが不潔ではない感じだった。床は木目調のビニールばりで、テーブルには透明なマットが敷いてある。机と机、カウンターの一席ずつを隔てるように立ててあるアクリル板だけがそぐわない透明さで、テーブルのマットもメニューのラミネートも透明ながらうっすら黄色い感じがするのにアクリルはむしろ青っぽい透明だった。メニューはいま頼んだメンマザーサイを筆頭にバンバンジー、エビすりみパン、ニラ玉、もやし炒め青菜炒めきゅうり炒めニラレバ八宝菜酢豚若鶏唐揚げエビ天ぷら豚天ぷら麻婆豆腐、ページをめくって餃子水餃子揚げ餃子蒸し餃子、あとはラーメンタンメン担々麺チャーシューメン、チャーハン、中華丼とご飯ものが続く。最後はさつまいも飴炊きと杏仁豆腐、アイスがバニラと抹茶とマンゴー。いくつかは値段のところに上から白いシールを貼って手書きで書き直してある。ラーメン680円、タンメンは730円、チャーハンは普通とハーフがあってそれぞれ680円と400円だ。単品で一番高いのはエビ天ぷら1400円、庶民的な店と言っていいだろう。壁にはおすすめと書かれた手書きの紙が画鋲でいくつもとめてあった。かつてとめてあったらしい穴や、なにか液体がついて垂れたのか筋状に色が変わっている部分もあった。紙は日焼けしたように四隅が黄ばんでいるものも、真っ白いものもあった。『当店特製野菜タンメン』には市販の赤い『おすすめ！』という札が斜めに貼ってある。『キクラゲ卵700円』『スタミナニンニクラーメン800円』『うまい角ハイボール』『飲み放題あります』『各種宴会コースご相談ください』『禁煙にご協力お願いします！』ガッ、と椅子を引く音がして、「ノリちゃーん、おかんじょ」カウンターにいたおじいさんが言った。テレビ消してもらったばかりなのにとちょっと思った。さっきの店員さんがハーイ！　と澄んだ高い声で言った。「ノリちゃん」フケさんが呟いた。

「え？」「いや、私水餃子食べたいんで頼んでもいいですか、確か六つくらい入ってるんでシェアしませんか。一人のときだと結構それだけでお腹いっぱいになっちゃって」「お、水餃子いいですね。あんまり最近食べてないです」最近というか餃子といえば焼き餃子でわざわざ水餃子を選んだことは多分ないが、食べたことはあるし嫌いではないから嘘ではない。フケさんは微笑むと細い指でメニューを指し「あとこの、きゅうり炒めっていうのもおすすめです」と言った。爪に薄いオレンジ色のきらきらが塗ってあった。地肌というか爪の色が透ける程度の濃さの、なんとなく、僕はこれは今日僕に会うために塗ったのではという気がした。僕はマスクの中で息を吐いて吸った。嘘くさいミントと一日働いた自分の息のにおいがした。中華料理屋の油のにおいもした。「きゅうり炒めって珍しいですね」「中華では結構定番みたいです。あ、でも、あったかいきゅうり無理っていう人もいると思うから嫌だったらあの、青菜でももやしでも」「いやいやきゅうり試したいですあったかいきゅうり」フケさんはほっとしたように目を細めた。そうするともう完全に目は真っ黒で、瞼の細かいしわやくぼみと目を囲むふさふさの濃い短いまつ毛の陰影がなじみあってまるでそこだけぼんやり霞んでいるような遠いような、そこから一粒溢れた位置に小さいほくろがあった。僕から見て右側の目尻から少しズレたあたりだ。僕はきゅうりきゅうりとつぶやいた。「私、中華に来たら、一つは野菜だけ炒めたやつ食べたくなるんです」「うまいですもんね中華の野菜だけ炒めたやつ」「家だとどうしても……きゅうり家で自分でもやってみたんですけど、まずくはないけどまあこれなら生がいいかなっていう感じでした」自炊とかするんですね、と言おうかと思ったがやめた。「あと、なにか、登さんが食べたいもの選んでください」登さん。タケフミさんは登くんと呼ぶし母や姉は登と呼ぶし、友人も歴代のそういう相手も苗字だったり下の名前だったりをくんづけか呼び捨て、会社では名字にさんづけ、登さんはもしかして人生で初めての呼ばれ方ではないか。いまさら名字で呼んでくださいと言うのもなんだか変だ。登さん、まるでなにか上流階級のホームドラマみたいな、あるいはそれこそ結婚相手に呼ばれているような感じがする。姉も二人のときはどうだか知らないが僕の前では義兄を聡明さんと呼んでいた。唐揚げなら無難だろうか、取り分けやすいし、でもそれはタケフミさんの好物だ、遅れてきたタケフミさんがオッ、やっぱり唐揚げだねとか言って喜ぶのが業腹なようだし、それに好物なら熱々を食べたいだろう。水餃子が確定なら焼き餃子はちょっと餃子すぎるし、「お待たせしましたビールとメンマザーサイです」店員さんが銀色の大きなお盆に瓶ビールとビール会社のロゴの小さいコップと楕円の皿にこんもり盛られたメンマとザーサイを運んできてテーブルに並べた。左手の薬指に細い銀色の指輪をしていた。取り分け用の小さい小皿も二つ置いた。「注文いいですか」フケさんは言った。皿とコップを並べ終わった店員さんはハイっと言ってお盆を左脇に挟むとエプロンのポケットに入れていた伝票とボールペンをきゅっと構えた。鎖が揺れたが鈴は鳴らなかった。人妻には見えなかった。「水餃子ときゅうり炒めお願いします」「水餃子を一人前、きゅうり炒めを一人前ですね」「あと、なにか、どうしますか登さん」「あー、フケさんは辛いのは平気ですか」「好きですね」「麻婆豆腐どうですか」「いいですね」「じゃあ麻婆豆腐いきましょう。麻婆豆腐一人前」「はい麻婆豆腐を一人前」「とりあえず、以上で」「はーい！」またペコンと頭を下げて店員さんは下がっていった。

どうもどうも、とフケさんは小さいコップにビールを注いだ。ダバダバと粗い泡ができた。もう一つにも注ぐ。「あ、すいません注いでもらっちゃって」「すいません私注ぐのが下手で」フケさんはなぜかうれしそうに言った。「そうなんですか」泡が落ち着くのを待って注ぎ足すかと思ったがそのままフケさんは泡だらけのコップを一つ僕の前に置き、自分の分を手に取って顔の前に掲げると「じゃあ、お疲れさまでーす」僕もそうした。「どうも、お疲れさまですほんとどうも」互いのコップはくっつけず軽く持ち上げてから僕はマスクをとってビールを一口飲んだ。よく冷えてはいたが粗い泡が唇に当たってその部分がぬるく感じて液量はほんの少しだった。生、と思った。どうして中華屋にジョッキの生ビールがないなんてことが許されるのか。フケさんは掲げたビールを飲まずに一度テーブルに置き、割り箸立てから一膳引き抜いて割って小皿にメンマとザーサイをそれぞれ素早く移した。メンマの上には白ごまが、緑色のザーサイの上には唐辛子が振ってあって、全体には赤い、多分ラー油が回しかけられていた。「うまそう」「すいませんお先に」「いえいえ」ということはこれは取り分けてくれているわけではないらしい。ビールは注ぐが料理は取り分けない、女性が取り分けるべきとか年下や目下がそういう気遣いをするべきとかいう文化は廃れてしかるべきだ。職場の飲み会では実際にそういう慣習はやめましょう、とはっきりアナウンスもされていた。が、コロナで飲み会自体が消滅し、特にそういう上座がどうとかお酌がどうとかいう職場単位の飲み会はまだうちの職場では再開しておらずもう再開しないで欲しいと思っている人も多く、そういう中断を経て逆にお酌取り分け文化は絶滅のタイミングを逸したのではないかとも感じている。フケさんはザーサイとメンマを取り終わるといま自分が使っていた箸は楕円の皿に残して新しい割り箸をとって割ってから気づいたようにマスクを外した。顎が細かった。閉じた唇にはうっすら色が塗ってあるようだったが唇そのものの色かもしれない。口元が見えるとフケさんは少し幼く見えた。僕と同い年か一つ下というから三十歳そこそこ、には見えないかもしれない。フケさんはメンマを一つ持ち上げて口に入れて噛んでから粗い泡がすっかり潰れて筋状になってコップにへばりついているビールを一息に全て飲んだ。そしてああおいしいと言った。本当においしそうだった。僕も、フケさんが取り箸に認定した箸でメンマとザーサイを小皿に取った。たっぷりかかったラー油がメンマの角から滴り、それがテーブルに垂れないように一度皿に押し付けるように接触させてからゆっくり持ち上げて取り皿に入れた。フケさんは新しいビールを自分のコップに注いだ。ああ僕が注ぎますよと言おうかどうしようか考えてやめた。大学生のころ飲み会で、教授が奢ってくれるのでいつもより少しいい居酒屋へ行って楽しく飲食して途中トイレに立ったらメンバーの女子がトイレの前で泣いていて、驚いてどうしたのか尋ねたら彼女は先生、先生が……と声を詰まらせた。なにか酷いことでも言われたのかあるいはセクハラとかか、彼女は顔を上げて「先生が私にお酒を飲ませてくれない」「は？」「先生日本酒飲んでらして、私も好きだし隣に座ってたから私も飲みますって言って、オーオー一緒に飲もうって、それで一緒の徳利できたから私先生にお酌して、そしたら先生も私に最初注いでくれて、でも、その後、先生は自分が飲んだら自分で注ぐくせに私が飲んでも注いでくれないし、私が注いであげてもありがとうって言うだけで注いでくれないし仕方なく私が自分で注ごうとしたら女の子が手酌なんかしちゃーいけないって言ってでもそのときは注いでくれたけどその後ぜんぜん、だから私お銚子三本目なのにまだお猪口二杯しか飲んでない。八海山……」席替わりなよ、と確か言った。なんなら僕と席替わる？　やだ、と彼女は首を振った。先生の隣には、いたいの……。僕はメンマを食べた。ザーサイも噛んだ。そして自分がフケさんが取り箸に認定した箸そのままで食べてしまったことに気づいて慌てて新しい箸を抜いて割って先端を楕円の皿に載せた。彼女は院に残った。でも博士までは行っていないと聞いた。地元に帰ったらしいよ、やっぱりねえ、女の人はねえ……。メンマは嚙むと繊維が崩れるというかぎゅっと柔らかく断ち切れていって、その隙間に充満していたこれはメンマ本来のものなのかそれとも調味料なのかわからないが複雑なダシっぽい味がにじみでてきて、ザーサイは硬めでパリパリしてピリッとしてどちらもおいしかった。正直いままで食べたメンマとザーサイの中で断トツかもしれない。「うまいですね」「ですね。なんか、今日いつもより盛りがいいです。登さん見慣れない顔だからサービスしてくれたんじゃないですかね」フケさんはにこっと笑った。笑った方が大人びて見えた。だから年相応ということだ。細い顎の口の両脇にしわができた。「いやいやまさか……」しばらく我々はビールを飲みメンマとザーサイを食べた。ビールを追加してお互い手酌した。厨房からは激しく油と火の音がした。

「宮本さん遅いですね」「続報ないですか」「ないです、あの、もしかして、二人きりにしようとしてあえてとかってことは、ないですよね」「あ！　あー……」フケさんの眉間にはちょっとしわが寄っていた。僕の顔も似たような感じだろう。「そういうこと、しそう、宮本さん」「なんか、もしそうだったらすいませんうちのはとこが」「大丈夫です。どうせどっかしらでご飯食べるし、一人より二人の方がいろいろ、食べれるし……」「お待たせしましたきゅうり炒めです、こちら取り皿です」「ありがとうございます」フケさんはさっきメンマザーサイの取り箸にした箸できゅうりをとった。なるほど、そういう感じのフレキシブルさは容認するタイプ、そして、自分で食べるのかと思ったらはい、と僕にその白い小皿を差し出した。油でツヤツヤ光るきゅうりは皮をところどころ剝いたのが小指くらいの太さに切ってある。「あ、すいません」「熱いうちに……

で、あの、はとこ、はとこって、なんか……すいません私わからないんですけどどういうことになるんですか、続柄的には」「ぞくがら、あー、僕もよくわからないんですが、ええと、母親同士がいとこなんですね多分」「なるほど」フケさんは簡単そうに取り分けたが油が絡んだきゅうりは割り箸でとてもつかみづらかった。つるつる下に落ち、ようやっとぎゅっと挟み上げて口に入れる。きゅうりは表面に少しナスっぽく柔らかい層があるが奥はきゅうりらしい歯応えがあって、熱々ではないが芯まで温まって生姜の味がして塩気が効いていておいしかった。「あったかいのもうまい」「でしょう」でももやしとか青菜の方が好みかもしれない。「あ、で、なんだか僕の母と宮本さんの母親が仲が良くて、宮本さんのなんか、子守りをしてたとかで」フケさんはきゅうりを噛みながら微笑んで頷いた。「聞いてます。初恋の人なんだって言ってました宮本さん。登さんのお母さんが」「アハー……」初対面の人に振られて心楽しい話題でもない、いやいや別に美人でもなんでもないんですようちの母親なんて、というようなことを言いたかったがやめておいた。三切れ目くらいから挟み方のコツがわかって落とさなくなった。少し冷め加減になったきゅうりからちょっと花の香りがした。温めたせいなのか調味料とかのせいなのか気のせいなのかわからないが、なんだか遠い国の知らない素材の料理を食べている気が少しした。「でも、仲良いんですね、はとこ同士飲み会とか」「いや、偶然まあまあ近くに住んでるっていうだけで、全然……飲みに行くとかも何回とかそれくらいですよ。こないだコロナになったって聞いたんで救援物資届けたり」「救援物資」「ポカリとかそういう」「仲良いじゃないですか。っていうか宮本さんコロナになったんですか大変」「そう、少し、結構前に……だから、お互い実家から離れてるんで助け合うみたいな、ただそれだけです。地元だったら多分逆に会ってないです」フケさんは深く頷いた。そして飲みこんでから「それ、わかります」ジャー、と厨房から水音がした。中華鍋、油、テレビは消されたままなのでたまに店の外から車の音や人の声が聞こえた。繁華街では全然ないが人通りは結構あるようだ。「私、姉がいるんですけど、同じ家にいる間はお互い避け気味で、なんかすぐ喧嘩じゃないけどピリついちゃって。でも私は家を出て、姉は残ったんですね。結婚して実家の近所に家建てて子育てしてるんですけどそうしたら結構いい感じになって……スマホで長話したり、帰ったとき二人で買い物行ったりそれこそ姉の子供の子守りをしたり。甥っ子と姪っ子なんですけど、コロナで会えなかったんですけどビデオ通話とかはずっとしてて、ゴールデンウィークには久々に会えました。すごくかわいいんですよ。あ、登さんもお姉さんがおられるんですよね、もうご結婚しておられる」「あの人そんなことも言ったんですか」もうタケフミさんは知っている僕についての全てをフケさんに話しているのかもしれない。知らないことすら適当に話しているのかも、「宮本さん曰く、お姉さんがいる男性は女性に優しいって」「あー」「それは私も同意します、優しい男性って大体お姉ちゃんがいます。あ、ちなみに姉がいる妹は別に優しくないです。お兄さんがいる妹は甘え上手だったりすると思うけど」「あー、なるほど」わかるような、でもそんなに親しくない相手の兄弟関係なんてそもそもいちいち確認しない気もする。フケさんはザーサイときゅうりを一緒に口に入れた。女性たちはそういうことをでも割と早い段階で話題にするのかもしれない。お互いの基礎情報として、それで、陰でやっぱりあの人一人っ子だよねえとか末っ子だと思ったわかるわかる、などと言い合ったりするのだろう。「そうかもしれませんね」「ね、思い当たりますよね。血液型とか星座とかそんなのより、私どういう兄弟姉妹で育ったかの方が性格わかると思います。だってそれって占いじゃなくって行動の繰り返しの結果ですもんね。お姉さんとは仲良いですか」「え？　いや別に普通ですかね」「普通って、多分、仲良いってことだと思いますよ」「フケさんは、昔からここ行きつけとかなんですか？　ご近所なんですか」初対面の女の人と飲んでいて姉の話をしたい男はおそらくいない。フケさんはビールを飲み干してトンとテーブルにコップを置いて僕の目を見た。「おととし、このお店に車が突っこんで大破したんです」「え？」フケさんはビール瓶を持ち上げてちょっと振って、「私レモンサワーを頼みます」と言った。「あ、じゃあ、僕も」「いいですか、サワー系ほかにもありますよ、焼酎とかハイボールも」「あ、レモンがいいです」「すいませーん！　レモンサワー二つ！」「ハーイ！」ノリちゃんの声がした。フケさんは小さく頷くとじゃあ最後これ私飲んじゃいますねと一口半くらいのビールをコップに入れてすぐ飲んだ。ノリちゃんが来て透明な大きなグラスを二つ置いた。ハイボールのロゴがついたグラスだった。ノリちゃんがビール瓶とビールのコップを持って立ち去るのを待ってからフケさんは「私ここは仕事の都合でときどき前を通るんですけど、入ったことはなかったんです。中華は好きだけどお昼どきでもなんか、なんとなく。でも、あるとき通りかかったらここに、道の方までバーっと黄色と黒の規制テープが張ってあってガラスとかなんかコンクリート割れたみたいなやつとか金属片とかが、ばらばらいっぱい散らばって、で、サンダルとかも裏返しに落ちてて」「うわあ」「お店の壁がないんですよ」レモンサワーは歯に染みるほど冷たくて濃かった。「ぐしゃぐしゃに壊れて店の中まで見えて、椅子とか机が倒れててカウンターも崩れて……店の前に鉢植えがあったんですけど、結構立派な緑の大きなサボテンみたいな、それがちぎれて土も散らばってそれが全然違うのに血みたいに見えて、そこにいろんな色の招き猫が壊れて、首とか手が割れたり取れたりしちゃってて。でも人はいないんです、誰もいないし気配もなくって、多分、パトカーとか救急車とかが来て一通り調べて帰ったあとだったのかなって思うんですけど、なんかそれが不自然なくらい誰もいなくって、野次馬とかも。で、ネット見たら、最初はツイッターとかですよねこういうのは。車が事故ってるの見た！　とかいう一般の人の写真で、店に突っこんでた！　とかって。乗用車が店にもうめりこむっていうか完全に入っちゃってて、でも私は車は見てないんです。多分もうレッカー？　じゃないか、とにかくもう移動してて、空っぽの壊れた店だけ見たんです。なんかすごくショックで。それからネットに記事も出て。地方紙にも載ったらしいです、紙の。おじいさんが運転してる車が突っこんだけど店は緊急事態宣言とかの自粛で休業中で人はいなくって、そのおじいさんも命に別状はなくて……それで、それから復興っていうか直して再オープンしたんですよ。それから来るようになったんです。だから最近です」「え、あ」「だからここ、昔からある店なんだけど店舗は新しいんですよ。一年経ってない」「え、でも」僕は再び店内を見回した。壁、カウンター、天井、床、どれも一年経っていないようには到底見えない。入り口も見た。すりガラスの引き戸から赤い暖簾が透けて見えている。あのすりガラスだってどう見ても年季が入っている。今日引くときもちょっとがたぴししたし、外観だって……「見えなくないですか」フケさんが僕に顔を近づけて声を落とした。「一度めちゃくちゃに壊れて再建したって、見えなくないですか」「見えないです」と僕も声を落として応じた。道路を救急車が通った。すりガラスに一瞬赤い光が通って消えた。「どう見ても昔からこのままみたいです」そうでしょう！　と彼女は言った。「なんか、この話別の人にしたら、それは元の店の素材を使って組み立て直したんじゃないのって言ってたんですけど、でも、あの壊れ方見てたらそんなふうにはとても。あそこに招き猫あるじゃないですか」フケさんが目で示した。レジの奥の方に卓上棚のようなものがあり、その上に三体招き猫が並んでいた。細かくはよく見えないが高さ三十センチくらいあってそれぞれ片手を上げている。「あれだって絶対、壊れてて。三体とも。なのに」フケさんがふっと言葉を切って手を伸ばし隣の椅子の上に置いていたカバンからスマホを出した。「あっ。宮本さんから連絡」「え、なんて」「うーわぁ……」フケさんは苦笑いをした。今度は口も見えているからはっきり苦笑いだと分かった。眉間と口の両脇に深いしわが何本も走っているのに目と口の形は笑っていた。十歳年上にも、十歳年下にも見えると思った。「来れなくなったそうです」「え？」「仕事でトラブルって、嘘ですよね、いや、決めつけちゃいけないか」「気を利かせたんですかねえ……んっとに」勢いよく引き戸が開いてヘルメットを被った背の高い男性がぬらっと入ってきてスマホの画面をノリちゃんに見せた。「あっ、できてます！」ノリちゃんがそう言うと、大きな角ばったビニール袋を二つ、厨房から持ってきて男性に渡した。男性は無言のままビニール袋を受け取って出て行った。デリバリーの配送員らしかった。「私たちしかいないのに料理が遅いと思ったら」とフケさんが言った。「ウーバーイーツだったんだ」「そうですね」「なんかそういうのやってなさそうなお店なのに……でも席数少ないし、デリバリーもやらないといまもう難しいのかもしれませんね」「大量でしたね。弁当かな」「十人前くらいありましたね」「残業の差し入れかも。残業で中華弁当差し入れされたらうれしいだろうな」「ですね」「残業って結構あります？」「最近は、まあ」再びガラガラと店の引き戸が開く音がした。「いらっしゃいませー」引き戸から上半身を出したのはまた若い男の人だった。スーツの上に薄い、多分ユニクロのウルトラライトダウンを着ていた。僕も持っている。「すいませーん、あの、いまから十人っていけます？」「十人……」ノリちゃんが店内を見回した。テーブル席は四人がけが三つで一つに我々が座っている。カウンターは詰めれば五席……「すいません、いま、お席、何人かカウンターでもいいなら」「私たちどきましょうか」フケさんが大きな声でノリちゃんに言った。「えっ」ノリちゃんが手にお盆を持ったままこちらを見た。若い男性も見た。やたら目が大きくてアイドルのような顔をしていた。眉毛の形がとてもきれいだった。「私たちがカウンターに行ったら、そしたら十人テーブルに座れますよね、くっつけたら」「え、でも」「いいんですか？」「いいですよ別に、あ、いいですよね？」フケさんはこちらを見た。僕は頷いた。「もちろんもちろん」「ありがとうございまーす！」入り口のところに立っていた男性はそう言うと店の外に向かって「いけるって！　お姉さんが席譲ってくれた！」一人分の幅で開けてあった引き戸が大きく開かれて、男性がぞろぞろ入ってきた。コートや上着やマフラー、「すいませんねえ」「どうもどうも」「ありがとね」「おーあったけ」おじいさんもいたし同年代、もっと若い人もいた。てっぺんがもう薄い人、すっかりはげている人、白髪、黒い短髪、ちょっと洒落たパーマ、つるんと丸い形のマッシュルームのような髪型の人もいた。すいませんね、どうもね、年かさの何人かが我々に向かって頷いたり顔の前で手を合わせたりした。全員が同じ白い立体的なプリーツマスクをしていた。みんな立ったまま上着を脱いだ。外の冷えた空気のにおいがした。黒い服を着ていた。喪服だった。喪服の十人、いや一人灰色の人がいてそれは学校の制服ブレザーらしかった。分厚い前髪にチェックのネクタイをしている。「あっ、私が！」カウンターの一人分ずつに区切ってあったアクリル板を外していたノリちゃんが慌てたように言った。フケさんが肩にバッグをかけ肘には黒いコート、手に自分のレモンサワーと箸と取り皿とおしぼりを持ってカウンターに移動しようとしていた。「大丈夫ですよ」「お料理は、そのまま」僕もレモンサワーと箸と取り皿を自分で運んだ。残りの料理はノリちゃんが大きな銀のお盆に載せて運んで並べた。カウンターの椅子は丸くて背もたれがない。フケさんと隣同士に座るとさっきよりだいぶ近い感じがした。横顔になったフケさんは顔が尖って見えた。顎が少しだけ前に出ていた。「お前が奥行け、奥」「いやおじさんが」「いーから奥行けって。俺は便所とかしょっちゅう行くんだからもう近いんだから」「待ってって、まだ席準備できてないから」「決めとく分には、いいだろォ、俺こっちお前が隣アスカがその前ッ！」厨房に入りながら「いま、お席拭きますので！」とノリちゃんが小さく叫んだ。カリカリ、とフケさんがきゅうりを噛んだ。向き合っている間に料理があったのと違い、並んで座るカウンターにメンマザーサイの皿、きゅうりの皿、取り皿が二枚ずつとレモンサワー一つずつと水のコップとおしぼりと箸、が並ぶとすごく狭い感じがした。きゅうりは数本、そして結構食べているつもりなのにまだメンマザーサイはたくさん皿に残っている。僕はザーサイを食べた。シュッシュッとスプレーの音がした。ノリちゃんが我々が使っていたテーブルを急いで消毒しているのだろう。「お待たせしました……お席くっつけますか？」「あ、いやこのままでいいですありがとうございます。それで、あのう、おかみさんっていまおられますか」おそらく最初に顔を出した若い男性の声が尋ねた。「え、はい。あの、おかみさーん」ノリちゃんがカウンターの中に呼ばわると白い上っ張りを着て頭にやはり白い三角巾を巻いた高齢の女の人がハイハイと言いながら出てきて男性を見てアラッ！　と高い声で言った。「タマキです！　ごぶさたしてます！」「あらそうよ、タマキくん！　まあ、ずいぶん久しぶり……」「わあ、おかみさん、変わりませんねー！」若い男性の声はうれしそうだった。「え、まあうそ、何年振り？」おかみさんの声も弾んでいた。「もう七年くらいですかね。その節はお世話になりました！　おとうさんも、相変わらず？」「ええ元気よ元気、いまちょっと手が離せないけど……まあ、まあ！」カウンターの上の高くなっているところには目隠しのようにコップや食器が重ねて積んで並べてある。その隙間から、白い上っ張りや、角張った白髪頭や黒い中華鍋や銀色のお玉か網かそんなものがときどき見えた。蛇口がいくつもある。ダクトやパイプが壁にたくさん取りつけてある。大きな寸胴鍋から立っている湯気がずっと右から左へ流れているのは換気扇か通気口でもあるのだろう。「えーと、実は今日ばあちゃん、祖母が死にまして」「まあ！」「今日じゃない、昨日」年配の男性の声が訂正した。「昨日の、夕方。十六時すぎ」「ああそうだ昨日。で、今日お通夜だったんですよ、ほら、国道沿いのなんとかホールでさっきまで」「そうだったの、それはそれは、なにも存じませんで失礼いたしました、心からお悔やみ申し上げます」おかみさんは少し声音を低くしておそらく頭を下げた。タマキくんが朗らかな声で「いやね、もう九十五。もーほぼ大往生みたいな。眠るようにというか」「まあ……そうだったんですね」「だから悲しいよりなんでしょうね、よく頑張ったなばあちゃん、って感じなので」「そうなのね。そうなのね」ノリちゃんが丸い大きなお盆にたくさんの水とおしぼりを載せてテーブルに運んでいくのが横目に見えた。一度でおしぼり類は運びきれなかったらしくすぐにまた戻ってお盆におしぼりと水、おかみさんは手伝うでもなくタマキくんと話を続けている。「それは、ねえ、でもみなさん、お寂しいわねえ、どんなに長生きでもねえ」「お通夜終わって、前はなんかそのままホールで食事とか出てたけど、いまはなんでも縮小縮小で、飯ナシなんで、適当にコンビニかなんかで買って帰ろうかって言ってたんですけどそれもめんどくさいなって、それでここ、思い出して。すいません急に大勢で来ちゃって」「まあまあそれはそれは。来てくれて。ありがとうね。じゃあこちら皆さんタマキくんのご家族？」「ですです。ええと、いちいち紹介するのもアレすけどおじとかアナザーおじとか姉ちゃんのダンナさんとかいとことかはとことか」フケさんと顔を見合わせた。フケさんが声を出さずにハトコ、と口を動かした。僕は頷いた。ハトコ、ハトコ、「お待たせしました麻婆豆腐です！」ノリちゃんが重たそうな陶器の蓋つきの容器を運んできた。蓋が一部丸くくり抜いたように欠けていてそこからレンゲがのぞいている。フケさんと皿をどかして空間を作った。「ありがとうございます……こちら取り鉢です」カウンターはさらに狭くなった。「蓋、お開けしてよろしいですか」「はい」ノリちゃんが手に新しいおしぼりを持って蓋を取るとワッと白い湯気が立った。「わー麻婆おいしそう」「ごゆっくりどうぞー」「ありがとうございます、あ、登さん取ってください、先に」「ああ、どうも」きゅうりは取り分けるが麻婆は取り分けない、取り分けて欲しいわけではないがそこになにかルールがあるのかないのか、気まぐれ、麻婆豆腐はどろどろで、分厚く重たく温かいレンゲを差しこむと更に湯気が出た。「おーうまそう」「ですね」左隣から聞こえるフケさんの声は正面で聞くより低くくぐもって感じられた。たっぷり二掬い、三掬いしてからフケさんにお先にどうも、と言った。取る用のレンゲはあるが食べる用のはない。卓上に割り箸立てはあるがレンゲはない。僕は鉢を口の近くまで持ち上げて割り箸で麻婆豆腐を掬って口に入れた。硬めの豆腐に粘度のある赤黒いどろどろがからんでちゃんと口に入った。麻婆豆腐らしい味がしたが熱くてよくわからなくもあった。「うまいです」フケさんも自分の取り鉢に移して口に運んだ。「あー、おいしい。あったかい」「ほんとに。頼んでよかったです」しかし水餃子は遅い。「ですね。麻婆豆腐はご飯欲しくなっちゃいますね」「あ、ライス頼みます？」「でも、水餃子が結構ボリュームあるんですよ」「ああそっか」「だから、レモンサワーもう一杯飲みます。登さんは？」「あ、僕は、まだ」麻婆豆腐にはところどころ小さい豆が入っていた。舌で潰れると味噌っぽい納豆っぽい味がする。熱さに慣れると辛さはほどほどだった。硬い豆腐は口の中でややざらついた。フケさんがすいませーんと言うとノリちゃんが飛び出してきた。「レモンサワー一つください」「はいレモンサワーお一つ！」言い終わらないうちにノリちゃんはまたすぐ厨房に戻った。「なんか、もっと本格四川！　みたいな麻婆豆腐もあると思うんですけど、私はこれくらいが好きですね。丸美屋とかのも好きだけど」「あれ、便利ですよね豆腐だけで一食作れるし」「登さんは自炊とかなさるんですね」さっき自分が聞きかけてやめたことを言われ、でも、男から女に聞く場合とその逆とでは意味が多分違って、僕は自炊ってほどじゃないですけどと答えた。「それこそクックドゥとかあとは普通にカレーとか。あれもよく買います、麻婆春雨」「ああ、わかる、私も好き。卵とかもやしとか入れて量増やして食べます」「ああ、もやし、いいですね、フケさんは料理好きですか」「好きではないですが毎日外食っていうのもあれなんで……お惣菜も、飽きるでしょう、やっぱり」「飽きます、飽きます」「今日、うちの親とか姉とかはホール泊まるんすよ」「寝ずの番、なさるのね」「いやまあ寝ると思いますけどね普通に。あそこホール使ったことあります？　部屋、広くてきれーでめっちゃよさげなベッドあって台所あって風呂もちゃんとしてて、ホテルにしたら結構高級な。姉ちゃんの子供とかもー興奮しちゃってそんな予定なかったのに私も泊まる！　とか言い出して急遽……完全にホテル気分ですよ。奥にばあちゃんが死んで寝てるだけであと立派なホテル」「まあそう、でもそうやって、明るく賑やかに送ってあげられたら一番よね、お孫さんもね」「ひいまご、ひいまご」「ああそうね、ひ孫……まあ幸せなことよいまどき、ひ孫に送られるなんて、ねえ」「ですですもうほんとそれです、それしかないす。だからこっちもまあ、今日は楽しく飲んで食わせてもらいます。しかし変わんないですねー！　このへん」「そうお」「懐かしくて、久々で。お店も全然変わってない」僕はフケさんを見た。フケさんは再び麻婆豆腐を取っていてこちらを見ていなかった。「コロナのアレでね、席数は減らしたの。密になんないようにって。二階のお座敷もちょっと物置みたい、なっちゃって」「ああそう言われれば。でも、そのほかは、あのころのまんま……まじでタイムスリップしたみたいです」「おいお前ももう座れやなんか頼もうで」年配の声が言った。「あー、ごめんごめん」「ごめんなさいあたしがベラベラ、喋っちゃって……タマキくんは学生時代よくうちに来てくれてて。もう、懐かしくって」「聞いてます、聞いてます」少し若い声が言った。「ここすごいおいしいんだって、うかがってます」「うふふ、いまも学生さんは大盛り無料よ。タマキくんの後輩、来てくれますよ制服変わって共学になって名前も変わって校舎も建て替えて全然別の学校みたいになっちゃったけど。じゃあ、ご注文お決まりのころうかがいますね！」「水餃子遅いですね」「まあ、でも、さっきまで多分、ウーバーのやつ いっぱい作ってたから」「レモンサワッ」ガラガラした声がして、ノリちゃんではなくシワとシミのある手がぬうっとカウンターの食器の隙間から差し出された。レモンサワーのグラスを握る親指の爪は黒く変色していた。フケさんはありがとうございますと言って受け取った。「あのころの俺ら食欲底なしだったから大盛りにしても足んなくてさ」僕の真後ろからタマキくんの声がした。「運動部はそうですよねえ」「エース・ストライカー」「あ、陸上部でしたよね」「まあそんな変わんない、部活終わりなんて、もう、食っても食っても腹減って、だから大盛り無料で白飯はおかわりも無料で学生は」

「おっ、じゃあ今日はアスカがタダで大盛り、してもらえ！」「いいです」「アスカはそんな、いっぱいは食わないんだよね」「普通です」「あ、で、とりあえず飲み物！　俺あと運転して送るからおじちゃんたち飲んでいいよ」「そうか？　んー」「わりいなあ」「いいって」「飲むもんだ、こういうときは、飲むもんだ」「精進落とし」「それは早いわ、焼いてから落とせ」声は十人分は聞こえなかった。主に話している人と黙っている人がいるのだろう。「そういえば」とフケさんが言った。「宮本さんもおばあさまがご体調崩されて、みたいなことをおっしゃってましたけど」「へ？」「僕も飲みませんから、どうぞどうぞ」「えー、悪いなあ！」「じゃあまあとりあえずビールもらおか、お前も飲むか」「そうだねえ、もらおう」「ご存知ないですか？」「ですね、誰だろう……」僕の祖父母はもうどちらも死んでいる。その上の世代はそもそも会ったこともない。「アスカは？」「コーラで」「あ、じゃ俺もコーラにする」「僕も」「はとこって祖父母は別なんですか」「えーと」スマホではとこ、家系図と検索する。なぜかイクラちゃんとタラちゃん、という検索候補がサジェストされたが無視して画像を探す。「おかみさーん！　ドリンク注文お願いします！」「ハイハイ！」「家系図だと、こう、だそうです」一番シンプルそうな一つを開いてフケさんに見せる。フケさんは意外にも見るだけではなくて僕のスマホを手に取って画面を眺めた。液晶画面についた自分の皮脂汚れが気になった。彼女の爪がキラキラ光り画像を一部拡大した。「祖父母、の兄弟、の、孫……ああ、だからひいおじいさんとかが共通になるんですね」「とりあえず生を、四」「いや五つ。にいさんも飲むだろう」「えっ、いいのおじさん、だってこないだ病院」「いいんだいいんだ今日くらい……だろ？」「んー、んんー」「な？　これも供養。ご供養。ご供養さん」「すいませんねぇ。うち瓶ビールしかないんですよ。タマキくん知らないわねえだってあのころまだ高校生だもんねえ」「お、じゃあ、瓶でいい？　とりあえずまあ三本くらい？で、コップ五。そんでコーラがアスカと俺と？」「僕も」「三つね」「僕はウーロン茶にします」「俺も」「あとはじゃあ烏龍茶二！」「はとこ結構他人ですね」「他人ではないですけどまあでもほんと結構他人ですね」「それからとりあえず餃子だけ先頼んどこうよ、三人前とかでいいかな」「はーい、ではビール三本コーラ三つ烏龍茶お二つと焼き餃子が三つね」「だから、宮本さんのおばあさま、というと、登さんからいうと、この……」フケさんの指が液晶画面内の家系図の一点を指差した。人差し指のきらきらは先端が少し剝げていた。『伯（叔）祖母／大伯（叔）母　読み方・おおおば』と書いてある。「伯祖母……初めて見ましたこんな字の並び」「僕もです」「だから、ということはつまり登さんの伯祖母さんが、ご体調悪いってこと、ですかね」「あでもほら、父方の方かもしれないです、僕とタケフミ、宮本さんは、母方同士の親族だから」「あ、ですね」「えーとだから、もし僕と共通するなにかだとするなら、本家のお婆さんになるのかなあ、会ったことあるはずだけど誰だかピンとこない……」「本家とか分家とか、あるんですか、ご実家の方は」「え、や、田舎なんで言い方だけは、まあ」フケさんが僕にスマホを返した。ちょっと指先が当たった。冷たかった。「田舎なんですか、登さんの地元」「ここに比べたらだいぶそうですね。でも、あれですよ、農村とか山の中とかでもなくって、なんだろう、つまんない地方都市みたいな」「私もそんな感じです。それが嫌で大学からこっちに……登さんって、ご長男ですよね」「あーハイ」「ああ」「くたびれたろ？」「午前中職場顔出して、ちょこちょこやって、それから休まずぶっ飛ばしてきたから。道空いてたよ」「若いな。んでもくたびれたろう。悪いな」「悪いもなにも。しょうがない」「アスカは。いつまでこっちに」「明後日までです」「あさって」

「明後日新幹線乗るんか」「そうです」「自由席か」「多分」「飛行機ないんか」「飛行機はさあ、便数がね。待ち時間も長いし」「ばあさん、最後にもういっぺんハワイ行きたいわぁ言いよったなぁ、ヒコーキ乗って」「へえ！」「もういっぺんってことは、前にハワイにいらっしゃったことあるんですか」「ある、ある！」「あったなあ」「もういつ？　二十、三十年前？　知らん、地区の。団体で。みんなでハワイ」「バブルだ」「バブルですね」「農協旅行？」「農協……ではない」「おじさんも行ったの」「こいつがハワイなんぞ行くかよ」「俺は行かん、仕事もあるし」「女連中だったな、どっちかつうと」「死んだじいさんは行ったよ。料理が口に合わんだ、げっそりして帰った」「ばあさんは、あったかいし珍しい果物がおいしいし天国だハァつってて、また行きたい行きたい言ってたが。派手な赤い花のムームーだか買って、ご満悦よ」「行けばよかったのに」「なあ。なかなか、なあ。行っとけばよかった。連れてってやればよかった」「お前らは若いうち、したいことをしろよ。行きたいとこ、行って」「アスカなんか修学旅行も行けんかったのに。だろ？」「まーハイ」「そうか」「気の毒な、なあ、お前らの歳はあれこれ割、食って」「別にそこまで行きたく」「行きたくない、面倒臭い、あとからなあ、ああ貴重なことだった、と、わからんわなぁ。若いうちだ」「わからないよ、若いうちはわからんのだよ」「それが幸せだなぁ」「ハイ！　ビールでーす」おかみさんが大きなお盆にビールやコーラの瓶とコップを並べて席に運んだ。「あと、コーラ、と」「コーラこいつと俺とこっち」「コーラ瓶じゃん、なつかしー」「あ、ノリちゃーん、コーラのコップもちょうだいな」「ハーイ！」「あとウーロンよね」「ああ料理全然見てなかったですね」「適当で。適当で。アスカは？」「ラーメンで」「ラーメンね。ええと、じゃあ俺マジで適当に頼むね、唐揚げ、と八宝菜、酢豚……」「金は出したるからなんでも食えよ」

「じゃ、あと、エビ天ぷら！　憧れだったのこれ！」「アスカ！　大盛り、せんでいいのか！」「いいです」「僕野菜タンメンっていうのもらっていいですか」「タンメン、うまいんだよここタンメン俺もそうしようかなでももっと後にしようかな」「じゃあラーメンお一つ、タンメンお一つ、若鶏唐揚げお一つ、八宝菜と酢豚が」「全部お一つ！」「あとエビ、エビの」スマホが鳴って、タケフミさんから顔の前で両手を合わせているスタンプが送られてきた。ほぼ同時にフケさんもスマホを持ち上げて画面を見てちょっと眉を顰めた。きっと同じものが送られてきたのだろう。「それじゃあ、まあ、一応、乾杯！」「ケンパイ、ケンパイ」「ああそうだ。献杯」「けんぱーい」それなりに大きくガチャガチャとガラスがぶつかる音がした。「ああうまい」「結構喉渇いてたな」「いまごろもうチーカちゃん寝たか？」「まだまだですよ、チイカすごく寝ない子で……まだ興奮して跳ね回ってるんじゃないですかね」「チーカちゃんからしたら、死んだばあちゃんは、だから、ひいばあさんか」「そうね」「よう知らんばあさんだろ。チーカちゃんからしたら」「そうですね、うんと赤ちゃんのころに一回だけ」「よう知らんばあさんが死んで寝てるとこではしゃげるのが子供だなあ」「きれいな顔しておられました、怖くないですよ」「怖い怖くないじゃなくて」「寝てるみたいだった」「でも、ばあちゃん、あんな顔じゃなかったよなあ」「あー」「それは、どうしても」「化粧が濃かったよね、唇なんてあれ、口紅？　あんなのつけてたの見たことないよ、最近は知らないけど」「昔もいまも」「そんな化粧するようなアレじゃない、かあちゃんは」「お化粧よりも、家のこと、家のこと。昔の母親だよ」「昔はみんなそうだった。自分のことは後回し。子供のこと、家のこと、それぱっかり。母親はみんなそうだった」「いまとは違わぁね」「どうしてもほら、色が変わるから、丸一日、経ってるわけだし、冷やしても」「唇なんかなあ」「肌もやっぱり、こう……黄色い」「ありゃ死ぬ前から。黄疸」「黄疸ですか！」「まあでもそれは、百歳行くかつうくらい生きて、まあ、仕方がないよなあ。当然のことだなあ」「まだ実感がないですね」「ないない、ない」「年女でね」「あっ、そう」「ん、ん」「寅年だよ。寅年なんだかあちゃん。俺と干支一緒なんだ。誕生日きたら九十六だった。数えならもう、いっとるが」「誕生日、いつ？」「冬だっけか」「冬かあ」「寒い時期の生まれだから辛抱強いんだなぁ」「寅年かあ」「コーラうまいか」「はい」「コーラはコーラだよ」「東京のコーラと変わらないか」「はい」「しかしな。昭和から平成にかけて。一番いい時代じゃないの。バブルで海外旅行も、して。退職金だ年金だ、ちゃんともらえて。貯金したら利子がついて。子供も育てて。家も建てて。孫もいてひ孫までできて」「チーカちゃん、チーカちゃん」「俺らやらはまあどうにかいっても、それこそアスカだ、なァ。とんでも逃げきれんわな」「うーん」「でも戦争もあったよ」「まあそれはな。それはそうだ。でも、俺らは戦争なんかなくっても」「はいお待たせしましたー、焼き餃子三つ！」フケさんと顔を見合わせた。我々の水餃子はどうしたのだ。「おお、来た、来た」「タレ僕やりましょう」「学生のころはお金なくて餃子まで頼めない、憧れの。ね？　うれしいなあ、おいしいんですよ。打ち上げのときとかコーチが奢ってくれるの」「うちはちゃんと、全部手作りでやってるからね、皮までおいしいですよ、ほかのもすぐ、お持ちしますね！」「あとね、ビールもう一本」「はーい！」「いや二本」「二本ね」「一皿、ええと、六切れ」「ははっ、数えますか！　数える派ですか！」「サブロク、ジュウハチ、を、十で割ると」「若いのが食え、おれはひとっ切れかふたっ切れでいんだから」「何切れでも、おかわりしろ」「あっおじちゃんタレシャツに飛ばさないでよ、明日もこれ着るんだろおじちゃん」「おいアスカおまえもちびっと飲むかビール」「いいです」「ひとくち、ひとくち」「おじちゃん老害だなあ」「ローガイ？　ローガイ？」「チーカちゃんたち、なに食ったかなあ」「コンビニ行くって言ってましたから、おにぎりとかですかね」「餃子本当にうまい」「うまいでしょ！」「なにが一番好きなの、チーカちゃんは」「えーと、フルーツですかね。ブドウとかイチゴとかみかんとか」「かーわいいねえ」「女の子だねえ」「んーんー」「肉も好きですよ、焼肉とか唐揚げとか、下手したら大人と同じ量食べますよ」「そりゃすごい」「アスカのほうが少食なんじゃないのか」「フウ」「でも熱いのがダメですねー、猫舌で。ラーメンとかうどんとか、上から氷水でもぶっかけないと食べられないですよ」「そりゃー、まずいな」「酢はどれだーァ酢がたりぬーゥ」「明日酔っ払ってたらお母さんたちに怒られるよ」「このくらい」「このくらい小さいお通夜で、お葬式で、いいですね。シンプルで」「それは、うん、ほんとだったら俺らプラス、ご近所さんだの知り合いだのもっと遠い親戚だのうじゃうじゃ受付の手伝いだの、香典数えに」「そうそう」「知らないばあさんとか来て」「おばけじゃねえの」「おばけじゃないんだよ。生きてるんだよ、そういうもんなんだよ」おかみさんがお盆を持って颯爽と厨房から出てきた。「はーいラーメンとタンメンお待たせ！」「おっ、うまそー」「熱いから気をつけてね、ああいうの、講中でねえ。この辺割と最近までそういうの強かったもんですから。令和になって、あと、コロナでね、変わることもあるし変わらないこともあるし。こっちタンメンね。タマキくんとこは制服、変わっちゃったけどね。でもやっぱりサッカー部はいまでもよく来てくれるのようちに」「自分陸上部ですね」「ちょっとこれ、タンメン味見しません？　すいません取り皿」「いいっていいって」「いらんよ、俺はいらんよ」「野菜いっぱいでおいしそうですよ」「じゃ俺ちょっともらおうかな、ありがとね」「アスカ。コショー使うか！」「いや。うん、どうも」「どっちだ！」「使います」「タンメンはね、途中で酢と胡椒、ぶっかけるとうまいんだよ陸上部の伝統なの」「アスカ。うまいか！」「ハイ」「学校は楽しいか！」「はい」「おっさん寝てないか？」「寝てない、寝てない」「船漕いでる」「僕ね、映画見たんですよちょっと前に。タイかどこかアジアの。なんか知り合い、友達がすごいいい映画だからって言って部屋でＤＶＤ見たんですが、だるいっていうか眠いやつで、ほとんど僕寝てたんですけどね、お葬式のシーンあったんですよ、お坊さんがお経あげて、喪服の人が座ってこう、手を合わせて、そこは日本と似てるんですけど、ほらタイは仏教だから。で、棺っていうか祭壇があって、それが豆電球ついてピカピカしてるんですよ。ネオンみたいに、いろんな色にチカチカ」「へー」「派手だ」「それがなんかすごいおかしくて僕。そんときちょっと飲んでたのもありますけど、ツボって笑っちゃって、ゲラゲラ。ほかは日本と変わんないで仏教なのに、そこ光ってピカピカすんのかよ！　ってめちゃくちゃおかしくて、その子なんか怒っちゃって、これすごいいい映画なのにって。いや全部眠かったけどここだけ唯一おかしいんだけどって、まあ、でも、日本のお葬式も結構派手ですよね、花いっぱいで。いまでこそ家族葬とかですけど、職場の会長のとか、前は馬ッ鹿みたいに花だらけでしたよ」「ねえ。ほんとそう」「しかし、棺桶ネオンすごいなあ」「それはギャグとしてじゃなくて？」「そういう映画じゃないし、多分、素で。あれがタイの普通なんじゃないですかね」「俺タイ行ったことある、ベトナムも。どっちもすごいよかった」「俺らのころは男がタイ旅行なんつったら周り、ニヤニヤしたもんだけど」「まあ」「いまもそういうの、あるの」「ないこたないだろ」「まあぁ」「濃厚接触濃厚接触」「ここ焼酎あるかね」「ありますよー」「いいのそんな飲んで」「一杯だけ。お湯割りだからアルコール、ふわっと、空に飛んで、お空に」「まあふふふ」「あの花、農家が育ててるんですよね。家族葬ばっかりになったら、多分どこかで花、白い葬式用の花、めちゃくちゃ余って捨てられたりしたんでしょうね」「なんでも余るとこ余って、足んないとこ足んないで」「一家離散。夜逃げよ夜逃げ。そんなのばっかり」「何時だっけ」「エ?」「明日。そーしき、葬式」「十一時半」「早く起きなくていいね」「チーカちゃんもう寝たかね」「もっと早くすりゃいいのに」「焼き場がいっぱいだったんだよ。そこしか空いてなかったんだって。さっき説明したろ」「聞いてない。聞いてなかった」「聞いてなくていい奴は、いいよなあ」「あれっ、おじちゃんやっぱり寝てる?」「んーんー」「寝しといてやれ」「チーカちゃんもう寝たかなあ」「出ましょうか」フケさんが言った。「え、でも」水餃子、忘れられた水餃子……「なんかお腹いっぱいになってきました」「あー、まあ、じゃあ、はい」フケさんは立ち上がるとマスクをつけ厨房に向かってお会計お願いします!　と言った。あ、ハーイ!　ノリちゃんの声がした。すいません大きいのしかないので私がまとめて払ってもいいですかとフケさんが言った。僕はハイいいですと答えた。伝票を見てレジを打ちながらノリちゃんがあ、と言った。「あの、水餃子、まだ……」「いいですよ別に。お支払いはしませんけども、ずいぶんお時間かかるようだったので」フケさんはコートを着ながら静かに言った。「ああ、ええ、もちろん、すいません、いま、あの、店の、店長の……」「いいですいいです本当に。あの、水餃子以外でお会計、していただけたら。お忙しそうでしたし」ノリちゃんの指はぶるぶる震えていた。その奥に招き猫が並んでいた。赤黒黄色の三体、黄色は金色のつもりかもしれない。片手を上げているポーズは皆同じながら、少しずつ全体のバランスが違って見え耳が猫より小さいような丸いような、目の吊り加減や髭の左右差など大量生産の既製品ではなく半素人の手作り品のようにも見えた。左右のどちらかの手を上げていたらお金を招いて反対の手だったら幸運を招くだったか、なにか意味があったと思うがよく知らない。体色ももしかしたらなにか意味を持つのかもしれない。黄色は金運で赤は健康とか、黒は武運、権勢とか？　なんにしても一度壊れたものを修復したようには見えなかった。メンマザーサイにきゅうり炒めに麻婆豆腐にビール大瓶二本とレモンサワー三杯で五三五〇円、フケさんは一万円札に小銭を添えて支払い、ノリちゃんがよかったら……と差し出した飴をどうもと受け取って店の外に出た。僕はフケさんに四〇〇〇円出した。「多いです、二〇〇〇円でいいです」「いや、でも、じゃあ、三〇〇〇」「私の方が一杯多く飲みましたし」ちょうど五百円玉があった。「じゃあ、二五〇〇円で」フケさんは受け取った。「悪かったな」突然声がしてフケさんが露骨にビクッとした。店の前の赤いスタンド灰皿で喪服の一人がタバコを吸っていた。硬そうな白髪を後ろになでつけて、上着を着ていないせいか首を縮めて寒そうだった。「席も譲ってもらって。うるさくして。迷惑だったろ」「いえ」「人が死ぬと変な感じになって」「ああ、ええと」ご愁傷様ですとか言うのも変だろうと僕がためらっている間にフケさんは「ご愁傷様でございます」と言って足を揃えて深く頭を下げた。僕も慌てて頭を下げた。僕が頭を上げた一秒後にフケさんも上体を起こした。背筋を伸ばしたまま首もスッと伸びていて、なんとなく接客業でもしているのだろうかという感じがしたが僕は彼女の仕事さえそういえば聞いていない。彼女にも聞かれていない。喪服の人はタバコを持っていない方の手を顔の前で振った。「いや、いや、本当に申し訳ない。デートを邪魔して」「デートじゃないですとフケさんが言うかと思ったが言わなかった。「んじゃ、気をつけて帰んなよ」喪服の人は片手をちょっと上げて手を振るような仕草をした。喪服の人の後ろというか奥、店の前に大きなサボテンらしき鉢植えがあった。それが喪服の人の影のように見えた。フケさんは会釈して少し歩いてからどちらがいいですかと僕にりんごとパイナップルの飴を示した。「ええと、ああ、じゃあ、りんごで」「せっかくなんでパインもどうぞ。駅ですよね」「あ、はい」「私はこっちで曲がります」交差点で別れた。連絡先の交換はしなかった。横断歩道を渡って少し行ってから振り返るとフケさんの後ろ姿が街灯に照らされて見えた。すごく細く見えた。腰から足にかけてがすごく、棒のような、でもそれは単に光の向きなどでそう見えているだけかもしれない。フケさんはすっと道沿いのファミリーマートの光の中に入って行った。通りすぎた大きな黒い車から音楽が低く響いて遠ざかった。

翌日昼休みにタケフミさんから通話が来て出るとあのさあ、連絡先交換しなかったんだって？「そうですね」「なにやってんだよー登くーん」「いや、でも」「無理だった？　ダメな感じだった？　ガリッガリすぎ？」「いやそういうことはないですけども」見た目がどうのというのは僕にだってさほど言う資格がないのを承知で言えば別に大丈夫だしあと全然ガリガリではない。ただ、後半ほとんど会話もなく、別れ際だってきっぱりしていた。なんというか多分間が悪かった。水餃子も来なかった。生ビールもなかった。メンマは途中からやたら酸っぱく感じられて食べきれなかった。「そもそも、タケフミさんが来なかったからですよ」「いやごめんほんとに急に無理になってさ、あ、フケちゃんが疑ってたから言っとくけど若い二人を二人きりにみたいなそういう魂胆じゃないからね！　俺もすーごい楽しみにしてたんだからさァ、ほんと、急に無理になったんだよほんとーに」「はあ」信じられなかったが嘘を言っている風でもなかった。昼休みのフロアは人がまばらで、奥にある休憩室で一緒にお弁当を食べている女性たちが笑う声が少し聞こえた。僕は今日はおにぎり二個と野菜ジュースにした。昨日は帰宅しても締めを食べる気にならなかった。大した量は食べていないし飲んでもいないのにいまになるまで全く空腹を感じていない。でも食べないと後で困る。僕は二つ目のおにぎりをかじった。おにぎりを複数買うとき必ず選ぶ丸い赤飯おにぎりだ。「あ、で、それがさ、フケちゃんがさ、そっちさえ嫌じゃなければ連絡先あれして欲しいって、俺に頼んできたんだよ」「え?」「もうさ、ああ見えてフケちゃん照れ屋さんなんだからさ、ちゃんとリードしたげてよ。いい? いまからラインのやつ送るからね。連絡とって!」「え、フケさんが?」「そうよ、俺もさ、悪かったなーと思って、フケちゃんに昨日どうだったのって送ったらさ、楽しかったしまた会いたいって、なんかすーごい積極的だったよ、ほらね、絶対二人気が合うと思ったんだ俺そういうのわかっちゃうの昔から、俺のそういうので結婚したやつ二組はいるからね自分のはダメだったけど、ハハッ! 灯台モトクラシ!」「はあ……」タケフミさんは声を少し小さくした。「え、ごめんそっちは全然嫌だったとかじゃ、ないんだよね?」「ないです、多分……」「多分って、おまえ、いろおとこぶるなよなぁ!」タケフミさんはそう怒鳴るとわっはっはと笑った。「じゃ、送るからね、あ、それと、キミコおばちゃんから連絡行くかもしれないけど、うちのばあちゃんいまキトクだからね」「え?」「もう今日か明日か……俺いまだから実家来てんの、昨日の夜慌てて移動したのよ、それ言ったらなんか二人が変な空気になるかもと思って仕事って言ったんだけどさ」「え、ええ?」「九十六歳、寅年、年女!」「としおんな……」「でも、登くんからしたらそんなに近い血縁でもないからさ別にお通夜とか葬式とかは来ないでいいと思うよ、いちおうご報告ね。いやあ間がいいよ、今日は休んだけど明日から土日でしょ、タイミング次第だけど月曜日はそっち戻れるかもね、それは無理か。葬式場空いてないか、まだ死んでないしハハ。まあとにかくね、フケちゃんには絶対連絡してよ！　いよいよってときは俺が仲人するからね！　ハハ！　俺、離婚してるから無理か！」電話を切って僕は赤飯おにぎりの残りを食べた。もう昨日の彼らのおばあさんは焼かれて骨になって拾われて骨壺に入っているのかもしれない。

森の家

カレーの日

おおばあちゃん

遭遇

ミッキーダンス

え　ら　び　て

赤い猫

森の家

カレーの日

駅を出て職場へ向かう前方に部長らしき後ろ姿を見かけました。小柄な撫で肩、半禿頭、お互いに気づけば挨拶し並んで話しながら出勤することもあります。今日はなんとなくそれが億劫で、しかし、歩く速度からしてこのままだと追いついてしまう、僕は脇道に逸れました。その道は狭くて歩行者しか通れないようないわば裏路地で、知らなかったら私道か行き止まりに見えるかもしれませんが抜ければちゃんと大きな川沿いの道路に出ます。職場はそこから少し川を上る方向に歩いた場所にあります。路地は民家の塀に挟まれていて狭く、傘は差し辛いしすれ違いも難しい（この道で誰かとすれ違ったことは僕はありませんが）、猫のらしきフンが落ちていたり雨上がりでもないのに小さい水たまりがあったり、おそらく女性だったら一人で歩くのは昼日中でも躊躇しそうな道なのですが、少し時間短縮になるのと近くの中高一貫の男子校へ向かう学生の無鉄砲な自転車走行に行き合って身の危険を感じたり巨大なリュックサックを背負って横一列に広がって喋る学生にいらついたりすることがないのが快適で僕はときどき通ります。朝だと塀の奥の民家からパンやコーヒーやバターで卵を焼くにおいがし、人の声、テレビの音声、庭に咲く花、転がる幼児用の赤や黄色のプラスチックバケツ、なんだかやたらのぞいたり聞き耳を立てながら歩いているかのようですがそんなことはなく、ただそれだけ距離が近いのです。いつか自分も子供のころ聞いたことがあるバナナが飛んでって云々、という曲が聞こえてきたときは懐かしくてちょっと笑いました。バナナ、ン、バナナ、ン、バ、ナー、ナ！　確かパパバナナママバナナコバナナ、という早口言葉のような歌詞もあったはずです。五月に入ったばかりでどの家も窓を開け放っているようです。そういう明るい家々の間に、雑草が生い茂った奥に内側からガムテープで補強されたガラス窓が見えるおそらく空き家や、たくさんの張り紙をつけたブロック塀の家も混じっています。『ゴミを捨てないで下さい。』『不法投棄は犯罪。』『防犯カメラ有。』『犬猫糞禁止。飼い主の責任を。』全て端正な明朝体の印刷文字、初めて見たときはドキッとしましたが書かれているのは真っ当なことばかりです。さりげなく見ても防犯カメラらしきものも見えません。マスクが落ちて半分濡れて変色しています。乾きかけた猫のフンが転がっています。このあたりではまだ飼い猫を外に出す家が多いらしく、黒いの、白いの、茶色いの、首輪をしているのしていないの今日は目の前を白と黒が混じったのが通りました。顔に白黒が複雑に入り乱れていて、最初見たときは片目がないか潰れているように見えましたがそれは目の錯覚で後日見るとちゃんと黄色い両目がこちらを見ていました。赤い、少しでこぼこした筒状のものが塀に立てかけるように置いてありました。やたら大きな音でニュースが聞こえるのは老人の家でしょう、そこを抜けると路地はぱっと開けて広い川面が白く光って見えます。耳にワイヤレスイヤフォンを差した男子学生の自転車が猛スピードで歩道を走り去り、彼が起こした風が僕の顔まで届きました。どきっとしました、危ない、こちらを一瞥もしない、そこそこ偏差値が高い地元の名門校らしいのですが、生徒の登下校マナーについては野放しなのか……「牧野くん、おはよう」部長が立ち止まって僕を見ていました。白いマスクを顎にかけています。「あっ、おはようございます」「いつも早いね」「部長はちょっと、遅めですか今朝は」「いやちょっとね。なに、この道は駅から近道なの？」部長は短い首を伸ばすようにして僕が出てきた路地を見ました。「あっ、時間としては多分少しショートカットになるだけなんですが、自転車なんか通らないので、なんというか気楽で」「ああ」部長は頷いて、はっと気づいたように顎にかけていたマスクを鼻の上まで引っ張り上げてから「危ないよね、若い子の自転車ね」と頷いて歩き出しました。僕も並びました。部長のマスクは一度ポケットに入れたのかシワができてややけばだって見えました。少し川上にある赤い鉄橋の上をたくさんの車が走っています。自転車も通ります。橋の上だけ切り取ると自転車の方がスピードが早く見えます。みな職場や学校へ向かっているのでしょう。「私が子供のころなんか、学生は自転車のときはヘルメット必須でね、田舎だったから。最近は自転車のヘルメットが義務づけだっけ？　努力義務？」「そうですね、ルールが変わったんですよね、かぶってない人の方がまだ多いですが」「ヘルメット、いまはほらいろいろあるじゃない、デザインが。私のときは男子も女子も工事現場みたいなまっ黄色いのでね、正面に学校のマークがデーンとくっついてるの。もうそれが恥ずかしくてね。しかも登下校だけじゃなくて休みの日に遊びに行くのもヘルメットがないと怒られるんだよ。田舎だからすぐ学校に告げ口されて、生徒指導の怖い先生に叱られた。まだ体罰やなんか普通のころだったからね私の時代は」「そうですか」僕だって、大っぴらに殴られることはありませんでしたが恫喝まがいの叱り方をして恐れられているような教師はまだいました。生徒の机を叩いたり手に持った教材を床に叩きつけたり教卓を蹴り飛ばして怒鳴ったり……でも不思議と、そういう教師の方が卒業後に記憶され慕われていたりするのです。同窓会、先生も呼ぼうよ、定年退職なさるんだってお祝いしようよ……「私は殴られたりはしなかったけど、幼馴染は要領が悪くてね。素直に謝っていればいいのにでも先生はヘルメットかぶっておられないじゃないですかなんて反論したりして、先生の甲羅を経た脳みそは我々のより価値がないんですかなんて、それで余計に殴られて、血が出たこともあったなあ。いまだったら暴力教師で逮捕されるだろうか」「そうですね」風が吹き、川沿いの桜並木が揺れました。春には一面ピンクになって壮観ですが、緑の葉がまだ新しいいまの時期も美しい、川の対岸にある男子校のグラウンドから野太いかけ声が聞こえます。朝練でしょうか、こういう声も全てが途絶えた時期がありました。臨時休校、我々大人の労働が通常通りに戻りつつあっても、学生たちの部活動などはずっと長く自粛状態だったように感じられます。ようやくかつての日常が戻りつつある、それが正しいかどうかはわかりませんが、でも、たまたま、その、なにもできないなにもかも自粛せねばならない時期が人生で一回きりの部活動でレギュラーになれるはずだった年、もしかしたら全国大会を目指せるはずだった年などに当たっていた学生たちがたくさんいるわけです。そう思うとまあ自転車の運転がめちゃくちゃなことくらい目を瞑るべきか、いや、でもいま自転車に乗っている彼らはそのころの彼らではない、もう、ここ数年のなにかを思い出すときの基準が感染症になっています。感染症が存在しなかったころ、遠い話だったころ、だんだん近づいていたころ、ロックダウン、自粛要請、そろそろ大丈夫、やっぱりダメ、人によってはもうなにもかも元通り……「もう、その先生も、亡くなっておられるだろうが」そういえば、僕が教わった教師だって高齢だった人はもう亡くなっているかも、消息が伝わってくるのなんてごくごく一部にすぎません。「私も今度、いまの道を通ってみようかな」「猫のフンが多いので足元にお気をつけください」「ああ、猫がいるの、ほら」部長は歩きながらちょっと僕の方に上半身を捻ってネクタイを示しました。「娘がくれたんだよ」一見ただの艶のある紺に赤い水玉の織り模様なのですが、その赤い水玉一つ一つが猫の顔の形になっていました。何個かに一つは顔ではなくて右にかしいだ肉球になっています。「かわいいですね！　猫お好きなんですか」「娘がね」そして部長はマスクの中で少し笑うと「私は苦手だよ猫は」「自分が好きなものをあげたいって、かわいいですね娘さん」「もう三十路でね。働きもせず結婚もせず家に……ああ、ほら」部長は川を指差しました。「人がいる」平らな水面に人が一人乗ったサーフボードのような形のものが浮かんでいます。人は立ったまま、手に長いオールを持って水に差しこんで動かしています。立ち乗りボードとでもいうのか、乗っているのはオレンジ色のライフジャケットを着た、若い男性に見えましたが女性かもしれません。ボードとその人はまるでほとんど重さがないもののように水に浮かんで進んでいます。オールは推進よりもバランス調整のためのものに見えました。「最近、ときどき見るね」「そうですね」僕も何度か見かけたことがあります。帰りではなくていつも朝です。「優雅だね」「ええ、気持ちがよさそうですね、いい季節ですし」でも僕は絶対にやりたくないと思いました。たとえばあそこで心臓がどうかなったりしてぱたっと倒れたら、まず間違いなく死ぬでしょう。地上でそうなるよりはるかに危険です。僕は去年に心臓のことで救急搬送されたことがあり数年前には心臓の手術をしたこともある、どちらも別に重篤な状態ではなかったのですが、それでも心臓のことは常にちょっと気にかかり続けています。「あのまま海まで出るのかな」「流れに沿っていたらなにもしなくても……いや無理か、まだ結構ありますね」「そうだね、河口まで……五キロくらいはあるのかなあ、行って、どうやって帰るんだろう」「遡るんでしょうか、水を」「流れに逆らって？　それはかなり大変だね」もしかしたら相棒がいて車で下流に荷物などを運んで落ちあってくれるのかもしれません。「でも彼、いまはほとんど立ってるだけでしょ、流れに乗って。流れに身を任せて。一度やってみたいね、なんて」部長は急に少し咳きこんで「やっぱり怖いかな、穏やかに見えてもね」と咳きこみながら笑ったところで職場につきました。僕は自席に座ってデスクに常備しているパルスオキシメーターに人差し指を差しこみました。血中酸素は98、異常なし、脈82、やや早いのはいままで歩いていたせいでしょう。僕はさっき見たボードについて『川　立ち乗り　ボード』と検索しました。SUPというスポーツで、海や川、湖などでも楽しめるものだと出てきました。サップ、手に持っていたのはオールではなくてパドル（違いはよくわかりませんが）、都市部の川でもできて子供や初心者にも優しいウォーターアクティビティ、意外と部長もやってみれば楽しめるものかもしれません。僕は部長の方を見ましたが、部長は始業前なのに固定電話でなにか深刻そうに話をしていました。明日から五月の連休です。三日水曜日から七日日曜日まで五連休、なかには昨日今日の平日を休みにして九連休にしている人もいて、フロアは少しだけいつもより広く見えました。僕は明日から二泊三日で妻の実家へ行きます。妻の大伯母の四十九日と納骨に招かれていました。

大伯母（というのは祖母の姉、のことだそうです）は昨年秋に体調を崩し、今年の春、三月に亡くなりました。享年九十六、大往生と言っていいでしょう。昨年十一月には妻と顔を見に行きました。これが最後の挨拶になると妻は思っていたでしょうし実際そうなりました。自宅で、実の娘と姪（この姪にあたるのが妻の母です）に介護されて、寝たきりになってはいましたが認知症でなにがなんだかわからなくなってしまうようなことはなく、目や表情で最後まで意思疎通も図れたということでいわば尊厳を保ったまま亡くなるまで過ごしたのです。おむつはつけておられたようですがそれは年齢を考えればおそらくもう当たり前のことです。最期は眠るようだったと聞きました。不謹慎かもしれませんが理想的な死に方ではないでしょうか。感染症の流行で家族にろくに面会もできないまま亡くなった高齢者施設の人などの話も聞きますし、入院患者のお見舞いも制限されていた時期や地域もあります。それに比べたら……妻の母にごくごく身内だけで行うし遠いからと言われ、通夜と葬儀に妻は行きませんでした。妻は子供のころから大伯母さんの家にしょっちゅう遊びに行ってかわいがられていたそうで、だから体調が悪いもういつどうなってもおかしくない、と聞いたときはかなり取り乱し悲しんでいましたがいまは落ち着いています。僕は、もし行きたいなら有休はあるんだから車でお葬式に連れて行くよ、と提案しましたが（妻は運転ができず、妻の実家までは車で四時間くらい、公共交通機関だとほぼ半日かかります）妻はきっぱりと行かなくて大丈夫、と答えました。「もうお別れは、済ませたから」大伯母さんの家は妻の実家から車でさらに三十分弱、ひなびた田舎の光景、近くには田んぼや畑もたくさんありました。遠くに山、空は秋晴れ、赤蜻蛉、庭の隅にすごく背が高い、おそらく五、六メートルはある植物が生えて先端にピンクの大きな花が咲いて我々を見下ろしていました。「帝王ダリアっていうの」大伯母さんの娘（妻はおばちゃん、と呼びます）が教えてくれました。「立派ですねえ」「木じゃなくて草なの、だって一年で枯れるの。で、次の年、また、生えてくる。おんなじところに。大きな花でしょう。顔くらいある。あたしは全然、好きじゃないんだけど、ご近所さんが挿し木をくれたもんだから、根っこを掘り起こすわけにもいかなくってね」妻は大伯母さんにジュースを飲ませてあげました。介護用ベッドで半身を起こした大伯母さんの口に妻がストローを持って行って、大伯母さんは力を振り絞って一口……そのときの、妻と大伯母さんの視線の交わし合い方を見ると僕まで泣きそうになりました。大伯母さんの目は確かに妻をとらえ、誰か理解し、感謝しながら甘いジュースを一口飲んだのです。帰り道、妻に大伯母さんとの思い出はなにかないかと尋ねると、んーと唸ってから「あったと思うけど」「けど」「思い出せないんだよねえ、なんかうちのおばあちゃんと混じっちゃってて」妻は子供のころは父方のお祖母さんと同居していたそうです。大伯母さんは母方なので、両者に血縁関係はありません。妻は父方の祖母をおばあちゃん、と呼び、大伯母さんのことは大ばあちゃん、と呼んでいたそうです。「あおばあちゃんとおおばあちゃん、おが一つしか違いませんがその発音は明確に違いました。「あそこ行ったなあ、とか、ああいうものもらったなあ、とか、考えてるとなんだか、大ばあちゃんだったはずなのにどれもおばあちゃんのことみたいなんだよねえ。なんでだろうなあ」「日記は？」「日記？」「つけてなかったの、当時。いまみたいに」「当時……そうねむしろ宿題の絵日記とかも全然……こんな全部忘れるって、思ってないもんね。思い出したいと思うとも……でも結構怖かった覚えがある」「怖かった？」妻は首を回しました。ジャリジャリというような、人体から聞こえるとは思えない嫌な音がしました。最近肩こりがひどいらしい妻が首を回すとこんな音がします。「うん怖かった」「意外だなあ」生前、まだお元気なころ、確か僕と妻が新婚のころ訪ねた印象では、大伯母さんは小柄で穏やかそうな人に見えました。料理が好きということで、振る舞ってくれた酢の利いたちらし寿司（酢飯に刻んだピンクのかまぼこが混ぜてあって驚きましたがなかなかオツな味でした）やこれまた酸っぱい梅干しやらっきょうは忘れられません。「怒るっていうんじゃないけどね、なんだかドライでね。私が泣いてても、最低限ケガの手当はしてくれるけど抱き上げてなだめてはくれない、みたいな感じ……どうだろう、でもまあ、タケちゃんもいたし登もいたし、庭仕事したり家事したりで忙しかっただろうしねえ」高速道路脇の緑地にバサバサした草がたくさん生えて白いような黄色いような灰色にも見える穂をつけて上下に揺れていました。気づくと妻は寝息を立てていました。首を前にがっくり折った苦しそうな不自然な体勢のまま、妻は家に着くまで起きませんでした。

四十九日では、午前中に大伯母さんの家に招いたお坊さんのお経を聞いたあと歩いて数分のお墓に移動して納骨、その後、お坊さんを見送ってから家でお昼の仕出し弁当を食べるというスケジュールでした。正式の喪服は着なくていいがまあ黒っぽい方がいいだろうと言われ、僕は白いシャツに黒いズボン、妻も喪服ではない黒いワンピースを着て列席しました。我々がお墓から戻ってお坊さんが家の前に駐めた赤い軽自動車で去るのを見送った直後に銀のバンが来て仕出し弁当が届きました。たまたま一番玄関近くにいた僕が受け取りました。ニューヨークヤンキースのキャップをかぶって板前風の白衣を着て小さいマスクをつけた男性は重ねた弁当箱を入れた浅い段ボールを両手で抱えて運んできて玄関に置いてからバンに戻って丈夫そうなビニール貼りの紙袋を持ってきて僕に差し出しました。「こちらサービスのお茶とお吸い物ですねー」ずっしり重く、中を見るとペットボトルの緑茶が数本立てて入っておりその上に小さい四角いインスタントお吸い物の小袋が入ったビニール袋が載っていました。「お吸い物はお湯注いでもらって。お弁当容器これ全部捨てられるやつです、まいど！」男性は愛想よくキャップをちょっと持ち上げました。左の眉毛が半分ありませんでした。「あ、代金とかは、もう」「いただいてますねー、あのーこれたぬき、本物です？」男性は玄関の靴箱の上に置いてあるたぬきの剝製を見て言いました。妻いわく子供のころからあるものだそうです。「あー、多分……」「すごいですねえ立ってこっち見てる。じゃっ、ありがとうございましたー」男性はもう一度キャップに触れると小走りで出て行き、車のドアが閉まる大きな音がしました。「あー聡明さん、ごめんね！」奥から妻の母かおばさんかどちらかわからない声がそう叫びました。「お弁当、仏間にお願いできる？」「わかりました！」大伯母さんは生前、庭に面した仏間にレンタルだという介護ベッドを置いて寝ておられました。もともと寝ていた部屋より広くて明るく、また介護しやすかったからだそうです。いまその場所に横に長い重たそうな座卓が設置してあります。仏壇に花、線香、真っ白いご飯、鴨居には先祖代々の遺影が並んでいます。そこに大伯母さんのも加わるのでしょうがまだいまは仏壇の脇に置いてある白い簡易的な祭壇に立ててあります。今朝まではその隣に骨壺も置いてありました。座卓の上に段ボールと紙袋を置き、お吸い物のパックを取り出して台所へ行きました。『料亭謹製お吸い物・京風松茸』と印刷してあります。黒い服から普段着に着替えたらしいおばさんと、黒い服のままの妻の母つまりお義母さんがシンクの前に並んでヤクルトを飲んでいました。「あっありがとうね」「聡明さんもヤクルト飲む？」「これ賞味期限が昨日だったのようっかり、でも飲んでも別に大丈夫」「えっ、あ、結構です、あの、お弁当と一緒にこれ、お吸い物も来ましたよ」おばさんがタン、と音を立てて飲み終わったヤクルトを置き「やーだ！　そうそう、お吸い物もつくって言ってたわ！　あたし、ちゃんとお椀用意してたんだった！」「じゃあ、お湯ね？」「そうねお湯、ええと、だから七人分でしょ、ティファールじゃなくてヤカンにしよう」「お弁当届いたんだね」言いながら妻が台所に入ってきました。「どこ行ってたの？」「車に数珠とか置いてきた、汚すの嫌だし忘れそうだし」「なるほど」「ねえちょっと、悪いんだけど」お義母さんが妻に言いました。「庭で三つ葉とってきてくれない？」「あっ場所わかる？」おばさんが大きなヤカンに水を入れながら言いました。「裏でしょ？　わかるよ」「そうそう」「一人一枚よ」「そうね一枚、助かるありがと！」「ああいうので全然違うのよね、三つ葉一枚、ユズひとひら」「そうそう、ほんとにそうよ」妻がこの家のつっかけで外に出るのに僕もついていきました。僕は自分の、通勤用の黒い合皮のスニーカーを履きました。僕以外の男性、妻の弟の登くんやタケちゃんことタケフミさん（これは大伯母さんの孫で、だからおばさんの息子です）と妻の父親は黒い革靴らしい革靴だったので納骨中はやや気後れしました。妻はベージュと薄紫が混ざったような色のつっかけの踵をぱたぱたさせながら「三つ葉、三つ葉」と呟きました。平気そうな、せいせいしたような普通の顔をしています。遺影を見たときも、骨壺に手を合わせたときも、その骨壺がお墓に格納されたときも妻は泣きませんでした。つっかけには甲のところに小さい金色の三角形のパーツがついていました。「えーと、おばさん、お父さんお母さん、登、タケちゃん、聡明さん、私、だから七人か」「そうだね七人」「あったあった」妻が立ち止まって黒いワンピースを膝の裏にたくしこんでしゃがみました。「それ三つ葉？」「そう。昔からここに生えてるの。この家の陰でちょっと湿ってるところ。種が落ちて自然に生えてるのかな、よくお手伝いで摘んだよ」三つ葉はなんでもない草のように地面に生えていました。雑草、ただそこには他の草がほとんど混じっていないのでやはりちゃんと選別され育てられているのでしょう。生垣の向こうに隣家の庭が見えます。バラが咲いています。妻は葉っぱのすぐ下ではなくて結構長めに茎を残したあたりをちぎって手に束にしていきました。「脚、痺れてたでしょ」「うん。そっちももぞもぞしてたね」「お坊さんさー、足崩してくださいって言うの遅いよね」「でも、お経もお説教も短かった、僕が子供のころ法事のお経とかもう気が遠くなるくらい長くて全然終わらなかった気がするけど。宗派かな」「ああ」妻は頷いて立ち上がりました。明らかに七枚より多くの三つ葉が握られています。妻は背中をそらせ、首を回しました。ジャリジャリ、一体首の中でなにとなにが擦れたらこんな音が出るのでしょう。「お坊さんね、この後もいっぱい予約が入ってるみたい」「予約？」「ゴールデンウィークで家族が帰ってくるときにみんな法事とかしたいんだよ。うちもそうじゃない、多分これタイミングがいまじゃなかったら、四十九日と納骨に私たちが呼ばれることもなかったよ。大ばあちゃんにはタケちゃん以外にも孫、いるはずだけどいないしさ」「お葬式には来てたんでしょ」「多分ねえ、私が知らない親族だっていたろうし」「なるほど……え、じゃあ今日のお経、簡略版だったってこと？」妻は首をジャリジャリさせながら「まあ、簡略版まではいかないけど、若干スピード早かったんじゃない？　お坊さんも大変だよね、いつ死にましたから来てくださいって言われるかわかんないんだもん。その点、法事なんかは予定が立てられるからまだいいよ」ざっざと足音がして、登くんが「姉ちゃん遅いよ」革靴、律儀に白いマスクをつけています。僕も妻も儀式中はつけていたマスクをいまは外していました。「あーごめーん」「お湯沸いたって。早くしろって」「ごめんごめーん」「あと、ちゃんと七枚あるか数えろって」「あるって」登くんは僕よりかなり年下のはずですがそういう感じはしません。そんなに表情豊かな方ではなく口数も少なく、あまり話したことがないせいかもしれません。妻にはそんなに似ていない、結構いい顔をしていると思うのですが結婚の予定などもないそうで、お義母さんなどはそれを内心心配しているようでした。登くんは玄関に向かい歩き出し、妻はそれについて行きました。「お吸い物松茸のだった、私あれあんまり得意じゃないんだよね」初耳でした。「登も嫌いでしょ。登はきのこ全般だめなんだよ」「えっ、そうなんだ」「ええ、まあ。でもお吸い物くらいなら飲みますけどね」「私、自分のお吸い物に三つ葉いっぱい入れてあのくささを誤魔化そうと思って」「あー。三つ葉もそんな好きじゃないな」「男の人はねー。聡明さんは好き？ 三つ葉」「嫌いじゃないよ」「あ、僕トイレ行ってから行く」僕と妻が台所に入ると「ありがとね、わかった？」「もう、遅い、遅い！」おばさんとお義母さんが同時に言いました。コンロでヤカンが沸いています。ダイニングテーブルには大きな四角いお盆の上にお椀が七つ並んでいて、すでに茶色や緑の粒が混じった白い粉が入っています。僕にはよくわかりませんが多分漆塗りで結構古そうで、もしかしたら由緒あるものかもしれなさそうなお椀でした。「三つ葉洗って、先っぽだけお椀に入れてって」「はいはい」お義母さんは火を消し、注ぎ口がついた計量カップに湯を注ぎました。「お母さんわざわざお湯の量測るの？」「熱湯は漆によくないからちょっとだけ冷ますのよ」「ほーん」「お鍋からおたまで入れるんならそれで自然にちょっと冷めるけど、ヤカンから直には入れるもんじゃないの覚えときなさい将来あんたも漆器くらい」「はいはい」妻が水道で三つ葉を洗い、ザッザと振りました。「聡明さんも、ありがとね！」おばさんはにこやかに言って布巾を手に仏間へ行きました。「あんた随分茎長く取ってきたのね」「これ、お椀どれが誰のとかあるの？」「ない。全部おんなじ」「そう」妻は三つ葉の先端の三つ葉部分をちぎってお椀に一枚ずつ入れてから、残った茎と残りの葉っぱを全て指で何回か捩じ切って端っこのお椀に入れました。青くさい消毒薬のようなにおいがしました。「あんた、手で……」お義母さんが呆れたように言いました。「これ私のね」「あんた、家じゃないのに、手で……」「だって、お母さんしか見てないじゃん」妻は水道で指先をすすいでタオルで拭きました。「聡明さんもいるじゃない」「聡明さんは、だって、そんなの見慣れてるよ、ねえ」妻に言われて思わず頷きました。お義母さんは眉間にシワを寄せました。「もう、あんたは本当に雑なんだから……呆れる、ねえ聡明さん本当にごめんねこんな娘で」「いえいえ」お義母さんは計量カップからお湯をお椀に注いでいきました。湯気が盛大に出てまだまだ熱そうです。松茸の、というかインスタント松茸のお吸い物のあのにおいがしました。途中でヤカンからカップに湯が足され各椀の湯量が調整されました。「じゃあこれ、仏間に運んだらいいね？」「ひいふうみい、はい足りてる」妻がお盆を持って仏間に移動しました。「あの、僕もなにか」「あっ、聡明さんはいいの、いいのよ！　もうあっちで、座ってて！」仏間の座卓の上にさっきの平たい仕出し弁当とペットボトルのお茶がきれいに並んでいます。座布団も並んでいます。おばさんが立ってひいふうみい、と数を数えて「よし！」妻がお盆を一度畳に置いてから、弁当とお茶の隙間にお吸い物を置いていきました。僕も手伝おうとしましたがおばさんが「いいからいいから！　あら、蓋は？」「蓋？」座卓の奥の短辺に妻の父が座ってぼんやり中空を見ており、角を挟んだ隣でタケフミさんが座ってスマホを見ながらニヤニヤしています。まだトイレなのか登くんの姿は見えません。お義母さんが入ってきました。「ねえねえキミちゃん、あたしお椀の蓋も、出してなかった？」「あっ、すぐ取るしいいかと思って」「そうお？　でもやっぱり、ホラ、こういうのは気分が……」「そう？　ならすぐ取ってくる、くる」お義母さんがぱたぱた台所に戻りました。おばさんは僕を見るとニコッと笑って「聡明さんホラ座って座って！」ふと、お葬式はどういう空気だったのだろうと思いました。いまは誰も涙を流すどころかさほど悲しそうにも見えません。もちろん、実の母を、長年かわいがってもらった伯母を、祖母を、亡くして悲しくないわけはない、とはいえ、なんとなく空気は落ち着いて緩んでさえいて、もしかしてそれは葬式のときもあまり変わらなかったのではないでしょうか。お椀を置き終えた妻も机の上を指差して数えると頷いて、お盆を持って台所へ戻りました。「ねえマミちゃん、お椀の蓋これ六つしかないけど」「あっ、いいの、昔からそれ欠けてるの一つ」「そうなの」「だからあたしのは蓋、つけないでいいわよ、どうせすぐ取るんだし」「……そうお？」お義母さんは釈然としないような声を出しつつ妻が置いて回ったお吸い物に蓋を被せていきました。カポッ、カポッと一つずつ音がしました。「あたしそこ座るからタケの隣に。そこのに蓋、しないでいいよ」「ここ？」「そうそ、ええと、お箸もある、お茶もある、お吸い物、蓋、全部ある」「登！　突っ立ってないで座りなさいよ」お義母さんが言いました。トイレから戻ったらしい登くんがいつの間にか部屋の隅に立って座卓を見下ろしていました。やっぱりマスクをつけています。「どこ座ったらいいの」「どこでも。適当に」「適当ったって」「聡明さんも！　座ってね！」「ああ、はい」「登くんはこっち来なよ」タケフミさんが自分の隣の座布団をどんとたたきました。それはついいましがた、おばさんが自分が座るからと蓋をつけさせなかったお椀が置いてある場所でした。「でも、そこは」「どこだっていいんだよこんなの。ほら」登くんは居心地悪そうに座りました。おばさんとお義母さんはまだなにか足りないのか台所へ行ってしまっています。「聡明さんも、ここに」「あっ、ええ」僕はタケフミさんの指示通り登くんの隣に座りました。男性ばかりになった部屋を、簡易祭壇の大伯母さんの遺影が微笑んで見守っています。「さみしくなったなタケフミくん」お義父さんが言いました。「まあでもよく頑張りましたよばあちゃん、こーんな、すーごい長生きして。九十六ですよ、信じられない」タケフミさんは元気に答えて弁当の蓋を持ち上げて中を見ようとしました。貼り付けてあるのかちゃんと持ち上がらず上に載っていたおしぼりと割り箸がずれて落ちそうになったので登くんが手を出して押さえました。タケフミさんはにこにこ「聡明さん飲まない人でしたっけ？」「あっ、はい、今日は」飲まなくもないですが昼酒は苦手です。頭痛になります。「俺はこのあと運転して帰るからねー。登くんは？」「僕も運転ある」「なーんだみんな飲まないのかー！　でもおじちゃん飲むんでしょ？」「まあ、ビールくらい、ちょっと……でも出てないな」「それは最後、最後、冷えてなきゃ」女性たちはなにをしているのか台所から戻ってきません。一つだけ蓋のないお椀から弱々しく湯気が立ちさっき摘みたての三つ葉の色が黒ずんでしんなりしているのが見えます。「まだかねえー」「もうあとビールだけだろうに」「あ、様子、見てきましょうか」「いやいや、聡明くんは座ってて、座ってて」お義父さんがそう言って手を上下させました。「そうそう、一番お客さんなんだしさー。聡明くんたちは明日帰るんでしょ？」タケフミさんはくつろいであぐら、白いシャツに黒いスラックスですが靴下はエンジと白と焦茶の糸が混ざった不思議な色柄のものでした。「ええ。タケフミさんは今日お帰りなんですか」「そーそー！　明日もう仕事あってさー！　んでも久しぶりに顔見れてよかったですよ、あ、聡明さんこないだ倒れて救急車で運ばれたんでしょ？」「あっ」こないだというかもう一年以上前のことですし倒れてはいません。「大丈夫でした？　心臓でしょ？　怖いよねー」タケフミさんは多分僕より少し年上くらいでしょう。「ええ大丈夫でした。ご心配をおかけしました」僕は軽く頭を下げました。「いっやー心配しますよ、だって心臓って、ねえ」「一番重要な臓器だ、心臓は」お義父さんが重々しく頷きました。登くんが首を小さく左右に捻りフーと息を吐きました。彼の首がコリッと鳴りました。「救急車で運ばれるって、ねえ」「ただごとではない」僕は中学生くらいのころからひどい偏頭痛持ちだったのですが、心臓の内部に空いた穴を塞ぐ手術をすると偏頭痛が治る場合があると聞き、思い切って手術を受けたのです。妻と結婚する前でした。心臓の穴と偏頭痛がどういう因果でそうなるのかは医学的にもまだわかっていないらしく、また保険適用外手術だったため百万円以上かかりましたが結果、僕の偏頭痛は激減しました。ひどいときは毎日頭痛薬を飲んでいたしそれでも効かない日もあったのにいまは二、三ヶ月に一度薬を飲むかどうか……普通の人はしないような処置をほどこされた心臓なのですから、違和感を覚えたとき大事をとって救急車を呼び検査を受けたのは間違いではなかったと思います、が、こうやってよく事情を知らない人からからかい混じりに心臓を心配されるのにはちょっと閉口します。妻の方の親戚には知らせない方がよかったかもしれませんが、動転した妻がなにかのときに言ってしまって以来、僕は心臓で倒れて救急搬送された人になってしまいました。おそらく一生言われ続けるのでしょう。「まあ、本当に大丈夫なんですけどね」なんなら手術前の偏頭痛がひどかったころの方がはるかに大丈夫ではありませんでした。「大丈夫ならほんと、よかったですよ、ねえ」タケフミさんはセッティングされているペットボトルのお茶を取って蓋を取ってごくごく飲みました。「あー腹減ったーでもおじちゃんも血圧高いんでしょ？　気をつけないと」「高いってほどでも」「でも薬飲んでるって、聞いたよー？」「はいお待たせ」おばさん、お義母さん、妻が部屋に戻ってきました。お義母さんは手に缶ビールを持っています。「聡明さんはやっぱり飲まない？」「あ、はい」「登は？」「僕もいい」「じゃあやっぱりうちのお父さんだけねはいこれ」「アラ、登くんそこ座ったのォ？」「いや、まあ」「えー、じゃあお吸い物こっちよこして。交換」「中身は一緒でしょ、蓋だけ変えれば」「まあでも、冷めちゃってるからー蓋がない分。ほら、よこしてほら」おばさんと登くんのお吸い物が交換されました。タケフミさんがスマホを出して画面を少しくるくるしてからニヤッと笑って畳の上に伏せて置きました。「ええと、じゃあ、はい、みなさん本日は、母のためにお集まりくださってありがとうございました」おばさんが言いました。みななんとなく頭を下げました。仏壇を真ん中に左側に男性、右側に女性が固まって座った境目が僕と妻です。「おかげさまで母は無事お墓に入りました。一段落です。えー、では、ご飯をいただきましょう、いただきまーす」おばさんの号令に皆がいただきまーすと唱和、というほどの音量ではありませんでしたが唱和し、なんだか保育園のお昼の時間みたいだなと思いながら僕は弁当箱の蓋を外しました。果たして蓋は奥と手前の二箇所が丸い透明なシールで留めてありました。精進ではない、刺身も天ぷらもついている結構豪華なものでした。握り寿司に太巻き、カボチャが葉っぱの形にくり抜いてある煮物、濃いピンク色に染まった茎か根のようなもの（よくこういう料理に入っていますがこれはなんでしょうか、いまだによくわからなくて口に入れたことがない）が添えてある焼き魚、バラ形に巻いたローストビーフ、ビニール製の葉っぱに包まれた小さい薄紫色のお餅までついています。僕はお吸い物の蓋を取り一口飲みました。もう熱くはなく温かい、松茸味のお吸い物特有のにおいが鼻の中に広がりました。しなびて透けたようになっている三つ葉を割り箸で掬って口に入れましたが松茸に負けてなにも感じませんでした。妻が隣でシャキシャキ音を立てながらてんこ盛りの三つ葉を噛みました。「弁当結構うまいじゃない」「そうだなうまい」「おいしいですね」「ね！　ホラ、キミちゃん、やっぱりいい方のにしてよかったね」「うん本当それは本当に」「天ぷらこれ白いのこれなに」「白身じゃない？」「いや、もっと硬いの。むちむち」「イカ？」「イカでも、ないなー誰か食べてみてよこの白いやつ」「練り物じゃない？」「それだっ！」「あっ、もう一本、ね、飲みません？」「いやもう、僕はもう」「いいからいいから！　あと一本くらい、ねえ。せっかく買ったんだものプレミアムの、ね、いいよねキミちゃん！」「まあねえ、ごめんねえ。あっ登あんたこれ食べる？」「え？　いいよ」「いいのよお母さんにはこれ多いからほらこれお肉、ロースト、ビーフ……！」妻は黙って僕の弁当箱からアルミカップに入ったミニグラタンみたいなものを取って食べ終えた自分のアルミカップと交換してくれました。僕はチーズが苦手なのです。僕はそこに、刺身や寿司の醬油やわさびやガリや天つゆやローストビーフのタレが入っていた小袋を箸でつまんで捨てました。それまで置き場所がなくてお吸い物の蓋にいれていたのです。茶色い汁が少しだけ赤い蓋の中央の窪みに溜まっていました。登くんは太巻きに入っていた椎茸を割り箸で引っ張り出して弁当箱のヘリになすりつけていました。「あー、おじちゃんいいなあ、俺も飲みたいなー」「ノンアル買っておけばよかったね」「ノンアルはなー。うまくなったってみんな言うけど、やっぱり俺、あんまり好きじゃないんだよねえ究極意味なくない？」「やーだ、あんたあっちで飲みすぎてない？　また太ったんじゃない？」「えーそうでもないよ。こないだも健康診断、異常なしだったし」「嘘本当？　そのお腹で？」「えー本当本当、なんなら今度見せようか健康診断の紙の写真」誰一人大伯母さんの話をしませんでした。多分それはもうお通夜とお葬式で済んだのでしょう。飲み食いする我々を微笑みながら大伯母さんが、何年前でしょう、半年前にここで介護ベッドに横たわっていたのとは全く違う顔つき髪型の大伯母さんが見守っています。僕は急になぜか泣きそうになりました。タケフミさんがアアッと言って半分くらい残っていた登くんのお吸い物を倒し、おばさんとお義母さんが立ち上がって「タオルッ」

「ティッシュッ」と叫びながら駆け去りました。座卓から垂れ落ちるお吸い物が畳を濡らし、妻が摘んだ三つ葉がくしゃくしゃになってへばりつきました。

妻の実家にもう一泊して翌日、帰りの高速に乗る前に人気だという道の駅に立ち寄ると大混雑でした。昨日、タケフミさんにここの海鮮レストランを勧められたのです。「海鮮丼、あれで二〇〇〇円切るのは本当コスパ、トロも赤身もサーモンもイクラも、あとなんかほかにもいろいろ入ってて、エビとかなんかブリっぽいやつとか。しかもすーごいいっぱい具が入った貝汁がセットなんだよ！　あと、フードコートに市内の有名なカレー屋がプロデュースしたカレーパンあってそれもうまいよ。すーごいデカくて、肉がゴロッと入ってて、それが角煮みたいにトロットロでスパイシー、揚げたてカリッカリなの」僕はカレーパンに非常に心惹かれました。カレーにもカレーパンにも目がないのです。妻は海鮮丼を食べたいと言い、お昼に食べようと早めに行ったつもりでしたがレストランには行列ができ、フードコートも、カレーパンもそのほか麺類や軽食もどこのカウンターもやっぱり人が並んでいました。ゴールデンウィーク……唯一、カフェスタンドらしいところだけはちょっと空いていましたがそれでも人がいます。全体のマスク率は半分強くらい、顎マスクの人もいますがかなりの人がそもそも剥き出しの顔で話したり笑ったりしています。飲食中は仕方がないにしてもちょっと無防備な感じがします。無鉄砲、無頓着、無関心……「これは……待つ？」「いや、トイレだけ行って、あとちょっとお土産見たら高速乗って別のサービスエリアでお昼、食べよう」トイレも行列ができていて時間がかかりそうでしたがこれはまあ仕方がありません。しばらく旅行や帰省を我慢していた人たちがどっと一気に移動しているのでしょう。用を足してハンカチで手を拭きながら外に出ましたが妻の姿は見えません、女子トイレは男子トイレよりはるかに長い行列で、これは当分かかるでしょう。僕は妻に土産物売り場にいる、と送って既読になったのを確認してから店に入りました。横に長い店舗は向かって左側に海鮮丼のレストラン、真ん中にフードコート、右側が土産物店になっています。土産物店も混んではいましたが、複数レジがあるのでそこまで待たなくても買えそうでした。職場のお土産に数がちょうどよい個包装のお菓子を探しました。実際にカゴに入れるのは妻が来てからのほうがいいと思って手ぶらで見てまわります。冷凍の海産物、生野菜、お酒やクラフトビール、漬物佃煮燻製、ご当地キャラらしい猫だか犬だかクマだかよくわからない動物のストラップや小さいぬいぐるみがぶら下がったラックの前で幼児がだだをこねています。「イヤッ。デモッ。イヤッ。デモッ」僕と同年代くらいに見えるマスクをしていない男性が床に膝をついてゆっくりと「でもな。さっきお菓子買うたやろ。ノンもミミもちゃんと約束守っとるのに、どうしてコーだけ約束破ってええことになるんや」「イヤッ。イヤッ。デモッ」「ちゃんとお父ちゃんさっき言うたやろこれでおしまいやて。ほんまにええんかって。ええって、大丈夫やって、これにするって、文句や言わんて、コーがこの口で言うたんやろコーがこの口で。このかわいいお口で」「イヤッ。デモッ。イヤッ」ハーフパンツから出た素足の膝を土足の地面につけて優しく言い聞かせても相手は壊れた機械のように首や手足を振るばかり、お父さんは大変です。干物、乾物、珍しい調味料、ご当地ラーメンの名店を再現したカップ麺、なにを買ったのか巨大な段ボールを抱えたおばさんがどすんと僕にぶつかって謝りもせずに立ち去っていきました。ギャーッと泣き声が聞こえ、さっきのコーくんが手足をジタバタさせながらお父さんに抱えられて店の外に連れ出されて行きました。その手には彼がおそらく欲しがっていた猫だか犬だかクマだかわからないもののぬいぐるみが握られています。買ってもらえたならあんなに泣かなくてもよさそうなもの、いや、でも、いまの間に、彼らはレジを通ったでしょうか？　ドキッとしましたが、特に僕以外の誰かがそれになにか反応しているふうでもなかったのでどうにもできませんでした。きっとちゃんと買ったのだ、根負けして、だってとても優しそうなお父さんだった、僕は他の買い物客の邪魔にならない位置に移動しました。地方発送用の宅配伝票とボールペンが置いてある机とご自由にどうぞの梱包用古段ボールと古新聞が置いてあるラックの隙間、ガラス張りの壁から外が見え、コーくんとお父さんとが大きな黒い四角い車に乗りこんでいるのが見えます。目の前を、ガラス越しに妻が通りました。「あっ」僕に気づかないのかさっさとどこかへ行こうとしています。黒いワンピースに青い耳飾り、声をかけようとしたところ、なんと妻の後ろにいた男性が妻に親しげになにか言いました。妻はそちらを向いて微笑んで頷きました。えっ？　ギョッとして見ていると、男性が視線を移しガラス越しに僕を見て目を丸くしました。「あっ」登くんでした。昨日、仕出し弁当の後はちょっと約束があるから今日は実家ではなくて市内のホテルに泊まるそしてそのまま帰ると言って別れた登くん、妻の実家で夕食のすき焼きも食べず、お義母さんはせっかくいいお肉にしたのにとプリプリしていた……僕が驚いていると登くんは急ぎ足で店に入ってきて「やっぱり聡明さん」「登くん、え、あ、いま帰り？」「あっ、ですね……あれ、姉ちゃんは？」「え？」姉ちゃん、僕の妻、ならいまそこに登くんの隣に。黒いワンピースを着た妻はぺこんと頭を下げて「こんにちは」と言いました。妻の声ではありませんでした。もっと低く、ちょっとくぐもったような、えっ？「姉ちゃんトイレ？」「まあ……」「あー、女子トイレすごく混んでますもんね」女性が言いました。妻とは全然似ていない声、いやでも姿はよく似ている、少なくとも身長というか背格好はかなり似ています。マスクをしているので目しか見えませんが目は結構、似て？　僕は妻がどんな顔をしていたかもちろん知っているのにこの女性との差異をうまいこと指摘できない気がして焦りました。この女性はベージュのマスクをしていて、それは妻のとは少なくとも全然違います。妻は白マスクしかつけません。耳が痛いサイズが違うとあれこれ試して結局最寄りのドラッグストアのプライベートブランドの安い箱入りマスクが一番いいという結論になったそうで、いやそんなことはいまどうでもいい、マスクなんて誰でもどうでもつけられます。「え、あ、で、登くん、こちらは……」「あー」登くんは照れたような目をしました。よく見ると彼も女性と同じマスクをしています。昨日は確か白いごく普通のマスクだったはず、お揃い……「あの、いま、仲良くしてもらっているこちらフケさんです」「初めまして。フケです」女性は僕にお辞儀をしました。仲良く……登くんが言いました。「実は一緒にこっち来てて、昨日の法事の間は、一人で観光とかしてもらってたんです。いまから一緒に、観光しながら帰るんです」「あー」僕は不自然、不躾でない程度に女性のことを上から下まで見ました。髪は後ろでまとめて耳にはぶら下がって青く光る耳飾り、黒いワンピース、足元はサンダルで、爪は耳飾りに似た青い色で塗ってあります。「それでこちら、姉の夫の聡明さん」「としあきさん」女性は目でにっこりしました。マスクから見える目だけでにっこりすることに慣れている感じでした。「あー、どうも牧野です、聡明、いやー、え、ちょっと、これは……びっくりだなあ」尻ポケットが鳴ったので妻かと思って慌てて見ると友達の伴田くんからのラインだったのでマナーモードにしてまたポケットに入れました。「え、お義母さん知ってるの？　来てるって……」「いやいや誰も。タケフミさんも姉ちゃんも誰も知りません」「じゃあ、本当に一緒に、来ただけ？」フケさんという女性が声に出してふふッと言って軽く目を細めました。そうすると妻と余計似ています。姉とよく似た人を恋人として選ぶ……そう仲がいい姉弟でもないと思いますが、そして面影を追われるようなタイプの容姿の妻ではありませんが（夫の僕が言うのもなんですが逆に言えば夫の僕しかそんなことは言えない気もします）、でも、そういうこともまああるのかもしれません。「いやー、まさかこんなところで会うとは。あ、海鮮丼食べました？　タケフミさんおすすめの」「そのつもりだったけど人が多くて……」「僕ら食べましたよ。そのときはここまでじゃなくて。少し待ちましたけど」「二十分弱ですね」フケさんが頷きました。「許容範囲でした」「ああ、じゃあ僕らは出遅れたんだなあ。おいしかった？」「はい。うまかったです」「すごいボリュームで」登くんに彼女、これは喜ばしいことです。お義母さんも喜ぶでしょう。僕も、妻にこんなに似ていなければもっと素直に喜べると思うのですが、別に嫉妬でも不快でもなく、ただ楽しいより困惑が勝る、スマホが鳴りました。妻でした。「あっ、ちょっとごめん……もしもし」「ごめん遅くなって。どこ？」「あっ、売店の方のね、ちょっと待っていまから入り口出るから」僕はスマホの口のところを手で隠して登くんに小声で「あ、いまから、来るけど大丈夫？」登くんはフケさんを見ました。フケさんは頷きました。「まあ隠れても変ですしね。少し緊張しますけど」フケさんはワンピースの左右の袖を反対の手で引っ張るようにして背筋を伸ばしました。レースのような透かし模様がついていて、その小さい穴から二の腕がちらちら見えます。「いま、店、出るね」僕は売店の出入り口に移動しました。登くんとフケさんもついてきました。僕が外に出たところで「あっいた」妻が先に僕を見つけたらしく、ぶちっと通話が切れました。僕は黒いワンピース姿を目で探しました。近づいてきたのはつばの広い帽子をかぶり白いマスク白いTシャツ薄いグレーのカーディガンを羽織ってジーパンの妻でした。黒いワンピースを着ていませんでした。彼女がそれを着ていたのは昨日の四十九日のときだったと思い出しました。「ごめんごめん、すっごい、トイレ混んでて」言いながら妻がばさっと帽子をとって顔を扇ぐようにしました。「暑いねー」「いやー」「あのー、姉ちゃん」「あれっ？　登っ？」妻が叫びました。「なんでっ？」「いや僕も来てて……」妻はまだ彼の半歩後ろにいる女性に気づいていません。「うっそ、すごい偶然だね！　こんなに人がいるのに……海鮮丼？」「そう、あの、こちら、フケさん」「えっ」「初めまして。フケトモカと申します」フケさんが半歩前に出て頭を下げました。やたらまっすぐで深いお辞儀でした。僕はデパートの店員とかの仕草を思い出しました。妻の目が丸く、そしてマスクの中の口が開いたのがわかりました。眉が引き上がり額に横じわが走り、僕は自分とそっくりな人を三人見ると死ぬみたいな伝説があったことを思い出しました。妻そっくりな女性と妻、ドッペルゲンガー、あれはでも、そっくりさんではなくて本当に自分の分身のことだったでしょうか？「えっ？　えっ？」「登さんと、親しくさせていただいております」「したしくっ?!」妻が目を丸くしたまま僕を見ました。同時に視界に入ってみると、わずかにフケさんの方が背が高くかなり痩せていて肌や髪の毛の質感というか色も違う、でも、やっぱり似ています。「えっ、いや、えっ、どういうこと？」「えーと、実は一緒にこっち、帰っててさ」さっき僕が聞いた話を登くんはちょっとぶっきらぼうに、でもうれしそうに妻に繰り返しました。「驚かせてしまいましたね」フケさんが小声で僕に言いました。声はかなり違います、フケさんはしっとり低いですが妻のはもっと高い。「えーうそ、じゃあ、彼女さんってことっ？　登のっ?!」僕はフケさんにやはり小声で「でも、この人を見てびっくりしたんじゃないですか？」と妻を親指で示しながら言いました。だってこんなに似ているのです。「そうですね、お会いできるとは思っていませんでしたから」「いや」「ねえねえ！」妻が僕の袖を引きました。「え？」「どっかで座ってちょっと四人で話さない？　だって、次いつ会えるかわかんないし……フケさん、も、それでどうですか？　お時間とか大丈夫？」「ええもちろん。あっ、だったら私、飲み物買ってきますよ」「いやいやいや、私と登で適当に買ってくから」「でも、座れる席なんて空いてないいんじゃないかな」登くんが「さっきうろうろしていて見つけたんですけど、建物の裏にテーブルがあるんですよ。あまり人がいなかったので、多分いまも大丈夫だと思います」ときっぱり言いました。「ああ、さっきのところ」フケさんが頷きました。「そうなんだ。あ、いや、だったら僕が飲み物買っていくからみんなの分。先に……」妻はうるさそうに「いいから私たちで買うから先行ってて。聡明さんの適当でいい？」「え、うん、いや、そうだねカフェイン」「冷たい？」「冷たい」「わかった。じゃああとで」なんだか釈然としませんが、妻と登くんはしゃべりながらさっさと行ってしまいました。「なんか、すいません」「いいえ全く。全然。こちらです」フケさんは歩き出しました。トイレには相変わらず長い行列ができていました。登くんはフケさんの飲み物を聞きませんでした。もう、それだけ、親しいのです。フケさんは建物の裏側に回りこみました。建物の陰になっている中に白い丸い妙にヨーロピアンというか、凸凹したレース風の模様がついた丸いテーブルと椅子が数セット設置してありました。表の喧騒が嘘のように誰もいません。「さっきはちょっとは、人、いたんですけど」フケさんは迷わず一番手前のテーブルの椅子に座りました。僕は少し迷って彼女の正面に座りました。その間にお互いのパートナーが座ればいいのではないでしょうか。建物の裏手に大きな室外機や排気口みたいなものが見え、通用口らしい小さい銀色のドアもあります。景色はいいとは言えませんが休むには十分です。直射日光も当たりません。「いい席ですね」「ええ、もっとこっちに席ありますみたいに表示すればいいのに」「本当に、いやそれにしてもすごい人でしたね、こんなにこの道の駅が人気あるとは」「やっぱりみんな遠出解禁して、出かけちゃうんでしょうね、もうすぐ五類で。感染が増えないといいですけどね、私も、人のこと言えませんけど……でも私は結構うれしいです、お会いできるとは思っていませんでしたので……あ、でもすいません、四十九日のご法要でしたよね。喜んじゃいけないですね」フケさんは軽く頭を下げました。耳飾りが揺れてマスクをちょっと擦って見えました。耳たぶに開けた穴に針金を通してぶら下げるタイプで、妻の耳にはそういえば穴はありません。「いやでも、お葬式でもないですし、実際全然和やかな感じでしたよ、って、僕もあれですけど。血縁じゃないですけども」「血の濃さじゃないですよ。近さとか」表側からざわざわと声が聞こえました。「そうですね。妻は大伯母さんにかわいがってもらったみたいで、最初は堪えてましたね、ご危篤って聞いたときは」「登さんは結構、クールな感じで、今回のご法要もどうしよう行こうかなみたいにおっしゃってて。でもまあ、こういうのって節目じゃないですか。お葬式もお出にならなかったそうですし、やっぱりなにかしら」話し方や声はまったく妻ではありませんし表情ももちろん違いますがでもやっぱり似ている、姉妹と言われたら納得します。その場合もしかしたらフケさんが姉かもしれません。「お待たせー」妻と登くんが来ました。それぞれ手に灰色のトレイを持っています。登くんのには背が高い透明なプラカップが四つ、妻の方には白い丸いものが四つ、帽子をかぶった妻の目元は影になって口はマスクで覆われ表情が見えずもういっそフケさんの方が妻のような気がしました。「カフェのとこちょうど人が途切れてて結構すぐ買えたの。近くの牧場のミルクで作ったシュークリームっていうのも買ったよ」トレイをドンとテーブルに置き、帽子を外すとやっとそれは僕の妻になりました。登くんはそっとトレイを置きました。茶色、焦茶、あと濁った茶色、どれもたっぷり氷が入って黒いストローが差してあります。「はい聡明さんアイスコーヒー」妻が焦茶を一つとって僕の前に置きました。「ありがとう」妻は自分用には濁った茶色いカップを取りました。カフェオレのようです。「アイスティーとアイスカフェラテだと、どっちが」登くんがフケさんに尋ねました。「じゃあ紅茶でお願いします」「姉ちゃんのおごりです」「わあ、ありがとうございます」「ううん全然！　ああここ、日陰でいいね！　あのねカレーパン超大行列！　一クラス分くらい並んでたよ」「一クラス」フケさんが呟きました。「でもすごくおいしそうだった、どんどん揚げてていいにおいした。あ、シュークリーム、プレーンと抹茶とチョコとはつなつレモンっていうのがあるけどどれがいい？」シュークリームはよくハンバーガーや肉まんなどが包んである二辺がくっついた四角い薄い白い紙に包んであって、そのうち三つには上に丸い小さいシールが貼ってあります。緑とチョコと黄色、「どれもおいしそうですね」「フケさんから、選んで！」「ありがとうございます。じゃあ、抹茶をいただいていいですか」「抹茶ね、はいどうぞ」緑のシールのシュークリームを妻が渡し、フケさんが受け取りました。双方いかにも柔らかそうな持ち方で、ただ、妻の手の方がフケさんより色が黒い。フケさんの爪は青くて妻のは素の色です。「ありがとうございます、おいしそう！」「じゃ、登は？」「え、あ、聡明さん先に」「いいから登、どれ？」「じゃー、はい、チョコで」「はいこれ。聡明さんは？」「えーと」妻のトレイには黄色いシールが貼ってあるのとシールなしのが残っています。「プレーンとはつなつレモンだよ」「はつなつ」フケさんがまた小声で言いました。「そう、初夏って書いてあって、わざわざはつなつってルビがあったの。ね」「うん」「じゃあ、プレーン」「はい」妻に渡されたシュークリームは包み紙越しにも柔らかくずっしり湿って指先がひんやりしました。「じゃあ、いただきまーす」妻が自分で言ってマスクを取り二つに折ってもう一度二つに折ってポケットに入れてトレイからはつなつレモンシューを取りました。僕はハッとしました。フケさんもマスクを取るはず、そしたら本当に似ているかどうか、フケさんは耳飾りを引っ掛けないように指でマスクの耳掛けをひろげるようにして片耳ずつ外しました。マスクを外したフケさんは、僕の予想というか期待に反して、やはり、妻によく似ていました。鼻、口、まじか……僕はアイスコーヒーのカップを持ち上げました。表面が濡れ始めていて滑りそうになり、力を入れるとプラスチックの感触越しに細かい氷がザラっと軋みました。冷たくておいしい。シュークリームは皮がしんなりしていてぎっしりクリームが詰まってかなり食べ応えがありました。「おいしいね」「ええ、おいしいです。抹茶、ほろ苦くて」「チョコは？」「うん、普通にチョコだけど、甘さ控えめかもしれない、うまいです」妻は僕にはつなつレモンシュークリームを一口ちぎってくれました。ちぎったところから黄色いクリームが垂れそうで僕は急いで受け取って口に入れましたが手が少し汚れました。フケさんの前で指を舐めるのもな、と思って僕はポケットのハンカチで拭いて、拭いた面を内側に折ってまたポケットに戻しました。さっきトイレで使ったので全体がまだ湿っています。「プレーンいる？」「んー、大丈夫かな、ありがとう」レモンは酸味はほとんどなく香りだけがしました。作り物っぽい、レモン石鹼が頭に浮かんだのですぐ打ち消しました。登くんとフケさんはお互いのを分け合いませんでした。僕は妻とフケさんを見比べました。似ている、僕はそのことを皆に、ねえこの人とフケさんはそっくりですねと言おうかどうしようか考えました。自分に似た人、もしかして将来の嫁─小姑ラインにおいて、顔の相似は吉事でしょうか凶事でしょうか。「ねえねえ、二人は付き合ってどれくらいになるの？」妻が楽しそうに尋ねました。「え半年くらい」「ええ、昨年末くらいからです」「へえ、じゃあ結構最近なんだね」妻は頷いてシュークリームをぱくっと大きく食べてカフェオレを吸いました。ズッと大きな音がして、それが意外だったようで妻はごめんと素早く言いました。「アイスティーおいしいです」フケさんが微笑みました。「香りがよくて」「茶葉とかコーヒー豆とかこだわってる風の店だったからね。紅茶好き？」「そうですね、コーヒーよりは紅茶派ですね。でも一番好きなのは緑茶かな」「私も煎茶好き。あと台湾とかのお茶も好き、ジャスミンとかもっと複雑な名前のやつとか」「いいですね！」あー空いてるーと言いながら誰かが斜め後ろあたりのテーブルに座りました。足元が動いた気がして見ると、若い、マスクをつけていないきれいでスタイルのいい女の子二人で、一人一匹ずつリードにつないだふわふわした犬を連れています。一匹は黒くて一匹は白い、フケさんが声に出さずかわいい、と言ったのが聞こえたというか見えました。僕は最初にシュークリームの最後の一口を食べ、音が出ないように注意してアイスコーヒーを吸いました。尻ポケットに入れていたスマホが震えました。見ると伴田くん、そういえばさっきもラインが来ていたなと思って開くと、彼から四件のメッセージがあります。珍しい、一番上はリアルなタッチのヨーダのイラストスタンプでした。こちらを驚いたように見ています。スタ伴田くんは昔の職場の同期ですが、偶然この前再会して以来ときどきラインをしています。スター・ウォーズが好きらしい伴田くんはよくこのシリーズのスタンプを送ってきます。次はなにかのリンクで、その次が『これ牧野の職場の近くだよね？』ん？　リンクを開くとローカルテレビ局のサイトで『中ノ川で男性の水死体　身元不明』という記事でした。中ノ川？　中ノ川は僕の職場のそばの川です、四日早朝に身元不明の遺体が見つかった、川沿いで犬の散歩をしていた男性が川の中に人が浮いていると通報、駆けつけた警察と消防によって救助されたが死亡を確認、遺体は男性だが身元は不明……発見現場、とされているサイトの写真を見るとそれはもう、まったく僕の職場の近く、映りこんでいる鉄橋、河岸の桜の木の枝ぶりはまさに毎日通勤しながら見ている光景で、ちょうど、あの路地を抜けてすぐ辺りからの眺望でした。伴田くんの最後のメッセージはまたヨーダスタンプで、ただ、こちらを訝しげに見るヨーダの上に大きくハテナマークが浮かんでいました。僕は手をテーブルの下にして素早く『職場のすごく近所だよ！』と送りました。すぐに既読がつきました。そのまま『ごめん、いま妻の実家に里帰りで道のえ』と打ったところで音声通話の着信がありました。「あっ」「電話？　出ていいよ」「やー、ごめん、ちょっと失礼」僕は道の駅の建物の壁のところに行って電話に出ました。「あ、もしもし？」「まきの！」伴田くんははあっと息を吐きました。それが電話越しにも伝わってきました。「いやどうしたの？　なんか」「いやー、え、いま家？　テレビ見れる？　四チャン」「ごめん外なんだよ」「えー出かけ中？」「そう、妻の実家に里帰りしていま帰る途中で、道の駅寄ってるとこ」「あー遠出ね。嫁さんの方かー、そりゃお疲れ」僕は道の駅の裏壁にもたれかかりました。日陰なのにじわっと熱く、想像以上に不快で僕はすぐ背中を外しました。若い女の子たちは黙って足を組んでそれぞれのスマホを触っています。二人ともつるんとした薄い肩を出した服を着ています。「そう。リンク見たよ。確かにうちの職場の近くだわ」「だろ？　あー、もう終わっちゃったけどいまローカルのニュースでやってたんだよ、もろ牧野の職場の外観が映ってたからさ！」「うちの会社も映ったの？」「そうそう、今日はでも休業日でしょ？　人とかは全然映ってなかったんだけど、なんかつい、連絡しちゃった。遠出中にごめん。え、もしかして昼ご飯中とか？」「それは大丈夫」偶然妻の弟に会ってそれが彼女を連れていて一緒にシュークリームを食べていて、とは説明しても仕方がないでしょう。「伴田くんは？　いま家？」「そう、今日はね。今年はさ、うちの会社ゴールデンウィーク九連休なんだよ、で、一昨日まで僕の方の実家に行ってたんだ」彼には二人の小さい子供がいるので実家へ帰るのはより楽しいでしょうしまた大変でしょう。「それはお疲れさま」「やー、前さ、言ったっけ好きだった地元の中華屋潰れてたって」聞いたような気がします。「うんうん」「なんかそこがね、一時的に閉めてただけでまた営業再開してたんだよ。うれしくてさー。三泊四日で二回行っちゃった。一回は家族で、一回は地元の連れと」「へえ」「うまかった。やっぱねｌ店の親父さんとかも全然変わってなくて」「それはよかったね」「うん。ああ、でも、なんかホッとした！」「え？」彼の背後に微かに泣き声が聞こえた気がしました。下のお子さんが泣いているのでしょうか。「ほんの少しさ、ほーんの少しだけ、もしかして牧野じゃないかと思って」「え？」「水死体が」「は？」「……え？　あ？　ちょっと待ってなに？」伴田くんの声が少し変わりました。スマホの向こうで誰かがなにか伴田くんに話しかけたようでした。少し遠ざかった声で伴田くんはなにか言いましたがよく聞こえません。妻の笑い声が聞こえました。フケさんはシュークリームを片手に、反対の手を逆向きのVサインにして白いテーブルの上に置いて人差し指と中指を軽快に動かしていました。手を人体に見立てて、人差し指と中指を脚に見立てて子供がやるような、片足ずつ前後に跳ね上げたり手首から曲げたり両足を絡めたり、手ダンス、なにをしているのか、妻が胸の前で手を合わせて拍子をとるような仕草をし始めました。登くんがちらっとこっちを見てすぐ逸らしました。「あー、もしもし牧野？ごめんごめん、いや、なんかね。胸騒ぎがしただけだよ。勝手に」「いやいやいや」僕は苦笑しました。「職場はそりゃ近いけどさ。僕じゃないよ」「いやもちろん！　わかってたんだけどさ。だって職場前で牧野がどうかなったら身元わかるものなんか、持ってそうじゃん」「あー、まあ」「スマホかクレジットカードか……いや僕ねなんかときどき変なことが心配になることがあるんだよ昔っから。全然当たらない逆六感みたいな。まあ、でも、ほんと連休中でよかったね。警察とか野次馬も来るだろうし」「あー、うん」アー、子供の泣き声が伴田くんのうしろというかすぐそばで今度ははっきり聞こえました。「仕事中にそんなすぐそばで水死体なんて嫌だもんね。きっと休み明けには落ち着いてるよ。ごめんごめん、じゃあなんか、とりあえずよかった。また今度、ご飯でも」「え、ああ、うん」「奥さん連れてきなよ、バーベキューとかしようよ僕この前結構いい道具揃えたんだよキャンプとかしようと思って。じゃあね！」僕はしばらくスマホを耳に当てたままにしていました。職場の前で水死体、少し心臓が変な感じがしました。若い女性が連れていた黒い方の犬と遠目にも目が合い、お座りしていた犬が腰を浮かせて立ち上がりかけ、すぐ思い直したように座りました。何犬か、トイプードルの類だと思ったのですがなんだか顔が違うようで、チワワでもないし、なんでしょう、雑種かもしれません。白い方はこれははっきりマルチーズです。子供のころはおばあさんが飼っている犬といえばマルチーズで、近所に数匹いました。大概小さいリボンを頭の上にくっつけられていました。僕はスマホをポケットに入れ、首筋に左手を当て、その左手首を右手で押さえました。これは心臓の具合を確認する方法で、首筋の脈と手首の脈が一致していればとりあえず大丈夫、少なくとも二十四時間は死なないのです。根拠はよくわかりませんし誰に教わったのか記憶にない、もしかしたらネットで見たのかもしれませんが僕はこれがそれなりに正しい気がしています。信じているのです。指先で探って出てきたそれぞれの脈は首と手首で一致していました。ずれていません。完全に重なって、僕はその体勢のままで妻たちを見ました。やっぱりそっくりです。そして似ていないとは言っても妻と登くんは実の姉弟ですからやっぱりどこかなにかは共通している、ドッペルゲンガー、なんで僕が職場の前で川になんて。水死体、ドザエモンというあだ名の先生が中学にいました。さっき飲み終えた僕のコーヒーのプラカップに溶けた水が溜まって薄黄色く見えます。僕はテーブルに戻ろうとしました。「しにてー」と若い女の子の一人が小さい声で言ったのがはっきり聞こえました。横目に見ると、黒い犬を連れた方の子です。白い犬を連れた方の子がスマホを触りながら「ワカルー」と受けました。僕が席に戻ると妻が笑いながらフケさんに「それって、幻覚ってこと？」幻覚？「ってことになりますよね。あ、聡明さん。おかえりなさい」「ごめんごめん、電話」僕は座ると、溶けたコーヒー水を吸いました。喉が渇いていました。ズズッと大きな音が出ました。「大丈夫？　電話、誰？」「友達。伴田くん」「ああ。なにかあった？」「たいしたことじゃないよ。え、なんの話してたの？」「まあいろいろ。っていうかびっくり、二人、タケちゃんの紹介なんだって！」「え！　そうなんだ」「はい。私がもともと仕事でタケフミさんにお世話になったことがあって、それで」フケさんが持ったシュークリームの薄い白い紙の中で、緑のクリームがおそらく皮からあふれて紙の角に溜まって緑色に透けています。破れそうです。妻と登くんはもう食べ終えて丸めた紙をトレイに載せています。「じゃあタケフミさんがキューピッドだったんだ」

「それ私も言った！　あはは！　タケちゃんキューピッド」いつの間にかマスクをつけた登くんがンッと喉を鳴らしました。そういえば我々はお昼がまだですがフケさんと登くんはさっきすごくコスパがいい海鮮丼を食べたのです。デザートにしてはこれはボリュームがありすぎかもしれません。僕は妻を見ましたが妻は楽しそうにフケさんを見ていました。妻とフケさんはラインを交換し僕と登くんを加えた四人グループまで作りました。僕はそもそも登くんのアカウントも知りませんでした。彼のアイコンは水たまりに映ったおそらく自分の影で、フケさんのは二人の子供の写真でした。顔は小さいハートマークで隠してあります。「かわいい」「姉の子なんです、甥っ子と姪っ子です」「お姉さんがおられるんですね」「そう」「似てます？」「え？」「ええと、フケさんとお姉さん」「あーそうですね、結構、似てますかね」妻にそっくりなフケさんにそっくりな姉、つまり三人の、そっくりさん、ドッペル、フケさんはゆっくりゆっくりシュークリームを食べました。明らかに食べあぐねていて、僕はもう無理しないで残せばいいと思いましたし、それを促すためにたとえば妻が食後にヘビーなもの買ってきちゃったねごめんねもう残したらとか声をかけたらいいのにと思ったのですがそういうことを妻は言わず、また、登くんも残り僕が食べるよなどと助け舟を出すこともありませんでしたしフケさんもすいませんこれ残しますとは言いません。でも僕が言うのは少し気が引ける……表面上はにこやかに食べ続けるフケさんを四人で話しながら待つ感じになりました。登くんが飲み屋でのタケフミさんの振る舞いについて話し、妻はタケフミさんが子供のころの逸話を披露し、フケさんは仕事相手としてのタケフミさんについて所見を述べました。いつの間にか死にたい女の子と犬たちはいなくなっていました。「ああ、ごちそうさまでした。すいません時間かかっちゃって。おいしかったです」フケさんが微笑んだとき、全員のプラカップの氷は溶けてそしてそれぞれそれを飲み干していました。「あっ、結構時間経ったし、店空いてるんじゃない？　姉ちゃんたち、いまなら食べられるんじゃない海鮮丼」道の駅の正面に回ってみると人はさっきより増えています。海鮮丼の行列は建物を出て、駐車場の手前まで蛇行しながら続いており、『海鮮ドンドン最後尾』、という札を持ったお爺さんが呆然と立っていました。「無理だね」「さっきより無理だね」死にたがっていた女の子たちが手に茶色い大きなラグビーボール型のものを持って楽しそうに齧りながら歩いてきました。筋肉質の中年男性が一人ずつ彼女らに寄り添い、彼らは白と黒の犬をそれぞれその太い腕に抱いていました。黒い犬が僕を見て口を開けました。喉の奥からピャーというような音が聞こえた気がしましたがよくわかりません。すれ違いざま男性どちらかか両方の汗のにおいがツンとしました。「いいにおい」フケさんが言いました。「え？」「カレーパンですね」

我々は駐車場の入り口で別れました。車に乗りこむと妻がフーッと息を吐きました。「すごい、偶然だったね」「疲れた……」妻は言うとマスクを外してポケットに突っこみ首を回しました。ジャリジャリとまたひどい音がしました。「もうそれマッサージとか、行きなよ」「あー」僕はゆっくり車を出しました。道の駅の駐車場に入るための車がもう長い列になっています。赤い棒を持った交通整理の人がしきりに手を動かして車を誘導しています。「すごい人だ……帰り高速渋滞してるかも。お昼どうする？　最初のサービスエリア寄る？」「私は全然お腹空いてない」「まあいまはね」「でも、そっちが食べたいなら行けばいいよ」妻は助手席のリクライニングをドンと倒すと「フケさんだって。フケさん」と言いました。「フケさんね。いい人そうだったね」妻はじろっと横目に僕を見てそうだね、と言いました。不機嫌そうでした。「寝る？」「寝ないけど疲れた」「なんかいやなことあった？」「ない。全然ない。登にはもったいない。人多かったね、そこまでの場所じゃないと思うけど」「あー、人に酔った？」「そうでもないけど」「海鮮丼食べたかった？」「んー」高速は車の数は多く、いつもよりは速度が出せませんでしたが止まってしまうほどでもありません。反対車線はもっと車が多くて相当なのろのろ運転になっています。「あ、見て」妻は低い声で僕に言いました。「前の車。ミッキーついてる」後ろの窓の隅にクラシックな方の顔のミッキーマウスが両手をサア！　という感じに広げた中にChildren In Car! と書かれたステッカーが貼ってありました。「車内に子供がいます、あ、でも、チルドレンだからこれ一人っ子には使えないね」「フケさんってさ、ミッキーマウスが苦手なんだって」「え？」「フケさん、ミッキーマウスがダメなんだって」ミッキーマウス、「ダメ、とは」「聡明さんが電話でいなかったときあるでしょ。そのとき話したんだけどさ。なんかフケさんが献血したときさ」「けんけつ？」「聡明さんはしたことあるっけ？　献血」「献血？　僕？　いや、ないね」別に嫌なわけではありませんがいま献血しようと思い至るタイミングが人生で訪れなかった気がします。「私はたまにしてたけど」「そうなんだ」「最近してないけど。なんか人の役に立ってるって思うとホッとするし、血圧とか血液検査とか一通りしてくれるから危ないこともないしさ。で、フケさんは結構献血するんだって。でも全血の四〇〇は体重引っかかって無理らしい」「ぜんけつのよんひゃく？」「血を四〇〇ミリリットル抜くやつ。でも、二〇〇か、成分献血ならできるんだって。だからフケさんの体重は四〇キロから五〇キロの間だね、別にどうでもいいけど」「体重制限があるんだ」「そう。男女で違うかもだけど、女性はとにかく四〇キロなかったら献血はできない」確かに大人で三〇キロ台なら血を抜いて人にあげている場合ではないような気がします。「で、成分献血っていうのは血を抜いて、そこから特定の成分だけ抜いて残りを体に戻すのね。それが体に負担が少ないって、私も献血するときはそっちをするんだけど、フケさんもそうなんだって。ただ時間がかかる、戻す時間があるから」「すごいね、人工透析みたいだ」「あー、まあ、ベクトルは逆だけどね……で、そのときちょっと冷えるのね、血を戻すときに。ほら、体温と同じ温度の血を抜いて、なんか成分をどうにかする機械を通って針を通って体に入る血は体温より冷たくて、それが血管に入ってくとき、スウスウして、寒いの。別にそれでどうこうっていうほどじゃないくらいの寒さだし、カイロとか毛布とか貸してくれるんだけどさ。あったかいお茶とか飲みながらするし。血って、冷えてるとなかなか出てこないんだよ」車の流れがじわじわ悪くなってきました。よく見ると左斜め前の車にもディズニーのステッカーが貼ってあります。赤ちゃんの格好をしたミッキーが目を閉じて、zzz…KIDS IN CAR…zzz……キッズ、こちらも複数形です。「一回フケさんが、めちゃくちゃ寒くなっちゃったんだって。ガタガタ震えるくらい。で、献血途中で止めて、しばらく休ませてもらったんだって」反対車線はもう完全に流れが止まりました。事故でもあったのでしょうか。子供がいてこんな風に渋滞していたら大変でしょう。寝ていてくれたらいいですが、トイレなどどうするのでしょう。「で、横になって休んで大丈夫になって家に戻って、でもやっぱり寒くて、足までブランケットに包まってたら、そのブランケットからミッキーマウス出てきたんだって」「え？」「ミッキーの顔がいっぱいプリントしてあるやつで、ブランケット、あるじゃんそういう柄の」「……あるね」「その一個がにゅうっと立体になって、全身出てきてブランケットの上に立って、そしたらもう一匹にゅうって出て、またもう一匹、全部で三匹、で、それがブランケットの上で踊り出したんだって。三匹揃って。軽快に。ニタニタ笑いながら」「にたにた」僕は前の車のステッカーを見ました。黒い頭、白い顔、細長い黒い目に大きく笑った口、黒い胴体、手足、白い手袋赤い半ズボンに白いボタンが並んで、巨大な黄色い靴、サア！　どうぞ！　夢の国へ！　赤ん坊ミッキーは目を閉じて雲に乗っています。「すごい邪悪なんだって。ミッキーなんだけど、顔も普通にミッキーなんだけど邪悪で、手で払おうとしてもなんか足元の方に移動して踊ってて届かないんだって」「悪夢を見たってことかな……金縛りみたいな」「で、とにかくすぐそのブランケットブチ捨ててフケさん。以来、だめなんだってミッキーマウス」「なんでそんな話になったの」「いや、なんかなにが好きで嫌いかみたいな話、してたら。聡明さんがチーズ嫌いって言ったらへーって言ってたよ。フケさんは好きだってチーズ」「いや僕がいないときに勝手に僕の変な話、しないでよ」「チーズは臭ければ臭いほどいいって……面白い人だね」「そうだね」「登にはもったいないけど、でも……フケさんはあの車のも怖いのかな。ミッキーってあちこちくっついてるじゃん。ああいうのとかお菓子の袋とかさ。キャンペーンだコマーシャルだ」「確かに。じゃあ大変だね」「たいへんだよ、ねー……」妻はそれから黙りがちになりました。寝ているわけではなさそうだ、と思った矢先ゴッ、と寝息が聞こえました。反対車線の車の動きはずっと止まったままです。どこかで事故でもあったのでしょう。向こうから、反対車線の動かない車列の車の屋根の上を、黒い小さいものがぴょんぴょん跳ねながら移動してきました。ん？　目の錯覚のような、それはあっというまに僕の車の横を過ぎて後ろの方に、僕は首を捻ってそれを見たいと思いましたが運転中で無理です。前の車の速度が落ちミッキーステッカーがこちらに近づきました。妻がググ、と唸りました。いびきなのか、喉なのかもっと奥からなのか、とにかくとても苦しそうな声でなんだかかわいそうでした。妻の心臓は大丈夫なのでしょうか、ぽくんぽくんぽくんぽくん、ほぼ同時に四回スマホの通知音が鳴りました。おそらく僕と妻のスマホの、新しいグループにメッセージが来たのでしょう。フケさんが僕の義理の妹になるのでしょうか。妻がまたググ、ググと唸って五キロ先、渋滞です、とナビが言いました。

連休明けの仕事は言うまでもなく億劫です。億劫というよりかほんの数日休んだだけなのに仕事へ向かう道、駅や電車内での体の動かし方、視線を向ける位置などそういう無意識で動いていたようなことのリズムや間合いを体や頭が忘れていて、何度も躓きかけるような感じがします。土日の二日休みならそんなことはありません。三連休でもおそらく大丈夫、しかし五日休むともうだめです。もちろん、一日いや半日くらいでまた問題なく動けるようにはなるのでしょうが。本当は職場にお土産を買ってくるつもりだったのですが結局道の駅ではなにも買えず帰りのサービスエリアに寄ろうにも妻が寝入ってしまっていて起こすのが忍びなく、結局立ち寄れたサービスエリアはもう県内でそこでもっとも大々的に売られているのは我々が妻の実家へ買っていったお菓子、もちろん県外のお土産品も売ってはいましたがばかばかしくなって買うのをやめました。駅を出ると駅前に男子学生が並んでなにか言いながらチラシを配っていました。受け取ったら邪魔だなと思いましたが彼らは僕にはくれようとしませんでしたし彼らがなにを言っているのかもよくわかりませんでした。今日は部長の姿は見えませんが、僕はまた路地に入りました。コーヒー、バター、小さい鯉のぼりが庭の土に差してあります。ダンス！　ダンス！　ダンス！　跳ねるような子供の声が聞こえました。テレビに合わせて歌っているようです。「あそびにく、る、よ！　よるをとびこえ、てー、よーるーをーとーびーこーえーてーえーえー、ズンチャッチャン！」「わーじょうずじょうずー、うんちは？」ブロック塀の張り紙が増えている気がしました。『カメラ映像は全て保存済みです。』この家の持ち主はなにに怒りなにに怯えているのでしょう。今朝は黒い猫が通りました。朝から入浴剤のにおい、足元に赤いものがありました。狭い路地の真ん中に、細長い、円柱に近い形状でちょっとでこぼこした赤いものが置いてあるというか立っています。僕は立ち止まりました。それは赤いミッキーマウスでした。こちらを見て笑っていました。全部がくまなく赤い、結構細長い、プラスチック製に見えました。上に丸い耳が二つ突き出して、首はそんなに細くならないまま胴体になって、だからこれは、たとえばシンプルな筒形の小ぶりな水筒とかそういう感じのものにざっくりとミッキーマウスの形を模させたというか、彩色がされていなくて全部が素材の赤い色のまま、縦に長い目や突き出た鼻、笑った形の口、そしてお馴染みのあの白ボタンが二つ並んだ半ズボンなどは全て凹凸で表現されていて手足はありません、その顔は確かにミッキーマウスなのですが妙に禍々しく、というか本当にこれはミッキー？　そしてどうしてこんなものがここに立っているのか？　落とし物？　倒れもせず立って？　誰かが？　なんとなくゾッとして、すごく悪意のような、でも誰の誰に対する悪意なのか、ミッキーなのに子供向けのものにも見えません。もしかしてこれはなんらかの性的な用途のものではないでしょうか。これが振動とかして、そういう……だとするとこの、手足などが廃されているけれど耳や鼻は小さいながら突き出ているフォルムも大きさもどことなく不気味な色もミッキーマウスのようで禍々しい様相も全てそれらしいような、僕は塀の方に身を寄せてそれを避けました。ブロック塀がざらっと僕の肩に触れました。川は静かに光って流れていました。

身元不明の遺体が見つかったらしい形跡も、おそらく捜査などが行われた痕跡も何も残っていませんでした。検索もしてみましたがその後、男性の身元がわかったというような続報はありませんでした。サップの人もいません。職場に入るとフロアがざわついていました。まだ出社している人は少ないですが、電話している人、パソコンに時間潰しではない表情で向かっている人、早口でなにか言い合っている人、僕はおはようございます、と言いましたが明確な反応はなく、ただ、電話で話しながらこちらをちらっと見た同僚が僕と目を合わせ軽く首を振って見せました。申し訳ございません、と誰かが言っていました。ええ、早急に……部長の席を見るとまだ来ていないようでした。珍しいことです。僕はちょっと心臓がつづまったような感じがして立ったまま首と手首に手を当てましたが自分の脈を見つける前にまだ誰も来ていない島の電話が鳴り、誰も取りそうにないため急いで駆け寄って受話器を取りました。

カレーの日

おおばあちゃん

遭遇

ミッキーダンス

えらびて

赤い猫

森の家

カレーの日

おおばあちゃん

遭遇

自営業の特権で平日昼間に五度目のワクチンを打った帰り、歩いていたら目の前に黒い小さい猫が落ちてきた。驚いてつまずきかけた。おそらく屋根だか塀の上から飛び降りてきたらしい。私のつま先の十数センチ先に降り立った猫は尾がとても短かった。すぐさま数歩たたたっと走ってから突然静止しまた走り出した。この辺りはまだ猫を外飼いする家が多いし野良猫もいる。おおらかというか、交通事故や喧嘩で怪我をしたり死んだりさらわれたりする可能性を全然考えないのだろうかと思う。私だったら絶対に無理だ。猫は走って角を曲がった。曲がりしなむくっと体が膨らんだように見えた。私も同じ角を曲がった。道路に血溜まりがあった。民家のヒイラギの生垣とアパートの駐車スペースの間の、え？　パトカーと救急車の赤ライト、白い救急隊員、紺色の警察官、何人かの野次馬らしき人もいる、体が冷たくなった。もしかして私の子供の血、いやでも、まだ学校の時間だしよく見ると救急隊員が寄り添うストレッチャーには坊主頭の多分若い男性が乗せられすいませんすいません、頭から肩にかけて血まみれだった。約十年前に子供を産んでから近所で救急車やパトカーの音を聞くとどうしても一瞬、自分の子供が関係していることではないかと思う以前に感じてしまう。警察官が飛び出してきて両手で私を制しながらいま事故でこの先はいまちょっと通り抜けが！　あ、私の家、部屋が、そこで……血溜まりの真ん前にあるアパートを指差すとまだ人差し指が冷えてこわばっていた。警察官はそうですかでしたらお通りください！　ストレッチャーの男性はずっとすいませんすいません、こんなに血が出ても意識があるのか、それとも彼だけの血ではないのか？　他に怪我人らしき人は見当たらない。少し先の地面には黒い自転車が投げ出されたように転がっていたが大破している感じでもなく、ただ車輪の形が歪んでいなくもないような。若い男性はすいませんすいません大丈夫ですと繰り返しながら救急車に収容されていった。ヘルメットを被った救急隊員が警察官に小声でなにか言い、警察官がうなずいた。三家本さん。野次馬の一人の平たい顔をしたおじいさんが私の名前を呼んだ。ぎょっとしたがよく見るとアパートの大家さんだった。アパートの隣の大きい二階建ての家に住んでいる。あっ、どうも。自転車がヒョッと滑って、宙に浮いたんだな。マスクをしていない口から、まっすぐ揃った前歯が見えた。地面になんかあったんだろね、それで、頭っからこうガーンといったの俺見てたの。おでこのこの辺を切ったみたいだね。大家さんは手刀で右眉の上あたりをシュッと切り裂いた、いや、こちらから見て右だから左眉か。それで俺がね救急車呼んだのよ、ガッコにも連絡、しといた。学校？　いまのね制服ね、坊主だから野球部かね。大家さんの隣にいたタンクトップにジャージのズボン姿の女性（多分大家さんの娘か義理の娘）が黒いマスクをうごめかし、人のアタマって。血がいっぱい、でるのねえ。こあいわねあたし、夜ねむれなくなりそう。搬送先が決まったのか救急車がサイレンを鳴らし走り出した。警察官がちらっとこちらを見た。私はまあ、じゃあ、どうもとモゴモゴ言いつつアパートに戻った。一階の集合ポストに郵便物がいくつか入っていた。夫宛のダイレクトメール、私の仕事関係の分厚い封筒、不動産や寿司の投げこみチラシもある。階段を登りながら要不要を選択し、要らないもののうちさらに個人情報部分を手でちぎり取って玄関に置いた紙ごみ入れと資源ごみ置きに分別する。手を洗ってうがいをして窓を開けると野次馬はいなくなっていてパトカーと警察官と自転車、血溜まりはここからは見えなかった。子供が学校から帰ってくるまで少し時間がある。左腕の肩の下を触るとやや硬く熱いような、一応熱を測ってみたが平熱より低いくらいだった。一度副反応がひどくて高熱が出たことがある。三度目のとき、三十九度を超えてだるいし熱いし腕は上がらなくて食欲もなく布団から起き上がれずスポーツドリンクだけで過ごした。トイレに立つのもしんどかった。子供がもう小学生でつききりの世話がほとんどいらないのを幸いずっと寝ていた。四度目は微熱、今回はどうか、それにしてもまさか五回目のワクチンを打つようになるなんて思っていなかった。最初に打ったのが二〇二一年の確か夏で、いまは二〇二三年十月だから約二年間で計五回、もっと早く新型コロナウイルス感染症が収束すると思っていたわけではないが収束しないと思っていたわけでもない。時期的にインフルエンザの予防接種もそろそろだ。今年は夏前から小学校でインフルエンザ学級閉鎖が頻発していた。六年一組、五年四組と三組、四年三組二年一組、一年二組三組……校舎の教室がオセロみたいに頭に浮かび、いつ子供のクラスも閉鎖するかいっそ学年閉鎖の可能性もある……私は家でする仕事をしているのでまだいいが、お勤めの保護者は本当に大変だし兄弟がいたりしても大変、三家本さんとこは一人っ子だっけ？　いいよねなんて言ったらアレだけど、こないだうち、おにーちゃんのクラスと妹のクラスが順番に学級閉鎖なってさ……これから寒くなるにつれてもっと流行するだろうし今年はより多くの保護者が予防接種を打ちたがるだろうから早めに予約しておかないと、子供のインフルは二回打たないといけないし。今日明日と私の調子が悪くなってもいいように多めにカレーを作る。一番大きな圧力鍋で玉ねぎを炒め、千切りキャベツ、生姜とニンニク、最初に生姜とニンニクを入れると焦げやすいので私はこの順にする。あとは炒めながらピーマンとナスを切っては加え、トマト缶と水、他にもカボチャでも白菜でもモヤシでも大根でもなんでも余り野菜があれば入れるが今日はない。うちではニンジンは入れない。私が嫌いだからだ。カレールーの塩分が気になるのでコンソメとかも入れないで蓋をして加圧、火を止めてしばらく置いている間に豚こまを塩胡椒とカレー粉で炒め、電子レンジで柔らかくしたジャガイモも入れて炒める。柔らかくなった煮野菜スープにルーを入れ、溶けたら炒めた豚肉とジャガイモを入れて完成、あとは食べる前に温めたらいい。たっぷり三日分は作った。これでもし熱が出ても大丈夫、子供の下校までまだ少しあった。部屋の外を見た。パトカーも自転車もなくなっていた。サンダルをはいて下に降りた。血溜まりもない。血溜まりがあったと思しきあたりにうっすら楕円形に舗装道路の色が濃くなっている場所があるようなないような、本当にこの位置だったかももう定かではない。あの血はどこにどうなったのか、あの警察官がデッキブラシかなにかで磨いたりしたのだろうか。そういう掃除道具がパトカーに積んであるのか。血溜まりの写真を撮っておけばよかったかも、今後なにか参考になるかも、いやでも他人の血の写真がスマホに保存されているというのはどうだろう、あの運ばれて行った高校生は多分命に別状とかない、と思うが、もし万が一病院で急変とかしていたらそれこそあれだし、血だって個人情報というか……それに写真がなくてもこんなインパクトのあるできごと、多分私は忘れないだろう、と、いま思っているだけですぐに忘れ去ってしまって忘れたことさえ忘れるものだということもわかってはいる。下校前に片づいていてよかった、子供が見たらびっくりするだろうし怖がるかもしれない。部屋の階に上がると外廊下に黒い細いトンボがいて外に出られなくなっているようだった。別に密閉されてなんていなくてもうちょっと高い位置に飛べばいいだけなのに、外廊下の胸くらいの高さの壁に何度も止まっては離れ止まっては離れしてぶるぶるしている。細い脚にびっしり細い毛が生えている。私が黒い薄い翅を二本の指で挟んで中空に投げ上げるようにすると、翅がふわっと四枚に広がって茶色く透け、そのまま下に落ち、途中で持ち直しへらへら揺れながらアパート前の舗装道路の黒灰色に溶けて消えた。部屋に入ると熱っぽい気がして測ると平熱だったがもうカレーも作ったし、と思って部屋着に着替え布団に入った。寝た覚えもないのだがチャイムの音で目が覚めた。起き上がってドアを開けると子供が立っていた。ミーちゃんおかえりー。ただいまーあー今日カレー？　そうだよ。やったー、ねえ、いまさ。重たそうなランドセルを剝がすように脱ぎながら子供が言った。うちの前にめっちゃきれいな、ちょうちょがいた。へー！　アオスジアゲハ、黒に青いすじが入ってるやつ。あおすじあげは。そう、それがね、地面に五匹くらい止まってた。へー、花とかじゃなくて、地面なんだ。そう、それもね、うちが横通っても全然逃げないで地面にじーっとしてるの。一箇所に、集まって。へー……。うちの前のさ、ヒーラギ植わってるあたり。あー……。子供は白い小さめサイズのマスクを紙ごみ入れに捨て、手を洗いうがいをした。うち今日ちーちゃんとノノと遊ぶ。どこで？　多分校庭、おやつうちで食べてく。じゃあ好きなの、選んで……蝶は意外と汚い、動物の糞とかおしっこにも寄ってくると昔祖母が嫌そうに言っていたことを思い出した。道に落ちている牛やら馬やらのに蝶々が集まってきてびっしりくっついて吸ってるの汁を、蜜みたいに。そばに寄っても逃げないでじーっと。糞が好きなら血も好きかもしれない、地面にじーっと……きもちわるいね。だからって蝶々はご先祖様の乗り物だから粗末にしちゃいけないしねえ。そうなのっ？　うえに、ごせんぞ、のってるのっ？　乗ってるって、乗ってるのかねえ、なんだろうねえ、昔っから……蝶がまつわりついてくることあるでしょ、ああいうの、ご先祖様だって、おばあちゃん子供のころから。迷信だろうけど迷信ならどうでもいいってことにも、こういうの一度そうやって聞いちゃうとなかったことには、なんないじゃない。じゃあ、おじいちゃんがちょうちょにのって、おばあちゃんにあいにきたこと、あるっ？　それはないわ。それはないわ。えっ、なんでっ？　だっておじいちゃんがあたしに挨拶になんて、わざわざ、来るわけがないものいくら死んだって。祖母は真顔だった。こういう小さいことは覚えていたりする、でもその前後なにがあってどうしてそんな話になったのかは思い出せない、ご先祖様が乗っている蝶と糞や血を吸う蝶は別なんだろうが、別に蝶そのものに同化というか憑依しているわけではなくて単に乗り物として乗っているだけならそれがなにをいつ飲食するかまではコントロールできないのかもしれない。馬が道中の草を食べちゃうみたいな、どういう食性の蝶に乗るか選べないかもしれないし……子供はおやつをストックしているボックスから小さい袋のキャラメルコーンを選び、食卓に座ってティッシュを広げそこに中身をあけた。粉こぼさないでよ。うん。子供はティッシュの上でピーナッツをよりわけながら、ねえ、日曜日、神社でお祭りあるの知ってる？　へーお祭り、日曜日、だから明後日？　子供の友達のお母さんからそういう話を前に聞いた。コロナで中止、中止ときて去年は縮小でおみこしなしで屋台だけだったんだけど、今年はほら五類になったからフル開催なんだけど三年あいちゃったからおみこしとかの作法わかる人が子供会とか町内会で減ってて準備めちゃ大変でさー。へー。ミーの友達で、子供みこし担ぐ子もいるでしょ？　子供はうなずいて、多分ルン汰朗とか。あとお父さんが大人みこしの人もいる、頼まれてやらないとなんだって。あーそっからうちは町内会とか子供会、入ってないからそういうのないけど、入ってたらねえ、年齢とかちょうどよかったら声、かかるんだろうねえ。それって、うちがチンタイだからないの？　おっ。どこで覚えてきたのか、チンタイ、まあそうね、持ち家だったら町内会とか入ることになるんじゃないのかなー。このアパートに越してきて四年目になるが、そういうものに入りませんかという打診すら受けたことがない。ふーん、うちがチンタイのアパートだからおみこし呼ばれないんだね。えっミー、おみこしやりたい？　えーやりたくない。子供は顎をつんと上にあげコッ、と音をさせてピーナッツを嚙んだ。子供はいつも最初にピーナッツを全部食べる。うち、ちーちゃんとノノと行くから、お祭り、日曜日。えっ。三人だけで？　そう。約束したし。誰の親もついてこないの？　コッ、コッ、コッ、ピーナッツが好物だから先に食べているのか嫌いだからまとめて処理しているのか、何度か尋ねたがはぐらかされている。もう小四だよ？　遊びについてくる親とかいないから普通。いやでもお祭りはちょっと違うでしょ、なにか買ったりするでしょ。うん、おこづかい持ってく。いくらくらい持ってくつもり？　ハ？　そんなんうちの勝手でしょ！　子供がまっすぐな髪をシャラっと揺らして凄んだ。最近切るのを嫌がって伸ばしている前髪が黒目の真ん中あたりにまできていて見ているだけで煩わしい。ピンでとめるのも嫌がる。私には前、見えてんだから、いいじゃん。いやいやいや他の子達はいくら持ってくるの。え、知らないよそんなの！　でも、金額に差があったら揉めるでしょ。揉めないよそんなもううちら、小四だよ？　どうも小四というのが重要な一つの区分であるらしく、高学年ということなのか十歳ということなのか、やたらと自分はもう子供ではないようなことを言うのでかわいいときはかわいいしかわいくないときはかわいくない。でもねえ。アッ。そろそろ行かなきゃ。サクサクサクッ、とキャラメルコーンをまとめて口に入れて立ち上がりティッシュを丸めてゴミ箱に入れる。丸め方が雑でやっぱり粉やピーナッツの薄皮がパラパラ落ちる。あっ、ほらあ、粉っ。んふー。五時には帰ってよ。マスクも。キッズスマホ持って。自転車の鍵なくさないでよ。ハイハイハイ！　子供が新しいマスクをつけ慌ただしく出ていってから机の上と床の粉をウエットティッシュで拭き、お米を研いでからまた布団に入って熱を測る。平熱、やはり五度目ともなるとこんなものか、少しは熱が出ないとちゃんと免疫がついていないような気もする。お祭り、子供だけで行かせていいものか、買い食い、小学四年生、私が子供のころはお祭りの屋台の食べ物など食べさせてもらえなかった。ばっちい、と母が言い祖母も言った。あんな野晒しみたいに置いてある食べ物なんて。お腹壊したって文句言いに行く先もわからないんだからああいうテキヤみたいな人たちが相手じゃ。子供の目にどれだけその場で焼き上げられるイカ焼きが、てらてらまっ赤なりんごあめやなめらかに茶色く膨らんだベビーカステラがたこ焼きがアメリカンドッグが魅力的に映るかどれを買おうと目移りしながら選ぶのが楽しいか二人は全く理解しないようだった。食べ物じゃなくても、くじ引きとかもダメだった。一等として飾ってあるプレイステーションなんて当たらないのはわかっていたけど、お金の無駄という母と祖母の意見が正しいのもわかっていたけどでもやっぱりやってみたかった。お小遣いと交換に無駄でどうしようもなくゴミになるだけのものを手にしてみたかった。プラスチックのキラキラの指輪、なんか、ぎゅっとするとピュッとなるみたいなカエル、見るからにちゃちな水鉄砲、見た目はすごい本物っぽいモデルガン、古いアニメキャラのトランプ、パネルをぱちぱちずらして絵を完成させるパズルのミッキーマウスは白と黒の印刷がずれて境目に変な赤い筋が入っていて、くまだかうさぎだか猫だか犬だかわからない小さいぬいぐるみは明らかに薄汚れて、そういえばそれこそちょうど小四くらいのころ子供みこしを確か担いだ。親に言われ、地区の集会所に集まるとそこにいた私と同年代から多分中学生くらいまでの子供たちの中にはなぜか近所で比較的親しい顔は見えず、一律声をかけた訳ではなさそうで、でも、ならば一体誰がどういう基準で選んだ面々なのか？　身長？　従順度？　顔が赤くて怖いおじいさんの差配で身長や体格や多分見栄えを考慮して担ぐ配置を指示され、やっぱりあんたが前であんたはあっち、あんたはそのまま、乱暴に肩を摑んであっちこっち動かされた。隣も前も誰も知らない顔の子供、硬い丸い棒の下にいやいや肩を入れて立ち上がる。想像より軽かった。なにが乗っていたのか、あのいわゆるおみこしっぽい小さい家みたいなやつじゃなくて小さい米俵とかなんか樽みたいなものだったような、えっ、軽っと近隣の子供と言い合ってそれでちょっと打ち解けて、でも担いで歩いているうちにやはり肩が痛く重たくなってうんざりした。担いでいる間に顔が赤い怖いおじいさんが歌を歌ったが、全然意味がわからない聞き取れない歌だった。日本語？　と隣の知らない顔に尋ねるとその子も首を傾げてさあ多分？　同い年くらいに見える女の子だが上唇の両脇が産毛で黒かった。歌の合間合間にワッショイワッショイ的な掛け声を言うように指示されたのでそれだけは言った。途中休憩した砂利敷きの駐車場にぐったりしゃがんでいると砂利の隙間にキラっとした青いものがあって拾うと丸い陶器で、小さい、いま思うとあれは風呂場の床などを一面に埋めるとき使うようなモザイクタイルだったが当時はもっと貴重できれいなものに思えた。片面は平らでもう片面には丸みがあって上にガラス質の光沢があり妙においしそうで私はそれを服の裾でよく拭うとこっそり口に入れアメ玉のように舐めながらみこしを担いだ。口の中でカロカロ鳴り唾がたくさん出た。裏側は最初さらさらしていたのに、私の唾が完全に染みこむと舌の表面に吸いつくようにしっとりした。最後到着した神社で参加賞の駄菓子詰め合わせの袋をもらい喜んでいると急に友達に肩を叩かれ声を出そうとしたらひょっと溜まっていた唾ごとそのタイルを飲んでしまって、アッと思ったが吐き出すわけにもいかず友達と神社の境内の裏で隠れて駄菓子を分けた。うちでは駄菓子もあんまり歓迎されなかった。ねーねーなんでおみこしやんなかったのと聞くと友達はうまい棒（私が嫌いなチーズ味）を食べながら午前中は結構、塾で模試、あって。モシかー……。おかーさんがね、いまは大変って思うだろうけど後から楽になるから、いま頑張ったら選択肢が増えるからって、言う、けど、サーア……。その子は中学受験をしてキリスト教系の女子校に合格し系列の女子大を卒業し就職後即結婚し出産し高校生を筆頭に三人子供がいていま第四子を妊娠中だと実家の母から聞いている。その上バリバリ正社員で働いてるのよ新卒でちゃんと育休とれるとこ選んで入ったんだって。ご実家のそばにお家建てて保育園の送り迎えやなんかはおばあちゃんに頼んでアルファード乗ってトイプードル飼ってる。私は新卒の就職がうまく行かず焦ってバカみたいな労働環境のところに入ってしまって心身を病みかけてすぐ辞めて、アルバイト派遣契約フルタイムパートを経ていまや不安定なフリーランス、世帯収入的になんとか暮らせはするが子供をもう一人産むとか持ち家を買うようなことは想像もできない。でも、病みそうな状況で働いていていいことなんてないしそういう転職中に夫に会って結婚して子供だって産めたし日々それなりに楽しくそう悪い人生ではない、常に最高ではないかもだけど最善を選んできた、いやでもなあ、バリバリ正社員で子供が四人実家近くに新居トイプードルという人生を思うと、親の笑顔、トイプードルの手触り、いやいやでもでも、子供が四人いたらインフルエンザワクチンはワンシーズン八回、そんなの私は多分管理できない、これでいいんだ、これでいいんだ、ちょっと寝よう子供が帰ってくるまで、ピロロ、とスマホが鳴って目を開けるとちーちゃんのお母さんからのラインで『こんにちは (yay) (yay) 急にすいません (sweat) (sweat) うちの子が日曜日の11時から神社のお祭りに実里ちゃんもいっしょに行くって約束したらしいけど三家本さん聞いてる (?) (?)』『こんにちはー (music note) うちもさっき聞いてびっくり (sweat) 時間とかも決めてたんですね、どうされます？』『いやー、私は下の子いるから付き添えなくて…… (sorry) (sorry) まあ4年生なら大丈夫かな (?) (?) とも思うので任せてみようかと (hug) (hug) 実里ちゃんにお金持たせる (?) (?) いくらくらいにする (?) (?) うちはとりあえず1000円くらい持たせようかなとは、思ってて (laugh) (laugh)』『ですよね、了解です (thumbs up) うちもそれくらいにしようと思います (OK) あと、ののちゃんも来るらしいんですけど聞いてます？』『のの香ちゃんね (sparkle) (sparkle) いつメンだね (wink) (wink) 今日も遊んでるよね、ホント毎日仲良くしてもらってうれしー (laugh) (laugh)』『こちらこそです (down)』『智花瑠はお昼食べてから神社前に11時集合って言ってたけど、そんな感じで (OK?) (OK?)』『了解です (thumbs up) お昼のこととかまで決めてるとか結構しっかりしてますね (sparkle)』『ホント (wink) (wink) では、なにかあったらまたー (bye) (bye) (bye)』頭が熱くなっている気がして体温を測ったがやはり全然低かった。子供に持たせているキッズスマホの位置情報を取得すると子供を示すアイコンが校庭の真ん中に表示された。

　結局熱は出なかった。腕が少し痛いだけで、それも土曜日の夜には消え去った。日曜日の朝七時ごろ窓の外で煙火が鳴った。早めの昼に残ったカレーを食べている子供にじゃあ一〇〇〇円ね、特別おこづかい、と五百円玉一枚と百円玉五枚を渡した。え、ヤッター、くれるの、なんで？ お祭りだから。えーありがとう、ございます。でも気をつけてよホント、奢ったり奢られたりとかしないでよ。じゃシェアは？ えー……まだ感染症なくなったわけじゃないし回し食べとかはちょっと。や、違くてポテトとか。分けっこ。あーポテトならいいよそういうのなら。ねえミー、お祭り、どんな人がいるかわからないからね、酔ってる人とか、変な人とか、気をつけてよ。ハイハイ。ゴミ変なとこに捨ててこないでよ、こないだ懇談会で公園とかで放課後子供が遊んだ後ゴミ落ちてるって苦情来ましたって先生に言われたから。それうちらじゃないしうちらは捨てないし。わかってるけど、見た目じゃわかんないんだからよその人から見たらちゃんとした子かそうじゃないか。ハイハイハイ。あと串とか危ないから前よく、見て……ハイハイハイ！ 心配だなあ、やっぱりお母さんついていってもいい？ ハ？ ダメに決まってんじゃん、小四だよ？ 子供はいつもより念入りに髪をとかし歯を磨き一枚でオフショルダーの下にタンクトップを重ね着しているように見えるトップスにショートパンツを合わせニーハイ、せっかく大人っぽいのにいつもの水筒を斜めがけにすると途端にやっぱり子供に見える。『おはよー（sunny）（sunny）』あ、ちーちゃんのお母さんからラインだ。えっなに？ 中止じゃないよね？『いよいよお祭りですねー（happy）（happy）今日、いつメンプラス流汰朗くんも行くことになったって（surprising）（surprising）（surprising）私はのの香ちゃん、流汰朗くんの両方連絡先わかるので、なにかあったらいってねー（bye）（bye）（bye）』ねーなんかお祭り、流汰朗くんも来るみたいよ。えええっ！ 子供が叫んでちょっとのけぞった。なんで？ ルン汰朗、今日みこしって言ってたのに！

ふーん、まあなんか予定変わったんじゃない？『お知らせくださりありがとうございます(sparkle)いいお天気でよかったー(sunny)子供達、楽しめるといいですね(hug)』あーまじか、ハイ、じゃあ行ってきまーす。えっもう？　早くない？　いい。歩くし。えっ自転車じゃないの？　今日は神社、チャリいっぱいで置くとこないかもって。あっなるほどね、えー、ほんとお金とか色々気をつけてよ。マスクしてよ消毒持った？　食べる前は指の消毒やってよ。あとトイレも気をつけて、トイレ、どんな人が潜んでるかわかんないからね一人で行かないで個室入る前に気配を、防犯ブザーついてる？　あーもーハイハイハイ！　行ってきます！　おかーさん、ついてこないでよ！　ついてこないでよと言われても心配だし、でも確かに過保護かもしれないとも思う、私は自分がどちらかというと過保護に育てられた自覚があるのでそうはならないようにしようと思いつつどうしてもあれこれ不安になってしまう。スリ、痴漢、盗撮、そういう犯罪だけでなくていわゆる友達同士のいざこざとかすれ違いからかい、小四はまだまだ子供っぽい子と大人びている子との差が激しく、性差もあるし兄姉の有無、属性でくくるのはよくない一人一人の個性を大事にとはそれは思うしわかるけれども、でもやっぱり、自分が子供だったときを思い出したってそういうくくりからは逃れられない。生まれ持った容姿や後天的なスキルだって結局は分類され評価され続けるわけだし、自分だってそういうものでいろんなものを選んで選ばれてきた。自分がなにをするか、なにを選ぶか、自分の意思のようででも誰かに、自分の外にいる、ある、なにかに誰かに否応なく選ばせられていることだってたくさんあって、しかもその選択をいちいち覚えていない。選択したことさえ気づかない。一人でモーニングを食べてくると出かけた夫はまだ帰らない。若夫婦が営む感じがいいカフェのおいしいモーニングだと言うので前に子供とついて行ったことがあるがコーヒーは普通だしトーストは芯がぶよっとして不自然に甘くバターもなんだか変にくどく自家製ジャムはゆるすぎ、わざわざ七〇〇円払う価値があるかというと微妙だった。一人ならまだしも家族三人で行ったら二一〇〇円だしコーヒー色の前掛けにハンチングに胸にコーヒー豆のワンポイント刺繍のシャツを着用した店主夫妻も押しつけがましい感じがしたし。ただ、たまに遅く起きて一人でゆっくりモーニングを食べたいような気持ちはよくわかる。子供ももうパパパパ言ってまとわりつく年齢ではないが、それでもやはり賃貸の狭い部屋に三人いたら、それぞれ別の部屋にいたとしてもそれはやはり決して一人ではない。私は夫を仕事に子供を学校に送り出したらそれは、労働時間ではあるが一人の時間でもある。いい天気だ。お祭り日和だ。キッズスマホの位置情報を取得しようとしていると夫が帰ってきた。ただいま。おかえりー、モーニングおいしかった？　うん。あれ、ミーちゃんは？　お祭り行ったよ、友達と。あー行くって、言ってたね、さっきそれっぽい音楽、祭囃子みたいの聞こえた。僕らも行こうか。いや、ついてくるなって言われたんだけど。別に僕らは僕らで行けばいいじゃない。ミーちゃんのつき添いじゃなくて、僕らでさ。言われてみればそれはそうだ。お祭りとか、久しぶりじゃない。そうだね、ミーが小さいとき、コロナとかもまだないとき、だから引っ越す前か、行ったのが最後？　僕の地元の夏祭りも行ったけど。あーあれは秋祭りじゃなくて盆踊りだったしね、おみこしとかあるようなやつは、久々だね。私昼ビール飲む。飲みなよ飲みなよ。Tシャツはそのままロングカーディガンを羽織り、部屋着のズボンをウエストゴムだが細身のデニムっぽいやつにしちょっと化粧もして帽子、少し前にネット通販で買った銀の合皮の靴をはいた。その靴いいねと夫がいうので安物だよと答えるとそういうのは関係ないよ、似合ってれば、いいんだよ。送料こみで四〇〇〇円くらいの靴が似合うと言われることに屈託を感じてはいけない、もっと安い靴だっていくらでもある。もちろんもっともっと高い靴もある。家を出る。血溜まりのところは本当になにもなかったことになっている。蝶もいない。こうやって夫と並んで歩くのは久々だ。夫が聞いたらしい祭囃子は聞こえないがなんとなく空気が普段よりざわざわしているようにも感じられる。こっちの道から行く？　どっちでもおんなじだけど。ちょっとこっちが、早いでしょ。そうかなどうかな。親子とすれ違った。二人の子供が一つずつ彼らの体半分くらいあるわたあめの袋を持ってボンボン振っている。お祭り帰りだ。ねえあれなんのキャラクターだっけ、わたあめの袋。すれ違い切ってから夫が言ったので振り返って確認しようとしたが後ろからは確認できなかった。わかんない、どんなの？　最近よく見る、猫みたいなウサギみたいなシロクマみたいなハムスターみたいな動物の。かわいい感じの。ふーん、わかんないや。夫が突然立ち止まり、かにだと言った。え？　蟹、蟹、水路の端っこに、ほら、そこ。道の端にある狭い水路の中を指差している。私が一歩踏み出すと夫がああ、と言った。逃げちゃった。奥に、いまの足音で。足音っ？　奥ってどこよ。なんかこの、水路の壁の下になんか奥行きがあるんだよ多分、そこに急にピュッて、引っこんじゃったよ。えー、蟹って小さいやつ？　いや結構大きかったこれくらい。夫が私に拳を見せた。嘘だ、そんな大きいの、こんなとこにいるわけない。だって、いたんだもの。灰色で、なんか全体にモヤモヤッとしたのがついてたよ。でも、見たことないよこんな住宅地の川でそんなの。もう少し行くとやや大きな川がありそこにはサギやカモやウなどが生息している。そっちならまだわかるが、ここはどう見ても水質がいいとは思えない、よくゴミが溜まって腐っているような、水だって薄く濁って夏に臭うような、家と家の間にあるドブと呼んでもいいような。いないったって、いたんだもの。ちらほら、祭り帰りとわかる人々の姿が増えた。りんご飴、フランクフルト、赤白縞模様の紙袋はベビーカステラかなにかだろう。銀色のぺなぺなの剣を持った子供、ディズニーキャラクターが印刷された、大きなビニール製のハンマーを抱えている子供もいる。浮き輪のような素材で、つるんとした表面にドナルドダックとデイジーが寄り添っている。十五センチくらいの高さのプーさんとピグレットの抱っこ風船を腕に抱きつかせている若いカップルもいた。うっすら日本酒のにおいがした。一度だけ家族で行った小さい中華料理屋がなくなって砂利敷きの駐車場になっている。えー、いつの間に。私が立ち止まると夫がなんだっけと言った。いや、ほら、なんか昔ながらみたいな、なんとか飯店かなんとか軒みたいな感じの赤いのれんの中華屋さんが、あったじゃない。一回行ってさ、なんか全然混んでないのにやたら料理遅くて、ミーが飽きちゃって、そしたらやっと、餃子だけポツンって出てきて……あああったね。夫がうなずいた。いまあいう個人の店は厳しいよねいろいろ。まあ、おじいちゃんおばあちゃんがやってる感じだったし年齢かもよ。いや、若い人もいたよ若奥さんとかかと思ってたけど……バイトじゃない？　灰色や黒の砂利の中に、車か自転車のライトのカバーのかけららしい鋭く赤いものがいくつもまじって光っていた。ようやくあたりに祭囃子らしき音楽も聞こえ出した。ざわざわした人の声も近づいてくる。今日はなんの屋台あるかな、こんにゃくルーレットあるかな、僕あれが一番好きだったんだけど。こんにゃく、ルーレット？　なんそれ？　やっぱり知らない？　地元だと定番だったんだけど赤い木でできたルーレットがあって、そこに、大中小特って白いペンキで書いてあって。ルーレット回して、小だと五本、中だと八本、大だと十本、で、特だと十五本、もらえるの。なにを？　だからこんにゃくを。こんにゃく？　串刺しのこんにゃく。でかいおでん鍋みたいのに串になみなみっと刺した三角形の薄っぺらいこんにゃくがこういっぱい煮てあって。それをオバチャンが当たった本数出して、たこ焼き載せるみたいなやつに載せて、上から茶色い、あれなんだろ、味噌？　甘辛いタレをかけてくれるのがうまくてさー。子供がそんなこんにゃく食べておいしいの？　夫は別にそんなにこんにゃくが好きではないはずだ。おでんだって、勧めなかったらこんにゃくは食べないし勧めても食べないこともある。夫はうきうきと、やー、おいしいんだよ、タレが甘いからオヤツみたいでさ。あったかいし。あと、一回二〇〇円だったかな？　それで、最低でも五本食べれるからなんかすごいお得感があって。最初受け取って食べたらすごい熱いのに、薄いからどんどん冷めて最後は逆に歯に染みるくらい冷たくなって。まずそう。いやそれがおいしいんだよまた。ざわざわした空気から突然笛の音がするどく分離して鳴り響いた。男性の声がした。ワッショイ、ワッショイッ！　高い音、金属を打ち合わせる音、太鼓、オーっというようなどよめき、四つ辻の一方から赤い塊がやってきた。おみこし、赤いハッピを着た男性たちが掛け声を掛けながらこちらに向かってくる。ワッショイ、ワッショイッ！　太い棒を肩に載せて、赤いハッピ白い肌着白い太いズボン黒い地下足袋。おみこしだっ。夫が小さく叫んだ。道の両脇にはたくさんの人が立って彼らに拍手をしていた。夫も道沿いに避けて拍手をし始めた。先頭を歩いていた、みこしを担いでいない一人のハッピのおじいさんが大きな声で歌った。初めて聞く気がするが懐かしくもある節回しで、歌と普通の発話の中間のような、ちょっと子供のときのおみこしのあの歌に似ている、めでたーやーァあナッ！　声の切れ目にヨイヨイ、エイッ！　というようなことをみこしを担いでいる人々が声を合わせて叫んだ。歌っているおじいさんは大きな白い扇子を持ち、軽く片足を引きずっていた。担ぎ手はお年寄りからうちの夫くらい、高校生くらいに見える人もいた。顔が赤い人もいる。運動した上気以上に、どうも酒を飲んでいるらしい濁った赤さだった。老人も中年も髪を金色に染め耳にいくつも黒いごついピアスをした人も、足の先から脚、腰にいたる筋肉の動きがそのまま一人一人合わさってみこしが持ち上がり持ち上がり前に進み、ヨイヨイ、エイッ！　汗、酒のにおい、拍手、歓声、ワッショイ、ワッショイッ、私は急に、去年偶然初めて見かけたデモのことを思い出した。繁華街を、あれは何人くらいいたのだろう百人とかいたのだろうか、買い物やデートを楽しんでいる人混みの中を警察官に守られながら色とりどりの横断幕や幟を持った人々が現政権政治への異議申し立てをシュプレヒコールとして発しながら歩いていく。老人が多かったが中年の人もいて、若い人は数える程、異様な光景だった。横断幕も幟も彼らの声も全て意味がある明らかな日本語だったのに道ゆく人の多くは彼らを聞かず見てもいなかった。聞かないように見ないようにしているのではなく、大半が本当に聞いていない見ていないように見えた。デモの人々の声はバラバラだった。空に突き上げる拳もバラバラだった。同じ文字列を口にしていてもそれが一つの同じことを言っているものだと思えなかった。意味はわかるのに、逆に意味があるからこそ一つに聞こえなかったのではないか、拍手なんて起こりようがなかった、それに比べて、ワッショイッ！　あ、三家本さん！　見ると子供の同級生のお母さんがこちらに手を振っていた。あっ、東さん、こんにちはー。東さんは灰色のワンピースの上に赤いハッピを着て、赤白だんだらの紐で飾られた台車を押している。東さんは立ち止まり夫に会釈をしてからあっ、こないだ、載ってたでしょー？　うちの母が読んだって言ってた、すごいわねえって。いやー、ははは。今度うちの子に作文、教えてやって！　いやいやー、はははは、とんでもない。これお酒ですか。夫が言った。東さんが押す台車の上にはこれも紅白紐で飾られた酒樽が置いてある。小さい柄杓もある。エッ、あ、これ、お酒なの？　そうそう、お酒屋さんが寄進してくれるの、旦那さん、ちょっと飲みます？　いやいや僕は。この人ほぼ下戸で。えーっそうなの、見えなーい、こっちはみんな、休憩のたびに飲むからもうベロッベロよー！　東さんは私にはお酒を勧めてくれなかった。女人禁制の酒なのかもしれない。お祭りだからある程度そういう風習があっても仕方がない。おみこしを担いでいるのも全員男性だ。ネッ、うちの旦那もみこし、担いでるの見た？　あっそうなんだ、気づかなかった！　人手足んないって急に駆り出されてさー、前の方の横っちょにいた、メガネのビール腹のがウチの。もう明日絶対筋肉痛！　彼女は口を開けて笑った。でもみなさんすごく、息が合ってたね、おみこし、なんかすごかった。そうお？　三年？　四年？　ぶりだからみんなもうウロウロで、掛け声だけ習ってどうなるもんだろうと思ってたけどまあさまになるもんだよねーやっぱりＤＮＡに組みこまれてる、ニッポンの、祭りの、なんていうのパワーッ？　はははー。でもうちの子らは子供みこしやらないって、せっかく誘われたのに。東さんは肩をすくめた。耳から下げた大きな飾りが光った。来年はミノリちゃんも担いでよー、そしたらうちの子も多分、やるって言うと思う！　あ、うちは子供会とか入ってないから。あーぜーんぜん！　子供会とか入ってない子もいるよ、友達同士で来たりとかね。なんとなく誰かが顔知ってる子なら、ぜーんぜん大丈夫。ウエルカムー！　子供みこしはもう多分神社に戻って解散してると思うんだけど、大人みこしはもう少しだけこのへん、回んなきゃなの。お酒も回るぅ！　えっ、もしかして東さんも飲んでる？　やーだー、あたしはー、ちょーっとだけ！　アハハ！　ハハ！　あみだくじみたいに、道にあたると曲がって曲がってまた曲がって町内中動いてくの。酔っ払い集団だからなんか気づいたら同じとこぐるぐるしそう。えー大変。ね！　まー最後はどうやったって神社なんだけどねー、あ、じゃーねー！　はーいおつかれさまでーす。ワッショイ、ワッショイッ！　みこし一行はなるほど、神社に行くなら直進すべきところを曲がっていった。私はその後ろ姿を撮影したがすでに遠ざかっていてなにがなんだかよくわからなかった。

カレーを食べて家を出て待ち合わせ神社に行く途中、道を曲がるといきなり赤いハッピを着た人がたくさんいたのでびっくりした。頭に白いハチマキを巻いている。おじさん、少し先の地面には白い木の台の上におみこしが置いてある。秋祭りのおみこしだ。立っているのは大人の男の人ばかりだった。うちのお父さんくらい、もっと年取っている人もいる。ハッピを着ている人も座っている人もしゃべっている人も黙っている人もいた。ドバッハッハッハ！　悪役みたいな笑い声が聞こえた。え、ここ通りたいんですけど。そんなに広い道じゃなくて、ハッピの人とこのおみこし、なんか金の飾りとか赤い布とかついていて結構大きいやつの間を通っていいのかよくわからなかった。私がこうして立っているのも見えていると思うっていうか目もちょっと合ったりしているのに、無視、通っていいよとかもないし逆に通れないよごめんねとかもないし、え、なんか怖、私は曲がるつもりだった角をやめてまっすぐ先に進んだ。次の角で曲がればいい。別に全然急いでない、無駄に家を早く出た。いてもたってもいられなかった。なんでルン汰朗も来ることになったんだろうだってルン汰朗おみこしかつぐって言ってたのに。おみこしっていってもいまのは大人のおみこしでルン汰朗がかつぐはずだったのは子供みこしだ。子供会のやつ。チルっ子はルン汰朗推しで（好きじゃなくて推しね、と念を押してくる）ノノは結構ガチ目で（なんも言わないけど見てたらわかる）、ルン汰朗はバカじゃないけどガキだからそういうのがまだわからなくて、間に入って私はめんどくさいめんどいくさい。別にノノとチルっ子は仲悪いわけじゃなくてむしろ全然いいのに、そこに想像とかうわさ話じゃない、本物のルン汰朗が入るといきなりめんどくさくなる。しかもなんでかわかんないけどチルっ子は実はミノリもルン汰朗好きっぽくない？　みたいなことを前に別のグループでしゃべってってたまたま聞こえてハ？　だったし、でも言い返すともっとめんどくさそうだったから聞いてないフリで、だから女子三人がよかったのに誰がさそったのかルン汰朗。どうしたんだよみこしをかつげよ。あっれーみかもとー？　声がして振り向くとチャリに乗ったまさにルン汰朗がいた。あっ。いまから神社ー？　なんでチャリ乗ってねーの？　歩いてもすぐだし。あーね。ルン汰朗はうなずいてシャッと音を立てて黒いチャリから降りて押しながら歩き出した。先に行っていいよチャリで。んーん、まあいいじゃんいっしょ行こーやーおれも早いと、思ってたし。こういうとこ、こういうとこがルン汰朗。ねー、おみこしかつぐんじゃなかったの？　歩きながら聞くとチャリを押すルン汰朗はいやー、なんかだめなんだって。なんでよ。なんかさ、ヨッシーかつぐからおれもって思ってそう言ってたんだけど、なんかヨッシーはいいけどおれはダメなんだって今年は。なんで、え、もしかしてルン汰朗もチンタイ？　え？　チンタイｉｓなに？　あ、知らんならいい、知らんならいい。いやでも、前にここルン汰朗んちーとチルっ子が教えてくれたのは（なんで知ってんのキモ、と思ったけどよく考えたらチルっ子とルン汰朗は幼稚園から一緒なのだ。よく遊びに行ったり来たり、してたんだって）うちみたいアパートじゃなかった。ちゃんと家だった。大きい家で、駐車場も広くてちゃんとした庭もあった。春で、庭にはなんとさくらんぼなってた。緑の木に赤い実がいっぱい、さくらんぼじゃん！　と言うとチルっ子はえーうそあれさくらんぼー？　売ってるのと違くない？　でもあれさくらんぼだよ葉っぱが桜だし。えーそーなんだミーものしりーと言われたけど逆にあれがさくらんぼじゃなかったらなにに見えるのか聞きたい。よく遊び行ってたんでしょ、食べたことないの？　ないないなーい！　あ、そーいえば春にはお花見したことあるよ、あの木の下で。じゃあだから桜なんじゃん。ルン汰朗ママがマドレーヌ作ってくれてさ、ルンマママドレーヌ激うまだよ。るんまままどれーぬ。るんまままどれーぬ。早口言葉じゃん！　なんか上がサクッとしてて中ふんわりでルンママはさー、ドジっ子なんだけどお菓子は、お菓子だけは上手なんだよねー。マウントかよ、マウントなのかよ、でもノノは普通の顔でマドレーヌーヌーヌーと歌って、マドレーヌisなに？　それルン汰朗がよく言うやつ！　知ってるでしょわかるだろ焼き菓子だよ焼き菓子。なんか丸いのとか貝の形とかのやつでお土産の焼き菓子詰め合わせとかに入ってるやつ！　めんどくさい。なーなーこっちの、川の方から行こうぜ！　ルン汰朗は言って道を曲がった。神社は川の横の道を通っても行けるけど少し遠回りになる。えーなんでよ。おれさーこないだ川ですげえの見たの。すっげえの。なに？　川にさ、鳥いるじゃん、サギとかカモとか。うん。でさ、その鳥がさ。わーって集まっててさ、神社の前らへんに。白いのとさ、あの、黒い鳥なにかわかる？　カモじゃないやつ。あー、黒いのは、ウっしょ。ウカイするやつ。えっ、ウカイisなに？　ウをしつけてさあ、ひもつけて川に入れて魚とらせて丸飲みさせて、人間が引っ張り上げて吐き出させるの。ゲッ。そうやって魚とるんだよ。え、鳥が食った魚吐き出さして、そんでそれ人間が、食うの？　そうじゃない？　きもっ。きもいよね。それうまいの？　食えんの？　知らん、けど食べないんならそんなんするのムダじゃない？　えー。じゃあここの川のもそんなんするんかな。ここのは野生だから大丈夫じゃない？　うーん。じゃあつかまらんようにしないとあぶねーね。きもいことさせられんね。そだね。細い、車は通れない橋を渡って川沿いの歩道に出る。草がいっぱい生えていて、雨の後とか水がもっと多くて濁って見えるときもあるけど今日は結構きれいに透明に見える。土手にピンクやオレンジのコスモスが咲いている。すすきがしゃらしゃらしている。え、で、鳥がどうしたの？　あーだから、そう、白いのと黒いのと、だからサギとウ、がさ、川にさ、すげーわーっていっぱい集まって。ケンカ？じゃない、多分、なんか、ただわーっていっぱいいて、魚とったり多分。百匹くらいいた。ひゃっぴき!?　いや、もちょっと少ないかも。でも十匹はいた。十匹と百匹だったら十倍違うじゃん。ルン汰朗は川の方を見た。私も見た。すうっと、白くて大きなサギが向こうから飛んできてふっと水に立った。足が黒かった。飛んでいるときと止まったときで全然大きさが違って見える。十匹よりはもっと多い、なんか、一クラス分くらい？　集まって、どんどん飛んでくるしどっかから。ここにこんないっぱい鳥、いたんだなーと思って。知らなかっただけで。遠くから、きたのかな。でかいのもいたし小さいのもいたし黒いのも。あ、知ってる？　私は言った。サギさ、足が黒いのと、黄色いのが、いるんだよ。細長いとこじゃなくて、下の、地面についてるところの色が、違うの。そう言ってすぐ超どうでもいいことを言ってしまったと思ったがルン汰朗はへー！　みかもと、物知りだな！　サギがこちらに顔を向けた。逃げるかなと思ったがサギはそのままじっとこちらを見続けていた。川沿いに、ピンクの建物が見えた。保育園、今日は日曜だから誰もいないが私が通っていたところだ。ルン汰朗もチルっ子も幼稚園出身だし、ノノもそれとは別のちょっと遠いバスで通う幼稚園で、クラスの半分くらいこの保育園出身者だけどいま仲がいい子はあまりいない。保育園のときはよくこの川沿いの道を散歩した。ひよこ組のときはお散歩カーに乗って（それは覚えてはないですけど）、もも組とかになってからは手をつないで歩いて、先生が指差してコスモスですねとかすすきですねとか言って、鳥のこともそのとき習った。白いのがサギ、あっ、ウもいるねー、黒いのはウだよ。昔はいなかったけどねえ、あんな鳥。最近よく見ますよねー先生同士で言い合ってうなずいて、それでねー、先生ね、ここで青くてとってもきれいな鳥さん、見たことがあるの。カワセミっていうんだけどね。しってる！　と誰かが声を上げげた。私だった。なんかあのころの私は調子に乗っていてそういう、本で読んだとかテレビで見たとかそういうことをすぐ大声で言うクセがあった。かわせみは、せいりゅうのほうせき！　わーすごい、ミノリちゃんよく知ってるね。そう、きれいな水の川のそばに住んでいる、小さい鳥さんなんだけど、先生毎日この川の道を通って保育園に来るけれど、一回だけ、見たことあります。本当にキラキラ青くて、とってもきれいだった。今日はいるかなー？　見られたらちょう、ラッキーだね。それから毎回散歩のたびにみんなでその鳥を探したが一回も見なかった。うそつきリノが見たと言い張ったことがあったけど誰も信じなかった（先生さえ信じていなかった）。ここさーカワセミとかもいるらしいよ、青くて超きれいな鳥。えーまじ？　見たい。うちも見たことないけど、保育園のせんせーが、見たって言ってた、一回だけ。すごい確率だと思う。おれもここの保育園がよかったなー近いし。あ、あれがウ？　ルン汰朗が指差した。ルン汰朗は手足が長い。あーそう多分。黒い、けどまっ黒というにはちょっと茶色いところがある鳥が、川の中の小さい島みたいなところの上で羽を広げていた。けっこうでかい。サギみたいに脚が長くなくて、広げた羽の先がちょっと下向きに曲がっていてあれみたい、着物の人がどうお？　みたいにポーズつけてるみたいなそういう形、でもクチバシは太くて長くて顔はまぬけな感じだなと思っていたら首をきゅっと捻るように動かして私を見て羽をパタパタ動かしてまた広げた。こないだうちのひーばーちゃんが死んだんだけどさあ。ほえ？　ルン汰朗の顔を見ると別に悲しそうでもなくて普通だった。ひいばあちゃんいたの？　そー、すげえよ、九十六歳。長生きじゃね？だねーすごい。私にはそんな人はいない。おじいちゃんとおばあちゃんが二人ずついるだけだ。片方は少し遠くに、もう片方は結構遠くに住んでいる。そのとき、悲しかった？　んーまー、起きたら死んだって言われてびっくりしてかーさんとかは泣いてた。学校行こうとしたら今日休んでいいって言われて休んだ、三日とか。葬式とかあって。ヤキバとか。そっかー。こういうときに言う言い方があるんだったけどなんだっけと思って言いそびれた。おつかれさまですみたいなそういうやつ。おれのひーばーちゃんここにずっと住んでてさ、この川がさ、昔台風があって溢れそうになったことがあるんだって。えーありそう。でさ、ひーばーちゃんがまだ若いとき、子供だったかも、わかんないけど、台風が終わって、川もギリ溢れんくて、片づけとかしてて、川のそばにきたらさ、なんかよくわかんない黒いのが上から流れてきたんだって。黒いの？　動物、黒い、最初遠くで小さく見えたから猫か、山の猿とかかなって思って、でも近づいたらすごいでかいんだって。でかいんだ。そ、牛かと思って違って、熊でもなくてなんか猪とかでもなくてなんかよくわかんないんだって。水がさ、もう上の、この辺まで、ルン汰朗はチャリを律儀に一度スタンドで立ててから土手のきわのところにしゃがみ、腕を伸ばして草がわさわさ生えている土手の途中のあたりを示した。このへんまで泥水がきてて。いまの水の高さより何倍も高い。だからその流れてる動物もなんかすごく近く見えて、でもやっぱなんかわかんないんだって。ルン汰朗は立ち上がるとチャリのスタンドを跳ね上げてまた歩き出した。後ろから誰か来ている気がして振り向いたけど見渡す限り誰もいなかった。お祭りをしているなんて全然気配もしない。小さいオレンジの星みたいな形の花が土手の草の間にチカチカ見えた。あれの名前は習ってないなと思った。で、上からわーっと流れてきて、鼻息がブワってて。え。それ、生きてんの？　動物生きて流れてんの？　ルン汰朗は大きくうなずいてそうだよ、生きてんの！　生きてて、白目んとこが赤く充血してんだって、で、めっちゃひーばーちゃん見てくるんだって。見てくる？　そう、流されながらじーっと、ひーばーちゃん超怖かったって。しかもそれ、見てたのひーばーちゃんだけで誰もそんなの、見てないしありえないみたいに言われて信じてもらえなかったんだって。えーかわいそう。コワ。なんなんだろうねそれ。ひーばーちゃんはマジで、マジでそれ怖かったって、おれも何回か夢見た。おれが川、流されててそういうわけわかんないのが後ろから流れてきてどんどん追いつかれそうになる夢。怖い夢だね。悪夢だよ。あ・く・む！　そういやさ、クラスのタカナシとイノさんさ、今日神社で踊るらしいよ。え、ダンス？　なんか十歳の女子が四人、選ばれて神社で踊るしきたり？　があるんだって、着物着て、毎年。へー。みかもとはそういうのやんないの？　やんないのって。そういうしきたり？　儀式？　があることも私は知らなかった。え、そうなん、おれ女子ん中でやりたい人が立候補とかして選ばれたのかと思ってた。チカはめんどいからやんないっつってたし。ううん全然、私は知らなかったもん。もしかしたらこれもチンタイだからダメだったのかもしれない。チルっ子の家もやっぱりちゃんと普通に庭がある家だ。そっかー、あ、この川んとこ、昔は春とか菜の花でいっぱいだったらしいよそれもひーばーちゃん言ってた。へー。全部まっ黄色になってたって。カメラマンがいっぱい来てた時期もあったって。そういうの保育園で見た？　んー、ちょっとは菜の花も咲いてた、かもだけどいっぱいじゃないかも。けっこーいろいろ、違ってるんだなー。だね。あーでも祭り楽しみ。なに食うか決めた？　わかんない、なに売ってるかわかんないし。なー、おれ絶対イカ焼き食いたい。イカおいしいよね私も大好き。おれくじもやりたい。前は一等Ｓｗｉｔｃｈだったけどおれ持ってるしな。当たったら、売ればいいじゃん、ってか当たんないよ一位は。かなー。でもなんか、やりたくなるよなくじって。そう？　うちは結構、くじとかよりちゃんとなにか、買いたいかな、自分で選びたい。おーそっかー。ルン汰朗が腕を持ち上げておでこのあたりをカリッとかいた。その腕を見て私がギャッと言った。ルン汰朗！　うで、うで！　えー？　ルン汰朗が腕時計を見るときみたいに腕を曲げて見てやっぱりギャッと言った。なんこれ？　えーやばい、なにやってんの。長そでの表面に、アルファベットのBをつなげたみたいな形の平たい草の実がびっしりくっついていた。ひっつき虫じゃん！　虫っ？　いや虫じゃなくて種だけど、わーすご、いっぱい！　ひっつき虫には何種類か、もっと大きくてトゲトゲの実っぽい形のオナモミとか、ホチキスの芯みたいなアメリカナントカ草とかみたいなやつもあって、保育園で秋にくっつき虫遊びをしたりして、これはそういうやつで一番くっついたら取れにくい、なんていったかな、ナントカナントカみたいな名前の、私は手を出してそれを一つ引っ張った。マジックテープをはがすみたいな感触があって、取れるはすぐ取れるんだけど数が多いからこれ全部取るの大変、何十個もくっついているから何十回もつまんで引っ張らないといけない、私は笑った。あーさっき、水の高さ言ったときかー。ルン汰朗も笑った。やベー親に怒られる！　アハハ、待って、取ってあげるから。いや自分で取るし。大変でしょ、一緒にやろ。ルン汰朗はまたチャリをスタンドで立て、私はルン汰朗の腕のひっつき虫を一つずつ引っ張った。腕にさわるとルン汰朗のなんかにおいがした。ルン汰朗の爪は短くてはがすのがちょっと大変そうだった。ルン汰朗、お昼カレーだった？　え、うそ、うん。カレーのにおいした。えーなんかはず、みかもとは？　え、うちも実は、カレー。ルン汰朗が私の目を見た。えーまじ？　一緒じゃん！　しかも三日目のカレー。え、うちもうちも。三日目。えー！　親、めっちゃカレー作るよね。作る作る。ルン汰朗が、はがしたひっつき虫を適当に投げたらそれが今度はルン汰朗のズボンにくっついたりして、っていうかズボンにもいっぱいついてんじゃん！　二人でゲラゲラ笑いながらそれも取っているともう約束の時間ギリギリになっていた。やべっ。走ろう。神社はもう見えている。鳥居が見える。なんとなくお祭りっぽい音楽も聞こえてきた。二人乗り、する？　おれしたことないけど多分みかもとだったら大丈夫。ダメっしょ、危ないし見つかったらやばいよ。チャリで先行っていいよ。えーでも、アッ！　ルン汰朗が急に叫んで川を指差した。キラッと、青いものが動いた。高いところから水面に落ちるように、そしてまたすぐふわっと浮き上がって空に、カワセミ！　それは鳥の形というかなにか目に映ったただの光みたいに、光だけみたいに、青くて速くて、そして川の表面の光が動くのに混じるみたいに急に消えて、でも確かに見えた。見たよな！　見た！　すげー！　すげー！　おれいまの、一人で見たらまぼろしだと思ったかも。見間違いだと思ったかも。そうだねうちも。私たちは笑いながら神社に向かった。私はなにかすごく大切なものに選ばれたような気がした。ルン汰朗が両腕で押す自転車がサーサー鳴った。私は自分の服にもひっつき虫が一粒くっついているのに気づいたがあえて取らないにした。

声が遠ざかるにつれ、一人一人というより一塊に見えるハッピも肌も赤い男たちの姿が遠ざかるにつれ、日本酒のにおいが薄れていっても消えはしないでいるにつれ、意味がない自分たちが選んだのではない掛け声だからこそ彼らはああやって一つになれるのだと思った。夫がねえねえ僕あそこに混じったら変だよねえと言った。混じりたいの？　いやそうじゃなくて、なんか、僕が入ったら浮くだろうなって。そうでもないんじゃない、ハッピきてハチマキ巻いて掛け声したら多分、少なくとも外目にはそれっぽくなるんじゃない。そうかなあ多分ならないと思うなあ。まあ呼ばれないよ、大丈夫。神社にはものすごくたくさん人がいた。初詣に来たことはあったが、こんなに人がいるのは見たことがない。というか、この町内にこんなに人がいるのかというくらい、子供子供若者若者老人子供子供老人中年老人、そう広くないはずの境内の周囲に沿うようにびっしりと屋台、社殿の賽銭箱のところには長い列が出来、人人人、マスク率は極めて低いがもう仕方がない。自衛するしかない。私の子供を目で探すが似た背格好の子がたくさんいてよくわからない。こういうときは顔貌じゃなくて着ていた服とか持ち物を検索するみたいに見る、白ベースに、肩にチラッと見えるのが黒、リュックは薄紫、目立たない。もっとまっ赤とかまっ黄色みたいな服とか着せればよかった持ってないけど。すごい人だねー！　夫が言った。なに食べる？　まず参拝する？　いやいやいや、ねえミーどこにいる？　え、なんで？　なんでって、別に会わなくてもいいけどいないと心配じゃない。ふーん、まあでも、どこかにいるよ。アッラーお元気！　腕に白いマルチーズを抱いたおばあさんが甲高い声でおばあさんに話しかけ、話しかけられたおばあさんも、アッラーお元気！　ウウン元気じゃないのないの！　もー、あっちこっち、ダーメダメ！　アタシもヨォ！　やっぱり、こんにゃくルーレットないな。多分それすごいローカルな屋台だよ見たことも聞いたこともないもん。イカ焼き、チョコバナナ、くじびきポテトからあげはし巻き、いろいろな屋台、どの屋台も、赤や黄色の派手な看板というかテント幕を張り、赤白の提灯を下げている店もある。たくさんの人々が店の前に並んだり取り巻いたり飲食、歓談、だめ、わたあめはだめべたべたになるからだめ別の選んで。えーうっそユッキュンじゃん超久しぶりげんきー？　げんきげんきげんきえ、もしかして彼氏？　イカ焼き大？　小？　からくじー、なし！　からくじなしだよー。二箇所あるくじの屋台はやはり人気で、片方は招き猫の絵がついた幕を張ってゲームやおもちゃを並べ、もう一つはさっきも見た空気で膨らませるディズニーキャラばかりが景品になっているらしい。特賞、とリボンがついているのは大きな赤いビニール生地に、人差し指をこちらに突き出しもう片方の手を腰に当てて片目をつぶっているシルクハットのミッキーがプリントしてある。一・二メートルくらいある。子供はいない。ぜってー一等、当てる！　娘から聞いてびっくりよまだ若いのに救急車で心臓を。そんなのお金足りなくない？　ヤッ！　ヤダッ！　正しい系の人になっちゃってさードン引き。もういっかい！　運が悪かったと思ってマーせいぜい、ゆっくり休んで。ちっちゃい巫女さんかわいいかわいい。いや辞めたもうサッカーはもう。えーそうよハズレ嫁もハズレ、大ハズレよォ。次合格したらおれ、一人だけ選抜、クロボウシ。全部カメムシがダメにしやがる今年は見境なくどれもこれも全部。じゃ内輪で全部、決めちゃってたってことっ？　社殿からプワー、というような雅楽っぽい音が聞こえる。大きなしめ縄にまっ白い紙の飾りがぶら下がっている。緑の榊が盛大に飾ってある。その奥で、社殿の中で、キラキラした飾りをつけた巫女装束の女の子たちが鈴を鳴らしているのがチラッと見えた。シャンシャン、シャンシャン、遠くからヨイヨイ、ソコセッ！　おみこしの声が近づきつつある。うつぞ！　子供が甲高い声で鋭く叫んだ。手に黒いモデルガンを構えている。ボーリョク、ハンターイ！　え、ミー、いなくない？　んー、見当たらないね。裏かな？あ、あれ。私は手水舎の裏に見覚えのある艶のある黒いリュックサックを見つけた。薄ピンクのパイピング、長いさらさらの髪、あれ、ちーちゃんだ、ののちゃんもいる。ツノのように頭の上に二つお団子を作って、二人とも手に赤い大きなリンゴあめを持ってくすくす笑いながら肩を寄せている。その隣に長袖のTシャツを着た男の子、私の子供はいない。えっ、私はスマホで慌てて子供の位置情報を見る。『通信中　通信状況によって1分ほどかかる場合があります』焼きそばがないなあ。夫が呑気に言った。たこ焼きはあるけど。いやそんな、いま。ちーちゃんが笑いながらなにか言った。男の子がちーちゃんにどつかれてへらへら笑った。手に、イカ焼きらしき赤黒いべろっとしたものの串を持っている。ののちゃんがなにか言った。くるくる回っていた通信中の輪っかが止まり、私の子供が神社の中にいることが示された。社殿がこっち、隣の社務所がこっち側で、川の方角がこっち、だからあっちの……そんなに精度が高いとは思えないが少なくとも間違いなく神社の中に、こちらの、ええと、ねえちょっと、ちょっとあっち、見てくるから私。え？　うんわかった。私は社殿の裏手に向かった。社殿と社務所の間の一・五メートルくらいの空間にブルーシートが差し渡され、その上を、社殿の横にある出入り口から頭に金色のしゃらしゃらした飾りがついた冠をかぶり朱赤の袴をはいた女の子たちが出てきて歩いて社務所に入って行った。喧騒がすうっと奥におさまっていき、白い足袋がブルーシートの上で擦れるスッスッという音が聞こえた。その向こうに、薄紫のリュックサックが、私は走って社務所を回りこんだ。ビニールミッキーマウスを抱いた中学生くらいの子供にぶつかりそうになって舌打ちを鳴らされた。あー感じ、わるー！　だっていまババーが。死ねや。私の子供は社殿の裏にある古そうな石碑にもたれかかるようにして一人でうつむいていた。泣いて、わからない、こちらから顔は見えない、一人で、片足のつま先を地面に突き立ててぐりぐり擦っている。社殿の裏手にはたくさん背の高い木が生えていて薄暗い。一番暗いところを選ぶように若いあるいは幼い男女らしき二人組が寄り添って座っている。地面に赤と白の縞模様の紙カップが潰れフライドポテトが散らばっている。チョコバナナがつぶれて溶けている。アメリカンドッグからソーセージが飛び出している。黒い水溜りの真ん中に逆さになったかき氷カップが落ちている。境内の表側でパンッと大きな音が聞こえた。はっと子供が顔を上げてこちらを見た。私は咄嗟に社務所の建物に隠れた。スマホが鳴った。夫から、あのさあ。まず唐揚げ買おうと思うんだけど大と小があってね、大が八つで。いや。あの、ねえ、ミーが。私は小声で答えた。子供は私に気づかなかったのかまたあっちを向いてうつむいた。一瞬見えた頬が赤かったような気がするが泣いていたかはわからない。あのね、友達とお祭り来てるはずの実里が神社の裏側で一人でいるんだけど。へえ？　はぐれたのかな？　いやはぐれるって、普通にさっき、友達の子らいたじゃんあっちに。そういうんじゃないよ。……いじめ？　いやいきなりそんな、わかんないけどでも、少なくとも、楽しそうじゃ、ないかもしれない。声かけようか。それは……やめたげようよ。でも。そういうの、親に知られたくないかもしれないよ。ああでも……。わかった、じゃあさ、まず僕らが家に帰ろうよ。それで、用事ができたからもし早く帰ってこれたらおいで、ってメールしてさ。で、もし帰ってきたらなんか、ちょっとどっか遠めのところに行っておいしいものでも食べようよなんか理由つけてさ。えーそんな。反論したかったが、それはなにか違うと思ったが、でもいい反論が思いつかなかった。そう……。ね！　そうしよう。私は電話を切った。オオッとどよめきが聞こえて波のように、見ると神社の前にみこしが到着し肌もハッピも赤い男たちがワッショイ、ワッショイッ！　叫びながら石段を転げ落ちるような勢いで、オオオッ！　人々がさああっとおみこしのために場所をあけた。ちーちゃんとののちゃんと流汰朗くんが立ち上がって目を輝かせて拍手していた。女の子二人の唇と目がつやつや赤く光った。私と夫は別の出口から神社を出た。そして小走りに家に戻った。何度も子供の位置情報を出した。子供は動かなかった。家についたのと同時に私は子供にメッセージを送った。

帰ってきた子供はただいま！　と言った。そしてねーねーおかーさん。明るい声だった。普段の子供の帰宅後の第一声の高さを私はもしかして全然思い出せない。明るすぎる、普通すぎる、わからない、わたしね。私はリビングに入ってくる子供を見た。夫がどこを見ているかは知らなかった。さっき慌てて開け放ったベランダの窓から風と陽光が入ってくる。子供は目を輝かせて、今日ね、川で、すごいきれいカワセミを見たよ。かわせみ……？　そう、青い鳥、川で。すごくすごく、きれいだった。かわせみ……私は子供の目を見た。子供は私の口あたりを多分見ていた。アッみいちゃんおかえりっ、ねえねえ！　夫が大声で言いながら部屋に入ってきた。ねえみいちゃんとママ！　パパとパフェにつきあってくれない？　子供がぱふぇ、と言った。頬が赤くなりその赤さが目の方まで延伸し、私は夫を睨んだが夫はスマホしか見ていない。ロイホのさあ！　栗のさあ！　限定のっ、いま、パフェがね！　お父さんクーポンもらって割引なの今日までだったの、忘れてた！　パフェ……呟く子供の目にじわじわ涙が浮かびせり上がり、でも落ちない、私は子供を見て、なにを言うか、言わないか、尋ねる、抱きしめる、問いただす、どんな顔で、どんな声で、私は微笑んで、微笑みを選んで、それから。無数の選択肢が消え、支流が本流になり新たな選択肢がまた無数に立ち上がり、選んでいるつもりで選べることなんて本当はないのだということ、むしろなにかに一方的に選ばれているような、窓の外の空高くで煙火が響いた。妙に音が近くて大きかった。子供の目が窓の方に動きひゅっと息をのんで口がちょっと開いた。私もそちらを見た。ちょうどうちのベランダの高さにある隣家の、大家の家の屋根の上に大きな丸い黒い顔だけ白い猫が座っていて、にやにや笑ってこちらを見ていた。長く伸びたヒゲがふよふよと動き、耳が小さく丸くなって消え、それはどこか違う動物のような顔になって、猿のような人のような、長い尻尾がひゅんひゅん鞭のようにしなって明るい灰色の大家の瓦屋根を打った。空は青かった。また新しい煙火が鳴った。

あとがき

本作は、新型コロナウイルス感染症発生後の、しかし、学校が休校になるとか街に人がいなくなるとかの時期を過ぎた時期、具体的には二〇二一年の冬くらいから二〇二三年の秋までの間を書いた連作短篇です。

新型コロナウイルス感染症について、最初はうまく書けないと思っていた、というか書かないようにしていました。それで一時期、小説を書くとそれが自分の子供時代つまり昭和の終わりから平成半ばくらいの話になっていた時期があって、それは、この感染症によって生活がすっかり変わってしまったことについて、それを自分も含めた人々が困ったり怒ったりしつつ割と受け入れていることについて、どう書いていいかわからなかったせいだろう、といまでは思いますが当時は無意識でした。私は子供がおり（三家本家の子供と同い年です）、小学校に入学し入学式が終わったと思ったら一度も登校することなくいきなり休校になり親子で途方に暮れました。家のポストに分厚い大きな封筒が入っており、中にはひらがなや数字のプリント、自宅学習をお願いします。お願いしますったって……私は家庭教師や塾講師のアルバイト経験があります。いい先生だったとは思いませんが接客業とかよりは向いていると思っていたし辞めるとき惜しんでくれる生徒さんもいた、ですが、よそのお子さんになにか教えるのと自分の子供にそれも自宅でなにか教えるのとでは全然違う、どうしてもイライラするし不安になります。私以上に子供は不安で怖くてなにより退屈で暇を持て余して、気分転換に公園行こうったって外食しようったってはばかられるなか、私は多分小説の中にそれを書きたいと思えなくて、それが、突然、なんだか書くようになって、マスク、ワクチン、人との距離、半年前までの常識や良識がすっかり入れ替わっていく日々を、むしろどんどん書き入れていったほうがいいな面白いな、と、これもまた、意識的にではないのですが自然にそうなっていきました。それで、連作短篇をということになったとき、新型コロナウイルス感染症の時期の夫婦のことを書こう、と思いました。誰かと会うことになんだか理由や言い訳が必要な気がした時期、そもそもは赤の他人で血も繋がっていなくて、でも、もしかしたら一生のうち最も長い時間を一緒に過ごしたりもする相手との関係はどうなるか……細かく設定やあらすじを考えたりすることなくひょいっと書き始めたのですが、もうひとつ、はっきり言葉で考えていたわけではなく多分最初から念頭にあったのが、外から見て、あの人は変わっているとかあのようなできごとを経験して大変だなあすごいな、などと思われない、つまり、本当に平凡で当たり前の人の本当に平凡で当たり前の日常を書こう、ということでした。

書くに値する、読むに値すると判断されたなにか・誰かについて小説を書くものだという前提がある程度存在するかと思います。主人公に選ばれる理由、エピソードとして書かれる理由があって、だから、これはこういう人がこういうことをする小説です、とプレゼンできるし、それを知った人がそれは面白そうだ、すごそうだ、ということになって読まれたり売れたりするわけです、いまどきだね考えさせられるね、攻めてるね、ほっこりしそうだね、とか。でも私は自分が書く小説は、書きたい文章はそうではない、我々が生まれてきてずっと経験し続け見聞きし続けているこの生活、日常そのものを、別に特別な誰かじゃない、特別ななにかの日じゃない、書かなければ自分でも忘れて消えていくようなそういう時間をできごとを書いたら、そこには否応なくとんでもない変さ、豊かさが含まれるのではないか、そういうことができるのが小説のというか言葉の力、特性なんじゃないか。

一応、本連作については書き終えてはいますがまだ終わっていないなという実感もあり、多分彼らのことを私はまた書くでしょう。速く激しく変化し続ける日本やその他の国の情勢や空気、それらについてほぼ意識せず暮らすことも可能なそのときどきの日常生活において、牧野が、三家本が、村上が宮本が伴田が彼らではないが彼らであるかもしれない私かもあなたかもしれない誰かがなにをしてなにを考えなにをするのか。互いに似ているところもあるし違うところもある、そこにある語るに足りないと判断されうる日々の、通り過ぎて忘れたら消えるけれど、言葉にしたらずっと残る、そういう豊かさ、不思議さ悲しさうれしさ腹立たしさ珍妙さを、つまりそれがだから世界の豊かさそのものなのではないかと私は思うのですが、それをまた書くでしょう。

二〇二四年十月　　小山田浩子

初出

いずれも「新潮」掲載

赤い猫　二〇二三年一月号
森の家　二〇二三年三月号
カレーの日　二〇二三年五月号
おおばあちゃん　二〇二三年七月号
遭遇　二〇二三年九月号
ミッキーダンス　二〇二三年十一月号
えらびて　二〇二四年一月号

小山田浩子（おやまだ・ひろこ）
1983年広島県生まれ。2010年「工場」で第42回新潮新人賞を受賞しデビュー。2013年、同作を収録した単行本『工場』が第30回織田作之助賞を受賞。2014年「穴」で第150回芥川龍之介賞を受賞。他の著書に『穴』『庭』『小島』『パイプの中のかえる』『小さい午餐』などがある。

装画
PHILIPPE WEISBECKER
姿見｜MIROIRS PSYCHÉS

撮影
新潮社写真部（筒口直弘）

最《さい》近《きん》

著者

小《お》山《やま》田《だ》浩《ひろ》子《こ》

発行

2024年11月30日

発行者　佐藤隆信

発行所　株式会社新潮社

〒162-8711　東京都新宿区矢来町71

電話　編集部　03-3266-5411

　　　読者係　03-3266-5111

https://www.shinchosha.co.jp

装幀　新潮社装幀室

印刷所

大日本印刷株式会社

製本所

大口製本印刷株式会社

乱丁・落丁本は、ご面倒ですが小社読者係宛お送りください。

送料小社負担にてお取替えいたします。

価格はカバーに表示してあります。

ISBN978-4-10-333645-7 C0093

小島　小山田浩子

被災地、自宅、保育園、スタジアム――様々な場所での日常や曖昧なつながりが世界をかすかに震わせる。海外でも注目される作家の現在を映す14篇を収めた作品集。

庭　小山田浩子

ままならない日々を生きる人間のすぐそばで、虫や草花や動物達が織り成す、息をのむような世界――。それぞれに無限の輝きを放つ小さな場所をめぐる、15の物語。

ミチノオク　佐伯一麦

天変地異に見舞われながら、ミチノクの人々はひたむきに生きてきた。旅で出会う様々な人生の曲折を、同じ東北で暮らす作家が還暦を迎えた自身と重ねて描く小説集。

ノイエ・ハイマート　池澤夏樹

住み慣れた家、懐かしい故郷を離れ、難民となった人々。クロアチアの老女、満洲からの引揚者、海岸に流れ着いたシリア人の男の子……書かざるを得なかった作品集。

水平線　滝口悠生

激戦地として知られる硫黄島にかつて暮らしていた私の祖父母たち。もういない彼らの言葉が、波に乗って聞こえてくルルル――分岐する人生と交差する時間を描く。

キュー　上田岳弘

五十年以上寝たきりの祖父は、やがて人類そのものになる――憲法九条、満州事変、そして世界最終戦争。超越系文学の旗手がその全才能を注いだ、芥川賞受賞第一作。

ウミガメを砕く　久栖博季

響き合うアイヌの血脈。癒やし難い生の痛み。地面から滲む歴史の声。〈内なる北海道〉と向き合い、恩寵の一瞬を幻視する大型新人デビュー！　三島由紀夫賞候補作。

常盤団地の魔人　佐藤厚志

団地の僕たちは、どうしてあんなにバカで痛くてゴキゲンだったんだろう。喘息持ちの気弱な少年が、悪ガキの世界へと踏み出す小さな冒険の一歩。芥川賞受賞第一作。

グレイスは死んだのか　赤松りかこ

深山で遭難した調教師の男とその犬グレイス。人と獣の主従関係が逆転する鮮烈な一瞬とは？「シャーマンと爆弾男」（新潮新人賞）を併録する新星のデビュー作。

海を覗く　伊良刹那

海を見た人間が死を夢想するように、少年は彼に美を思い描いた――同級生の「美」の虜になった高校生、その耽美と絶望を十七歳が描く新潮新人賞史上最年少受賞作。

狭間の者たちへ　中西智佐乃

痴漢加害者の心理を容赦なく晒す表題作と、介護現場の暴力を克明に描いた新潮新人賞受賞作を収録。目を背けたいのに一文字ごとに飲み込まれる、弩級の小説体験！

息　小池水音

息をひとつ吸い、またひとつ吐く。生のほうへ向かって――。喪失を抱えた家族の再生を、一息一息を繋ぐようにして描き出す、各紙文芸時評絶賛の胸を打つ長篇小説。

公園へ行かないか？ 火曜日に　柴崎友香

世界各国から集まった作家たちと、英語で議論をし、小説を読み、街を歩き、大統領選挙を間近で体験した著者が、全身で感じた現在のアメリカを描く連作小説集。

祝宴　温又柔

長女が同性の恋人の存在を告白したのは、次女の結婚式の夜だった。いくつもの境界を抱えた家族を、小籠包からたちのぼる湯気で包み込む、気鋭の新たな代表作。

ギフトライフ　古川真人

政府と企業が安楽死と生体贈与を推進する近未来。老人や障碍者＝弱者の生き方、死に方が問われる先に見えてくるのは何か。時代の闇と悪を問う、気鋭の長篇小説。

骨を撫でる　三国美千子

「死ぬまで親きょうだいを切られへん」土地と血縁に縛られつつ、しぶとく、したたかに生きる人間たちを描き出す表題作ほか一篇。三島賞作家の受賞後第一作品集。

象牛　石井遊佳

自分を弄んだインド思想専攻の男性教員を追い、ガンジス河沿いの聖地に来た女子大生。だが象にも牛にも似た奇怪な存在に翻弄され——。芥川賞受賞後初の作品集。

ひよこ太陽　田中慎弥

今日も死なかった、死なずに済んだ。道理で女が出てゆくわけだ——。書けない日が続き、死の誘惑に取り憑かれた作家の危うい日常を描く七篇収録の新しい私小説。